WE USED TO BE MAGIC

BEA
INGALLS

WE USED TO BE MAGIC

Traduit de l'anglais (Royaume-Uni)
par Luc Rigoureau

hachette
ROMANS

Couverture : © Bea Ingalls
Traduit de l'anglais (Royaume-Uni) par Luc Rigoureau

L'édition originale de cet ouvrage a paru chez Orion Children's Books,
un département de Hachette Children's Books, sous le même titre.

Hachette Livre S.A. – 58, rue Jean Bleuzen, CS 70007, 92178, Vanves Cedex.

Tu te rappelles trop de choses,
m'a dit ma mère il n'y a pas longtemps.
Pourquoi t'accrocher à tout ça ?

Et j'ai répondu :
Où le déposer ?

Anne Carson,
« L'essai de verre »[1]

1. *Verre, Ironie et Dieu*, recueil traduit de l'anglais et présenté par Claire Malroux, éditions Corti, 2004.

1 - *Ezra*

— Toi ? s'étonne Maggie, les yeux écarquillés.

— En personne. J'ai été invité, je te rappelle. Par toi.

— Je sais. Contente de te voir.

— Tu en as l'air, en effet.

— Je suis juste un peu surprise, se défend ma sœur en repoussant une mèche brune derrière son oreille.

Le mouvement fait étinceler sa bague de fiançailles, un diamant de la taille d'une noisette qui, à sa façon, se débrouille pour s'accorder à son visage en forme de cœur et à sa robe gris tourterelle. La distinction incarnée.

— Tu me fais entrer ? je demande.

Elle sursaute, comme si elle avait oublié que je me tiens sur le seuil de son appartement, d'où nous parviennent une lumière chaleureuse et des bruits étouffés.

— Bien sûr, répond-elle au bout d'un instant. Je t'en prie.

Le vestibule étroit donne sur le salon où se tient la fête. Contre un mur, un portemanteau croule sous divers vêtements accrochés au hasard, drôle d'arbre dont le tronc menu a du mal à supporter un monceau de cachemires et de cuirs luxueux.

— L'invitation stipulait une tenue décontractée mais correcte, précise Maggie en s'attardant dans l'entrée.

— Voilà pourquoi je porte un blazer.

— Un blazer en velours côtelé. Dont le col est taché.

— Exact, j'admets en tirant sur le tissu pour l'inspecter. Je ne sais pas ce que c'est. C'était là quand je l'ai acheté.

— Une pièce de seconde main ?

— Disons plutôt vintage, si ça te convient mieux.

— Pourquoi n'empruntes-tu pas une veste à Tom ? Il en a une en lainage gris un peu trop grande. Je pense qu'elle t'ira.

— Tu es sérieuse ?

— Je ne te force pas.

— On en est là ? Ta réception est à ce point raffinée ?

— Non, mais elle compte beaucoup à mes yeux, lâche-t-elle en se raidissant. Raison pour laquelle je te prie également de ne pas t'enivrer.

— L'âge légal pour consommer de l'alcool est vingt et un ans, à New York ! je m'offusque. Nous avons beau être anglais, Maggie, nous devons respecter la loi. Je me bornerai à ingurgiter des litres de limonade.

Bien qu'il soit évident que je rigole, elle ne se départit pas de son sérieux. Elle baisse la tête tout en jouant avec sa bague. Son silence suffit à me blesser. Aussi dégradant soit-il de me faire sermonner, à dix-huit ans, par ma grande sœur, ma résistance n'était qu'un jeu.

— D'accord, je m'empresse d'acquiescer, embarrassé. Pas d'alcool et une belle veste. Tout ce que tu voudras.

— Je te demande seulement de ne pas réitérer tes exploits de la dernière fois.

Allusion à son anniversaire, ses vingt-six ans, que nous avons célébré dans un restaurant fusion mexicain de SoHo. Il faut croire que j'avais sifflé une Margarita au pamplemousse de trop, car j'ai fini par vomir dans l'urinoir. C'était rose. Le vomi, pas l'urinoir.

— Je te promets de rester classe.

— Papa et Caroline sont déjà là.

— J'imagine qu'ils seront surpris de me voir sobre et sur mes deux jambes.

Maggie me régale d'un sourire pincé. Comme moi, elle sait que je ne plaisante qu'à moitié.

Évidemment, la veste de Tom est trop petite pour moi. Quand on mesure 1,93 m, il n'est pas facile de s'habiller. Ni de supporter les blagues à deux balles qui vont de pair. Je tire sur les manches en déambulant parmi les invités, en quête d'un visage connu. Je ne serais sans doute pas venu si j'avais su qu'il s'agissait d'une soirée aussi guindée et non de quelque chose de moins formel, genre réunion de famille où mon absence n'aurait été que trop visible. Là, on donne clairement dans les mondanités : le bel appartement de Maggie grouille de gens que je n'ai jamais croisés.

— Champagne ?

Je me tourne vers un type d'environ mon âge, en chemise amidonnée et cravate, qui arbore un mince sourire tout en brandissant un plateau en argent lesté de flûtes pétillantes. Ils sont plusieurs comme lui à naviguer parmi nous en proposant des canapés parce que, évidemment, la bouffe a été confiée à un professionnel. Maggie n'est pas franchement branchée pizza et assiettes en carton.

— Avec plaisir. Merci.

Une coupe, ce n'est pas se saouler. Et puis, j'ai sans doute besoin d'être un peu moins sobre si je veux faire croire que je suis ravi d'être ici. Ce verre suffira à me détendre jusqu'à mon départ. Qui ne saurait tarder. Personne ne s'en rendra…

— Ezra !

Je me fige. La voix familière déclenche un vent de panique en moi, et ma première idée, débile, est de planquer ma flûte. M'en abstenant, j'inspire un bon coup et je pivote vers lui, un sourire contraint sur les lèvres. Il en affiche un identique qui, à coup sûr, exige autant d'efforts que le mien.

— Salut, papa. Ça va ?

Comme d'habitude, il a les traits tirés, est élégant, et ses cheveux d'un noir de jais sont coiffés en arrière. Maggie, Caroline ou n'importe qui n'étant pas son salarié devrait lui signaler que, puisqu'il insiste pour se teindre les cheveux, il serait grand temps qu'il passe à une couleur un peu plus crédible. Au moins, il a encore une belle crinière, un signe prometteur pour mon propre avenir capillaire.

— Bien, répond-il. Je suis content de te voir. Tu vas bien ?

Il scrute mon visage, ne manque pas de s'arrêter sur mon nez loin d'être parfait. Le toubib qui me l'a redressé après la fracture a beau avoir fait du bon boulot, mon nez reste légèrement tordu et surmonté d'une petite bosse de cartilage sur l'arête.

— Très bien.

Apparemment, lui comme moi ne connaissons que le mot « bien ».

— Tu te fais à ton nouvel appartement ?

— Il est super. Merci.

Un goût amer m'emplit la bouche, mais il serait malvenu de ma part de cracher dans la soupe, alors qu'il finance ma vie. Sans lui, je n'aurais même pas de quoi me payer un ticket de métro. Alors un deux pièces dans Midtown…

— Super, répète-t-il. C'est super. Caroline m'a dit qu'elle t'avait aidé à le meubler.

— Oui. Tu l'as vue ?

— Elle est sortie prendre l'air.

Une ride barre son front, tandis qu'il regarde le paquet de cigarettes qui déforme la poche de ma veste. Il sait que Caroline et moi fumons. Vu qu'il a clopé comme un malade pendant vingt ans avant de se convertir au jus de légumes et au jogging, je trouve son dépit un tantinet déplacé.

— Euh… j'ai à discuter de trucs avec elle, je mens, conscient de tenir le bon prétexte pour échapper à cette conversation.

— Je t'en prie. Nous aurons sûrement l'occasion de reparler sérieusement plus tard.

— Quand tu voudras, je lâche, surpris.

Hochant la tête, il m'assène une claque sur l'épaule, peut-être dans le but de manifester de l'affection paternelle. Je lui souris de nouveau, sûr et certain que j'aurai mis les voiles longtemps avant que ce « plus tard » se profile.

Je déniche Caroline sur l'escalier de secours extérieur, seule et vêtue de la robe bleue qu'elle arbore à toutes les réunions officielles. Son cou est d'une longueur incroyable, ses épais cheveux noirs effleurent sa mâchoire quand elle se tourne vers moi.

— Jolie veste.

— Cette vieillerie ?

Elle sourit et écrase son mégot. J'attrape une de mes cigarettes, qu'elle allume pour moi d'une main tachée de peinture. La flamme éclaire brièvement nos visages. Je la remercie d'un hochement du menton et j'inhale, coudes sur la rambarde métallique qui me sépare d'une mort certaine. En bas, la circulation se traîne, rivière paresseuse de phares qui serpente entre les immeubles. Je ne crois pas que cette ville connaisse l'obscurité. Ni le silence.

— Je ne m'attendais pas à te voir ici, reprend ma sœur. Surtout dans une tenue aussi pimpante.

— On peut toujours compter sur moi pour décevoir les espérances affreusement maigres des autres. Romy ne t'a pas accompagnée ? Pourquoi ?

— Elle bosse. Elle fera peut-être un saut plus tard, si le service du soir n'est pas trop dingue.

— À sa place, j'éviterais. Je n'ai pas la moindre idée de qui sont ces gens.

— Sans blague ? Des amis de Maggie et Tomas. Qui, par conséquent, travaillent dans la com' ou le même domaine que Tom, quel qu'il soit.

— On devrait foutre le camp. Cette soirée est chiante.

— C'est une fête de fiançailles, Ezra. Tu imaginais quoi ? Des ballons et un clown ?

— Allons à Downtown. Voilà des siècles qu'on n'a pas traîné ensemble, toi et moi.

— Pas question. On reste. Au moins jusqu'à la fin des discours.

— Quoi ? Tu as l'intention d'en faire un ?

— Bien que j'adore partager mes histoires perso avec un vaste public, j'ai préféré laisser papa s'en charger. Tu lui as parlé ?

— Rapidement. Après avoir examiné mon pif, il a suggéré une discussion sérieuse à venir, ce que j'ai pris comme une menace réelle.

— Ah.

Je me renfrogne. Cette petite syllabe de rien du tout résonne d'une neutralité agaçante à mes oreilles. Comme si Caroline était au courant de quelque chose que j'ignore.

— Ah ? je répète.

Elle me jette un regard oblique. Sans sourire.

— Il est évident qu'il a l'intention de te proposer un boulot, soupire-t-elle. Ça fait des mois que tu ne branles rien. Je suis surprise qu'il n'ait pas bataillé plus tôt pour te recruter.

Je me rends compte qu'elle a raison.

— Merde. *Merde !*

— Comme tu dis.

— Je n'aurai qu'à me trouver une excuse pour y échapper. Genre une phobie handicapante des photocopieuses.

— Pas terrible, non ?

— Sans déconner.

— Un emploi te ferait du bien, à mon avis. Tu ne t'ennuies pas, à force de glander ?

— Je ne glande pas, je proteste. Je lis. Je regarde des films. Je me balade.

— Toute la journée ?

— Ça convenait parfaitement à Greta Garbo.

— Bien vu. Simplement, ne rêve pas. Il finira par te couper les vivres.

— On parie ?

— Non. Ça m'ennuierait de te piquer ton argent de poche.

Je ricane. Caroline s'adosse au garde-corps pour me regarder bien en face.

— Écoute, reprend-elle, sérieuse comme une papesse, le restau cherche toujours du monde. Un mot de ma part, et Romy te trouvera un boulot.

— Genre ?

— Commis de salle, lâche-t-elle. Serveur, précise-t-elle ensuite devant mon air éberlué.

C'est qu'elle a employé un mot typiquement américain. Ça me déstabilise toujours. Bien qu'elles aient plus ou moins gardé leur accent anglais, je me demande parfois si mes sœurs se *sentent* anglaises. Quand nous avons déménagé, Caroline avait douze ans, Maggie quatorze. Moi, j'en avais sept. Je suis censé être celui qui a le moins de souvenirs de notre pays natal. Sauf que je suis reparti y vivre, renvoyé par notre cher père, sous couvert d'une « bienveillante » entremise. Tandis qu'elles sont restées ici.

— C'est un travail dur et ingrat, poursuit Caroline, si mal payé qu'il ne t'offrira aucune indépendance financière réelle. Mais faire preuve d'un peu d'initiative te débarrasserait de papa.

— Et constituerait un excellent chapitre de mes mémoires. Et m'humaniserait sans doute un brin.

— C'est un oui ?

— Oui, je réponds sans réfléchir avant de tirer sur ma cigarette trop longtemps négligée. Pourquoi pas, après tout ?

— Entendu. J'en parlerai ce soir à Romy.

— Comment va-t-elle, au fait ?

Caroline plisse les paupières. Elle devine peut-être ce que j'ai en tête, à savoir que leur relation approche de sa première année, soit six bons mois de plus que toutes les amourettes précédentes de ma sœur.

— Bien. Pourquoi cette question ?

— Histoire de papoter. Il paraît que ça se fait.

— Rien qu'une rumeur. Tu es prêt à retourner dans l'arène des fauves ?

— Donne-moi une minute. Je te rejoins.

— Voyons, Ezra.

— Quoi ?

— Tu as l'intention de filer dès que j'aurai le dos tourné. C'est tellement évident.

— J'avoue, d'accord. Mais je te jure que personne d'autre que toi ne s'apercevra que j'ai décampé.

— Maggie s'en apercevra.

— Je reformule : personne ne se vexera.

— Allons, Ezzy, oublie un instant ta crise existentielle. Tu risques même te t'amuser.

— Dit sur un ton qui manque cruellement de conviction.

— Dans ce cas, contente-toi de regarder comment *je* m'éclate. Et pour info, j'aime bien ton nez.

— Pardon ?

— Tu as reproché à papa de l'avoir reluqué, tout à l'heure. Perso, il me plaît. Un peu de traviole, mais ça te va à merveille.

J'ouvre la bouche, en quête d'une réplique pleine d'esprit. En vain. Caroline s'en rend compte et sourit. Son visage s'anime et me rappelle celui de ma mère. J'ai l'impression de recevoir un coup en plein cœur.

Que mes promesses aillent se faire foutre. J'ai besoin d'un autre verre.

2 - *Audrey*

— Aujourd'hui, on va cibler un look très frais, très ingénu. Un enlumineur, du gloss, des sourcils touffus… C'est OK pour toi ?

— Du correcteur, aussi ? je suggère, pleine d'espoir.

La maquilleuse rigole. Elle s'appelle Nicole. Bien que j'aie fait sa connaissance il y a à peine trente secondes, je suis sous le charme. Sans doute guère plus âgée que moi, elle est super cool. Voix rocailleuse, cheveux teints en blanc, tatouages sophistiqués et une silhouette en X à tomber par terre.

— Ça va de soi, acquiesce-t-elle tout en étalant du fond de teint sur le dos de sa main. Sans vouloir t'offenser, bien sûr.

— Pas de souci, je murmure en baissant les yeux, tandis qu'elle commence à passer un pinceau sur mon visage. Je n'ai pas très bien dormi, cette nuit.

Je ne me suis aperçue de l'ampleur de mes cernes qu'une fois assise devant un miroir trop éclairé, alors que le coiffeur s'occupait de mes cheveux. Je ne tiens pas du tout à arpenter le podium en ayant l'air d'être une décoration d'Halloween.

— Un brin de couleur arrangera ça, me rassure Nicole en tamponnant les défauts les plus offensants avec une crème orangeâtre. C'est ta première Fashion Week à New York ?

— Euh… La première tout court.

— Waouh ! Tu es chez qui ?

— AVW Models. Ici, du moins. Mon agence principale, en Angleterre, c'est Bradshaw-Slater.

— Du lourd ! commente-t-elle en sifflant d'admiration. Tu retournes à Londres la semaine prochaine ?

— Oui. Je ne sais pas encore pour Milan et Paris. Tout est… en suspens.

— Tu m'étonnes. Mon emploi du temps est dingue, ces jours-ci.

— Tu travailles sur beaucoup de défilés ?

— Sans compter les séances privées. Et toi ?

— Euh… J'ai plusieurs projets en attente, j'élude, peu désireuse de me porter la poisse en précisant le nombre de mes engagements. D'après mon agent, certains risquent d'être annulés.

— Normal. Tu as déjà le mal du pays ?

Je la dévisage dans la glace, moins surprise par sa question que par la réponse qui, je m'en rends compte, est non. Je n'en ai pas eu le temps. Je cours les castings toute la journée, et ce, partout. Je suis censée en passer autant que c'est humainement possible. Je ne m'arrête que pour avaler en vitesse un bretzel acheté dans la rue ou vérifier mon itinéraire. Quand je rentre à l'appartement qu'on nous a loué, je suis en général trop crevée pour me doucher. L'envie d'écouter la BBC ne m'a même pas effleurée.

— Non, pas encore, je réussis à marmonner.

Nicole m'adresse un sourire entendu, tout en me tendant un tube de mascara, ce qui me laisse perplexe.

— La plupart des filles préfèrent le faire elles-mêmes, m'explique-t-elle. Juste une ligne. Et seulement en haut.

— D'accord.

J'espère qu'elle ne remarquera pas que mes mains tremblent. Nous avons été convoquées à 6 heures ce matin, et la seule prouesse de me réveiller aussi tôt m'a rendue nauséeuse. J'étais dans un tel brouillard quand je suis partie, que je me suis trompée de métro. Ensuite, dans ma précipitation pour rectifier le tir, j'ai oublié mon livre dans la rame. Un grand format acheté à l'aéroport intitulé *The Lonely City*. Approprié, j'imagine, puisqu'il raconte la vie d'une femme seule à New York.

Bref, je me suis dit que je trouverais de quoi manger à mon arrivée ici, sauf qu'une assistante m'a aussitôt sauté dessus pour d'ultimes retouches et que, depuis, je ne me sens pas très vaillante. Enfin, je réussis à appliquer le mascara sans incident. Lorsque je le rends à Nicole, cette dernière fait signe à une jeune fille paumée porteuse d'un badge « Bénévole » autour du cou.

— Trouve-nous une viennoiserie, quelque chose comme ça, d'accord ? Et un café noir.

La fille hoche la tête avec gravité et s'empresse d'obéir.

— La pâtisserie est pour toi, m'informe gentiment la maquilleuse en attrapant du blush. Le café, pour moi. Tu n'as pas besoin d'être plus énervée que tu l'es déjà.

— Merci.

J'ai l'impression d'être toute petite, soudain. Nos regards se croisent.

— Il faut que tu prennes soin de toi, enchaîne-t-elle. Quel âge as-tu ?

— Dix-huit ans.

— Dix-huit ans, répète-t-elle. Tu es consciente que tout dépend de toi, désormais, hein ?

Serrant les lèvres, j'opine et je m'efforce d'avoir l'air sûre de moi. Je refuse d'afficher ce que Nicole soupçonne, à savoir que je suis complètement dépassée par la situation.

Il y a quatre mois, une inconnue s'est approchée de moi, m'a remis sa carte de visite et a bouleversé mon existence. C'était à Londres, où je visitais une université à laquelle j'hésitais à postuler – à vrai dire, aucune fac en particulier ne me tentait. Il faut croire que le destin a décidé d'agir à ma place. À présent, je suis à l'autre bout du monde, payée pour arborer des vêtements magnifiques. C'est surréaliste. Un conte de fées consumériste et fou. Je souhaite ardemment qu'il devienne ma vraie vie, certes, mais son irréalité reste trop évidente à mes yeux, et je crains que ce soit ma faute. Que je ne sois pas douée pour le mannequinat, que je ne m'améliore jamais, et que ceux qui ont cru en moi se rendent compte de leur erreur monumentale.

— Hé ! me souffle Nicole en me ramenant à la réalité.

Je croise son regard d'un bleu incroyable. Elle me sourit.

— Si tu es ici, conclut-elle, c'est que tu y as ta place. D'accord ?

Dix minutes plus tard, je me répète ces mots comme un mantra. *J'ai ma place ici. J'ai ma place ici. J'ai…*

— Bon Dieu ! jure ma voisine. Ces pompes me tuent. Je fais du 36, et c'est du 34.

Un coup d'œil m'apprend que, en effet, ses pieds débordent de ses sandales à lanières. J'ai eu la chance qu'on m'attribue des bottines trop grandes, dans lesquelles a été fourrée une poignée de mouchoirs en papier. Il n'empêche, il est déroutant que, dans une industrie où nos mensurations sont plus importantes que nos noms, on nous donne rarement des chaussures qui nous conviennent.

— Tout ira bien, élude l'habilleuse avec dédain. Tu ne les porteras que cinq minutes.

La fille se renfrogne, ce que l'autre ne remarque pas, trop occupée à arranger la grosse lavallière qui orne le col de ma robe. Celle-ci est en soie bordeaux, et une étroite ceinture noire rappelle la couleur de mes pompes. Je suis drapée dans un trench-coat en cuir, et de lourdes boucles d'oreilles en or caressent mon cou. Le poids de tout cela m'écrase. À l'instant où j'aurai terminé de défiler dans cette tenue, je devrai m'en débarrasser pour enfiler un costume trois pièces en velours, et ce, en une minute chrono.

Si Nicole ne m'avait pas procuré à manger, je crois que je me serais évanouie. La ceinture trop serrée, le stress, la chaleur – il règne une touffeur infernale dans le vieil entrepôt qui donne sur l'Hudson. L'idée, apparemment, était de proposer un contraste marqué entre un environnement industriel et l'opulence de la collection. Le problème, c'est que je suis à des kilomètres de mon prochain défilé, dans le Bowery, censé débuter d'ici une heure. Je ne sais pas si j'y serai à temps. Ni ce qui se passera dans le cas contraire.

— Prête, annonce l'habilleuse. Va te faire photographier.

Du doigt, elle désigne un grand type aux cheveux châtains artistiquement ébouriffés. Sans un mot, il m'invite à me joindre à trois mannequins que je ne connais pas. Ce qui ne nous empêche pas de nous coller les unes aux autres et de sourire comme si nous étions les meilleures amies du monde.

— C'est bon pour moi, finit par décréter le photographe.

Sa façon de nous congédier, apparemment. Aussitôt, une femme armée d'une planchette à pince me guide par le bras jusqu'à une file de nanas qui patientent à l'entrée du podium. Elle consulte son papier, me place entre deux autres filles et s'en va sans m'avoir adressé la parole. Qu'on me traite comme un objet inanimé est étrange. Je ne crois pas que je m'y habituerai.

— Audrey !

Surprise d'entendre mon prénom, je me retourne. C'est Marika, dont les longs cheveux noirs ont été lissés en arrière et noués en une queue-de-cheval, comme les miens. Si je suis convaincue de ressembler à un œuf, comme ça, cette coiffure ne fait qu'accentuer les pommettes saillantes et le lustre de la peau ébène impeccable de Marika. Elle est la plus belle personne que j'aie jamais vue et que je verrai jamais. Elle partage également mon appartement.

— Tu vas dans le Bowery, après ? me demande-t-elle.

Marika est toujours très directe. C'est l'une des rares choses que je sais d'elle.

— Oui. Et toi ?

— Aussi, lâche-t-elle comme si c'était une évidence (et ça l'est peut-être). On partage un taxi ?

— Ce serait top.

Les taxis sont chers, mais ils sont pris en charge par l'agence, comme mes autres frais. J'ignore ce que je dois à cette dernière, les billets d'avion ne sont pas donnés. Pas plus que ne le sont le loyer et les *comp cards*, de jolies cartes A5 avec mon portrait et mes mensurations, que je dois trimballer partout. Mes mentors n'ont pas l'air de s'inquiéter pour l'argent, cependant. Pour eux, ce n'est qu'un « investissement ». L'investissement étant moi, j'imagine, ce qui est gentil, malgré les sommes engagées qui donnent le vertige.

— Ça marche, conclut Marika. On se retrouve dehors ?

— OK. Merci.

Cela me vaut un bref sourire inattendu. Comme l'est sa proposition. Voici une semaine que nous dormons dans la même chambre et, jusqu'à présent, elle est restée sur la réserve, ce qui me convient très bien. Je ne suis pas particulièrement sociable non plus, et bien que j'aie envie qu'elle m'apprécie, on ne force pas ces choses-là. Les cinq lycées que j'ai fréquentés en six ans me l'ont appris sans ménagement.

— Un peu d'attention, tout le monde ! claironne soudain une voix enjouée.

En coulisses, le silence est immédiat. Miranda Browning vient de s'exprimer. Si je suis presque inculte en matière de haute couture, je sais qui est Miranda Browning. Presque toutes les célébrités de la planète ont arboré l'une de ses tenues pour une remise de prix quelconque. Il y a aussi ses sacs iconiques. Ils sont simples, mais elle a su les transformer en symboles du nec plus ultra, n'en produisant qu'un nombre limité par an et en offrant quelques-uns (peu), à qui domine la culture pop du moment. Actrices, activistes, influenceuses, femmes politiques. La liste officielle des heureuses élues est mentionnée avec envie et soigneusement analysée. Le reste de sa collection s'écoule au compte-gouttes auprès des plus offrants.

Alors qu'elle a à peine quarante ans. Franchement, c'est vertigineux.

— On y est ! s'exclame-t-elle avec entrain. On y est parvenus, et je profite de l'occasion pour vous remercier, tous autant que vous êtes. Ce défilé incarne le travail acharné de toutes les personnes présentes. Je suis extrêmement fière de vous.

Debout sur les marches qui mènent au podium, elle nous sourit, telle une souveraine bienveillante, en combinaison noire toute simple, ses cheveux auburn vaguement retenus par une barrette. J'ai conscience qu'elle ne me distingue pas dans la foule, pourtant, je lui souris à mon tour.

— Je tenais aussi à vous dire, les filles, que vous ne devez pas avoir peur de laisser éclater votre personnalité, continue-t-elle en s'adressant spécifiquement aux mannequins. Ma carrière, tout ce que je fais, est dédié aux femmes. Je veux les célébrer. Quand elles portent mes créations, je souhaite qu'elles se sentent courageuses, belles et *puissantes.* Toute femme le mérite.

Marika émet un petit bruit réprobateur, presque un ricanement, et quand je la regarde, j'ai la surprise de découvrir qu'elle affiche une expression tout à fait neutre. Je m'empresse de détourner les yeux, me demandant si je n'ai pas rêvé.

— Merci, termine Miranda, le regard embué, en serrant ses mains. Ceci est ma dix-neuvième Fashion Week, et elle compte autant pour moi que la première. Vraiment, merci beaucoup.

Elle s'incline et recule, et tout le monde applaudit, y compris moi. L'ambiance est si joyeuse que j'en oublie ma nervosité, jusqu'à ce qu'une musique électronique hachée se mette à résonner.

— En place ! beugle quelqu'un alors que les lumières s'estompent.

Marika a réintégré la file de mannequins. Le calme s'installe, tandis qu'on nous pousse en avant. Les premières filles disparaissent. Inspirant un bon coup, je balance les bras et relève le menton. Ceci est mon premier véritable défilé, et c'est énorme. Toute la matinée, je me suis plus ou moins attendue à ce qu'on me tape sur l'épaule pour m'informer qu'il s'agissait d'une erreur. Pourtant, je suis là. Parce que je suis censée l'être, comme l'a stipulé Nicole. Dans tous les cas, j'arpenterai le podium dans moins de trente secondes, mitraillée par une centaine d'appareils photo immortalisant l'instant. Mon visage, mes vêtements, cette ville éblouissante et enivrante – tout cela est désormais relié, pour toujours.

Je suis ici.

Cet état de fait simple et irréfutable me rassérène un peu. Je m'y accroche tandis que je commence à marcher, et que les projecteurs m'arrachent à l'obscurité.

3 - *Ezra*

Le réveil est douloureux. J'ai la tête dans le brouillard et je me rendormirais volontiers si mon portable, hors de vue, ne sonnait pas à un volume proprement détestable. En gémissant, je le repêche sous mon oreiller. C'est Romy. Pas de chance, il faut que je décroche. Je me force à me redresser, remarquant vaguement au passage que je suis tout habillé.

— C'est quoi, ces heures improbables pour appeler ? je croasse.

— Il est midi passé, se marre-t-elle.

Son accent américain déjà prononcé l'est encore plus au téléphone. Presque stéréotypé.

— Si tu le dis, je réponds du tac au tac. Quoi de neuf ?

— Caro a mentionné votre conversation d'hier soir. Il se trouve que nous manquons de personnel, donc tu tombes à pic. Mais tu dois te former un peu avant le coup de feu du dîner. Tu peux être ici dans une heure ?

Merde ! Ça me revient. La fête. L'escalier de secours. Caroline me proposant un boulot dans l'établissement où bosse Romy. À ma décharge, sur le moment, ça m'a semblé une bonne idée.

— Ou plus tôt, si tu y arrives, poursuit Romy. C'est la Fashion Week. Autant te dire que nous croulons sous les réservations. Je suis au bord du désespoir.

— Euh... Je suis tout prêt à t'aider, sauf que... je crois que je couve quelque chose. Je suis patraque, là.

— Pauvre chéri. Et si je t'offrais un Bloody Mary à ton arrivée ? Un remède miracle en cas de gueule de bois, en ce qui me concerne.

Poussant un soupir résigné, je me laisse retomber sur mon matelas. Elle me connaît trop bien.

— Il y aura à manger ? Le temps que je vienne, j'aurai la dalle.

— Il y aura à manger, Votre Grandeur. Je te rappelle que je travaille dans un restau.

— Et je serai payé ?

— C'est l'idée, quand on bosse. Écoute, il faut que je file. Merci, Ezra, vraiment.

— Remercie plutôt Caroline, je riposte.

Sauf qu'elle a déjà raccroché. Lâchant mon téléphone, je ferme les yeux. Est-ce que dégobiller en plein service est susceptible de me faire virer ?

Dès que je suis en position verticale, les dégâts se révèlent au grand jour. Je manque de m'évanouir sous la douche et suis obligé de m'asseoir, tête sur les genoux, tandis que l'eau chaude frappe mes épaules endolories. J'ignore combien de coupes de champagne j'ai ingurgité chez Maggie avant de décamper en métro jusqu'à Downtown. Il existe un bar sympa dans Chelsea qui n'est pas trop regardant sur l'authenticité des cartes d'identité. Des films passent à la télé, derrière le comptoir. Hier, c'était *Les Dents de la mer*. Le temps d'en finir avec le requin, il ne restait plus que moi, le barman et un vieux type avec une barbe jaunasse coiffé d'une casquette proclamant : RETRAITÉ ET CONTENT DE L'ÊTRE. J'avais avalé trois ou quatre whiskys sodas. Avec le recul, c'est un miracle que j'aie réussi à rentrer chez moi.

Je ne me souviens plus de l'heure à laquelle je suis rentré. D'habitude, ça n'a guère d'importance, mon remède miracle étant de dormir aussi longtemps que possible puis de me rendre au coréen du coin de la rue afin de combler mon vide intérieur avec du thé et des raviolis chinois. Mais là, j'ai pris ma vie en main et je dois être à Chelsea dans l'heure, sous peine que Romy m'assassine avec l'un de ses couteaux de compétition. Elle a beau rayonner comme un soleil, avec ses taches de rousseur et ses cheveux d'un blond californien, ce n'est pas en étant adorable qu'elle est devenue la cheffe d'un des établissements les plus courus de Manhattan. Elle est parfaitement capable de me faire chier si je la lâche.

Je me sèche avec vigueur et m'inspecte dans le miroir embué tout en ébouriffant mes cheveux, de nouveau trop longs. Ils poussent si vite que, en pension, j'étais obligé de me les couper moi-même. Le résultat était toujours atroce, si bien qu'Edie a fini par proposer de s'en charger. Elle s'est révélée plutôt douée. En même temps, Edie était douée pour tout.

Après m'être habillé en vitesse, je bois un verre d'eau et sors. Il fait beau et froid, ce qui me ravirait en temps normal. Sauf que là, le seul fait de vivre m'est pénible. Au lieu de marcher, je décide de prendre le métro, qui a au moins l'avantage d'être à l'abri de la lumière naturelle. Il se pourrait même que je sois sur place à l'heure, ce qui serait inédit. Voilà des mois que je n'ai pas eu à me soucier de ponctualité.

Quoique… Maintenant que j'y songe, j'aurais sûrement dû débarquer à la fête de Maggie un peu plus tôt. Je n'avais pas imaginé qu'elle tiendrait tant que ça à ma présence. Ce qui ne veut pas dire que je ne compte pour rien à ses yeux. C'est une super grande sœur. Mieux que super, même. Par exemple, quand nous étions plus jeunes et que les parents bossaient comme des dingues, c'était toujours elle qui venait me chercher à l'école. Ce n'est que plus tard que j'ai mesuré à quel point la corvée qu'on avait refourguée à l'ado qu'elle était alors devait être emmerdante. Perso, j'aurais craqué assez vite. Pas elle. Elle m'aidait avec mes devoirs tout en faisant les siens, face à moi autour de la table de la cuisine. Quand elle me reprochait d'être avachi sur ma chaise ou vérifiait mes réponses sans m'en avoir demandé la permission, je pétais un câble. Il n'empêche, ce sont de bons souvenirs. Si je considérais Caroline comme une alliée plus sûre, Maggie m'a manqué tout autant, pendant mon séjour en Angleterre.

Elle était à la fac, quand j'ai été expédié en Angleterre, accumulant les meilleures notes et enchaînant les stages d'été en entreprise. Elle a été submergée d'offres d'emploi quand elle a décroché son diplôme. Aujourd'hui, elle reçoit un salaire astronomique d'une boîte de relations publiques, à faire je ne sais quoi. Maggie était précoce, certes, mais ça n'a étonné personne. Elle était efficace, organisée et douée avant même de savoir marcher.

Je suis arrivé à la station de métro. Il n'y a pas grand monde, et je franchis les tourniquets sans problème. Ma rame se pointe à l'instant où je rejoins le quai, ce que je décide de considérer comme de bon augure. Il y a des tas de sièges libres, et quelqu'un a oublié un bouquin sur celui à côté duquel je m'assois. D'un coup d'œil, je vérifie qu'aucun des rares passagers n'est sur le point de le récupérer. Apparemment, non. Je m'en empare et le retourne. *The Lonely City*. Comme ça tombe plutôt bien, je le fourre dans la poche de mon manteau. Avec moi, il sera en sécurité.

Je me détends, j'étire les jambes. Je devrais être nerveux, sans doute. C'est mon premier job. J'ignore à quoi m'attendre. Peut-être que ça sera une occasion de trouver un sens à ma vie et que, à partir de là, tout se déroulera sans accrocs ni interrogations. Il est plus probable que je me révèle si nul que Romy me foutra à la porte en moins d'une semaine. Enfin, c'est une occupation comme une autre.

J'espère que Caroline en parlera à papa avant que je doive m'en charger.

4 - Audrey

— Tout se passe bien ? pépie la serveuse en sautillant jusqu'à notre table, sa queue-de-cheval suivant le mouvement.

— À merveille, répond Imogene avec un grand sourire. Vous pouvez débarrasser, s'il vous plaît ?

— Pas de souci. Ça a été ?

— *Épatant !* s'extasie Imogene en rejetant ses cheveux couleur miel en arrière. Vous voulez bien nous apporter un peu plus d'eau ?

Étouffant un bâillement, je détourne les yeux. Bien qu'il soit plus de 22 heures, le restaurant est encore bondé de clients, apparemment heureux de dîner aussi tard. Certes, la nourriture y est excellente et l'endroit est magnifique, avec ses murs en plâtre brut adoucis par des suspensions végétales et ses lustres dorés.

— Tout va bien, Audrey chérie ? me demande Imogene, qui pose une main fraîche et impeccablement manucurée sur mon bras.

— Très bien, je murmure. Juste un petit moment d'absence.

Sûrement parce que ça fait dix-huit heures que je suis réveillée, la plupart passées debout. Mais inutile d'en parler à Imogene, mon agente à New York. C'est elle qui guide à peu près tous les aspects de mon existence ici. Ce que je porte, où je vais, qui je vois. Je vis dans l'attente permanente de ses instructions. Non que ça me dérange. Tous ceux à qui elle m'a présentée m'ont répété que j'avais une chance incroyable d'être à son côté. Non seulement elle excelle dans son travail, mais elle est splendide, stylée et pleine d'énergie positive. Imaginez une princesse Disney en imperméable de cuir qui envoie un e-mail sur son portable tout en hélant un taxi pour se rendre à l'inauguration d'un bar à vin bio. Imogene est comme ça.

— Tu es certaine ? insiste-t-elle à voix basse. Tu n'as pas dit un mot de toute la soirée.

— Je sais, désolée.

Je m'en veux, tout à coup. Imogene a été mannequin, elle aussi, il n'y a pas si longtemps, et elle connaît une flopée de gens importants dans le business, dont quelques-uns sont d'ailleurs attablés avec nous. Je suis en train de gâcher une occasion en or de me faire des relations.

— Ne t'excuse pas, me reprend-elle gentiment. Je m'inquiète, c'est tout.

— Inutile, je m'empresse de la rassurer. Je crois que je paie seulement le prix de cette journée. Ça a été génial, mais… intense.

J'ai participé à cinq défilés. Imogene assistait à l'un d'entre eux et m'a expédié une photo de moi sur le podium dans une robe en cotte de mailles et des bottes Buffalo, les cheveux pleins de gel. Il m'a été plus facile de reconnaître la tenue que moi-même.

— Je comprends. Tu as fait un boulot formidable, chérie. Et ce soir, tu es *époustouflante*.

— Merci.

Avec un sourire, je rajuste la bretelle de ma robe argentée très courte, propriété de Marika. J'ai apporté peu d'affaires ici, et ma colocataire a décrété que mon unique robe noire était « triste ». Dur mais pas faux, alors que celle-ci est très jolie. Et signée d'un créateur. Sans doute un cadeau qu'on lui a offert après une séance photo ou un défilé. Il arrive que nous soyons payées en vêtements.

Une perspective alléchante, jusqu'à ce que je me rende compte que le mannequinat coûte les yeux de la tête.

Un nouveau serveur apparaît afin de débarrasser la table, et je me recule pour le laisser prendre mon assiette, tout en résistant à l'envie de fermer les paupières. Je suis au bord de la rupture tant je suis épuisée. Je ne rêve que d'une chose : rentrer chez moi et me glisser sous la couette.

— Et si on commandait des cocktails ? suggère soudain quelqu'un.

Mes espoirs d'une nuit de sommeil complète s'évaporent d'un coup.

Quarante minutes plus tard, les échanges ont dégénéré en ragots frénétiques à mi-voix à propos de personnes que je ne connais pas. Il est clair que nous ne sommes pas près de partir, et j'ai du mal à ne pas poser ma tête sur la table. Marika semble s'ennuyer autant que moi. Comme nous sommes installées loin l'une de l'autre, je ne peux même pas me plaindre auprès d'elle.

— Je sors une minute, j'informe ma voisine.

Je repousse ma chaise. Profitant de ce que tout le monde est concentré sur la conversation, je me suis dit qu'un brin d'air frais me réveillerait. Avec un peu de chance.

— Pour en griller une ? s'enquiert-elle d'une voix rauque à l'accent français.

— Euh… oui.

Ce n'est pas vrai, mais s'éclipser pour toute autre raison pourrait sembler bizarre, non ?

— Ils ont un coin pour ça, me confie-t-elle avec des airs de conspiratrice en désignant le fond du restaurant. Ils ne veulent pas qu'on fume sur le trottoir devant.

— Oh, merci.

Si j'emprunte l'entrée principale maintenant, elle me prendra pour une idiote. Va donc pour l'arrière de l'établissement. Personne ne s'aperçoit que je m'éclipse, mais tandis que je traverse la salle, je ne tarde pas à me rendre compte que j'aurais dû mieux me renseigner sur la direction à suivre. Je tombe sur une porte ainsi que sur un petit escalier métallique. Aucune plaque n'indique où l'un et l'autre mènent.

Je jette un coup d'œil par le judas du battant et distingue un couloir étroit et banal qui aboutit à une porte coupe-feu. Comme je ne tiens pas à traîner et à afficher que je suis paumée, je m'y faufile. Aucun employé ne m'en empêche, aucune alarme ne retentit. La porte coupe-feu étant entrouverte, j'en déduis que je suis au bon endroit. Lorsque je sors, je découvre quelques marches qui descendent vers une ruelle éclairée et protégée par un grillage. Des poubelles y sont entreposées.

— Vous vous êtes perdue ?

Il y a également un mec. Assis sur un cageot renversé, une cigarette entre les doigts. Il m'observe. C'est le serveur qui a débarrassé notre table. Il est anglais. C'est une surprise.

— Possible, je réponds, déconcertée. C'est la zone fumeurs ?

— Ça en tient lieu. Si vous préférez, il y a un bar sur le toit.

— Oh ! En haut de l'escalier ?

— C'est ça, ouais.

Je prends conscience que je viens de demander à ce type si le toit était situé en haut de l'immeuble. Je sens que je rougis.

— Oui, évidemment, j'opine. Logique.

— Mais si vous préférez un cageot, je vous en prie.

J'hésite. Le bar sur le toit signifie que je serai entourée de gens plus âgés et plus cool que moi. Plus ivres aussi, sans doute. Et plus entreprenants que je le voudrais. En même temps, m'avachir sur une cagette dans une ruelle en compagnie d'un inconnu… bof. Sauf qu'il bosse ici. Alors…

— Ça vous va, si je me contente de… m'adosser au mur ?

D'un geste vague, je montre l'édifice. Ma suggestion me paraît être un compromis raisonnable. La porte est ouverte et, au pire, mes chaussures sont assez pointues pour me servir d'arme.

— Bien sûr. La ruelle est à tout le monde.

Se levant, il franchit les marches d'un seul bond, me faisant tressaillir. Mais il se contente de me tendre son paquet de clopes, dans l'expectative.

— Oh ! Merci.

Je glisse une cigarette entre mes lèvres d'un geste maladroit. Après tout, j'ai justifié ma présence ici en prétextant chercher la zone fumeurs. Néanmoins, le type me fixe d'un air étrange, un peu perplexe.

— Vous êtes sûre d'en avoir envie ? me lance-t-il. De la cigarette, précise-t-il devant mon expression décontenancée. Est-ce que vous fumez, seulement ?

En m'empourprant, je retire la clope de ma bouche.

— Euh… Pas vraiment, non, j'avoue, ahurie d'avoir affaire à un devin. Je ne… Disons que ça m'est arrivé, mais que…

— Oups ! s'exclame-t-il en rempochant son paquet. Pardon de vous en avoir proposé.

— Non, non. Que *vous* fumiez ne me dérange pas. Tenez, prenez la mienne, si vous voulez.

Au même moment, je me rappelle que je viens de la suçoter. Il s'en empare sans rechigner cependant et, souriant, la retourne. Le bout est taché par mon rouge à lèvres. Pas le bon bout, mais l'autre.

— Zut ! je marmonne. La preuve que je n'avais pas la moindre idée de ce que je faisais, hein ?

— Sûrement parce que vous avez l'air de péter la forme, rigole-t-il en rangeant la clope. Nombre de mannequins fument, mais...

— Comment savez-vous que je suis mannequin ? je le coupe, étonnée.

— Déduction logique. Vous êtes grande et, clairement, vous venez d'ailleurs. De plus, c'est la Fashion Week.

— Je pourrais dire la même chose de vous.

— S'il suffit d'être grand et étranger, je devrais peut-être tenter ma chance.

— Parce que la mode vous intéresse ? je riposte.

Je m'efforce de ne pas le détailler de la tête aux pieds. Immense et sec, il a une mâchoire ciselée et un nez bombé trop mignon. Je le vois sans peine déambuler sur un podium, débraillé dans une tenue tendance, arborant la moue boudeuse qui semble de rigueur chez mes collègues masculins. En résumé, il est assez craquant. Impression que je garde pour moi, histoire de ne pas céder au trouble qu'il provoque en moi.

— C'est tentant, répond-il. Mais il faudrait pour ça que j'abandonne les fastes et les splendeurs du métier de serveur. J'hésite.

— Si c'est là une façon de sous-entendre que le mannequinat est glamour, je vous assure que non.

— Dit la fille qui porte une robe argentée...

— Elle n'est même pas à moi !

Je suis surprise d'avoir protesté. Lui aussi, je crois, parce que son sourire s'élargit, dévoilant une incisive pointue.

— Le vin servi à votre table coûte cent dollars la bouteille. Qu'avez-vous à dire pour votre défense ?

— Que je n'en ai pas bu. Et que je n'ai pas ce genre de moyens.

— Serait-on dans un scénario à la *Cendrillon* ?

— Le carrosse m'attend devant le restaurant.

— Dépêchez-vous, alors, se marre-t-il. Minuit approche.

— Je sais bien, malheureusement, j'acquiesce en rigolant à mon tour.

— Ah. Vous commencez tôt, demain ?

— Oui. Comme vous travaillez ici, j'imagine que vous avez le loisir de faire la grasse matinée.

— Aucune idée. Je n'ai décroché ce boulot qu'il y a vingt-quatre heures.

— Non !

— Si. Mais on m'a déjà félicité pour mon talent à porter des plateaux. Je déchire, aucun doute là-dessus.

— Que fichez-vous ici ?

— Vous voulez dire à New York ou dans cet établissement ?

— New York, j'imagine. Vous êtes anglais, n'est-ce pas ?

— La plupart du temps, acquiesce-t-il en se renfermant.

Je me rends compte que j'ai dépassé les bornes.

— Excusez-moi. Ça ne me regarde pas.

— Non, non, pas de souci, proteste-t-il en croisant mon regard. C'est juste que…

— Ezra !

Lui et moi sursautons et nous retournons en direction d'une femme en tenue blanche de cheffe. Mon premier réflexe est de la trouver extrêmement jolie, avec sa peau bronzée et ses cheveux aux reflets dorés coiffés en une courte queue-de-cheval. Le second est de me surprendre à espérer qu'elle ne va pas nous engueuler. Dieu merci, elle a l'air plus agacée qu'en colère.

— Ta pause s'est terminée il y a cinq minutes, dit-elle à mon interlocuteur.

Ezra.

— Pardon, répond-il en jetant sa cigarette par terre avant de l'écraser. Tu m'accordes une seconde ?

— Tu en as déjà eu plusieurs, réplique-t-elle aussi sec. Salut, me lance-t-elle ensuite.

— Salut, je lâche d'une voix soudain chevrotante. Désolée, je me suis perdue.

— Pas de souci.

Elle fixe Ezra, un sourcil arqué et, pour la première fois, la décontraction affichée du garçon s'effrite, tandis qu'une rougeur envahit ses joues.

— Le devoir m'appelle, lâche-t-il. Ravi de vous avoir rencontrée.

— Pareillement. À propos, moi, c'est Audrey.

— Audrey, répète-t-il.

Il hésite et, durant un instant, je crois qu'il va ajouter quelque chose, mais il se borne à passer devant moi et à disparaître à l'intérieur du bâtiment. Sa patronne lui emboîte le pas, et je reste seule. Seule et beaucoup plus éveillée qu'il y a cinq minutes.

5 - *Ezra*

— Alors, Ezzy, chantonne Caroline en piquant une fraise avec sa fourchette. Qu'est-ce que j'apprends ? Que tu as batifolé avec un mannequin hier soir ?

— Batifolé ? je m'esclaffe. Tu es sérieuse ?

— Il va de soi que je n'ai pas employé ce mot, intervient Romy, qui lève les yeux au ciel. Ta sœur m'a demandé comment s'était passé ton premier service et il m'a paru important de mentionner ce détail.

— Ce en quoi elle a eu raison, opine Caroline, tout sourire. Allez, raconte.

— Tu m'as invité à prendre le petit déjeuner avec vous rien que pour ça ? Me tirer les vers du nez ?

— Il se peut que ce soit entré en ligne de compte.

— Pff ! je râle, comme si j'étais en droit de me sentir offusqué.

La seule raison qui m'a poussé à me traîner jusqu'à leur appartement, c'est la cuisine de Romy. Elle a préparé du pain perdu à la cannelle saupoudré d'un croustillant de noisettes et de fruits rouges. Ce festin mérite amplement cette torture.

— Alors, insiste Caroline, comment s'appelle-t-elle ?

— Audrey.

Me levant, j'attrape la cafetière vide.

— Quelqu'un veut du rab ? je m'enquiers.

— N'essaie pas d'esquiver ! Tu lui as demandé son numéro ?

— Je l'aurais peut-être fait si ton adorable copine ne nous avait pas interrompus.

— Je ne te paie pas pour draguer, lâche l'intéressée sans s'émouvoir plus que ça.

— Je te signale que, pour l'instant, tu ne m'as rien payé du tout.

— Tu as son nom de famille, au moins ? nous coupe Caroline. Si oui, elle sera super facile à localiser.

— Non. Désolé de te décevoir.

Je l'avoue, je suis moi-même un peu déçu. Non que je sois assez naïf pour croire qu'une brève conversation avec une jolie fille puisse mener à une relation sérieuse. Mais cette rencontre me trotte dans la tête depuis. Pour être honnête, je ne sais pas trop ce qui m'a retenu de lui demander son numéro. La présence de Romy ? La peur d'être rejeté ? Un sentiment de loyauté ridicule envers Edie ? Quoi qu'il en soit, je ne l'ai pas fait, et d'ailleurs, sa tablée est partie peu après. Bref, la question ne se pose plus.

Romy a le nez sur son téléphone lorsque je reviens avec du café frais. Derrière elle, Caroline reluque l'écran du portable, visiblement captivée.

— Qu'est-ce que vous matez de si intéressant ? je demande en me rasseyant.

— Romy a décidé d'enquêter. Elle pense réussir à la trouver.

— Un instant. Vous parlez d'Audrey, là ?

— La femme qui a réservé est agente chez AVW Models, m'explique Romy. C'est une cliente très régulière.

— On est en train d'étudier leur liste de mannequins, ajoute Caroline. Tu ferais mieux de venir regarder avec nous. Tu te souviens sûrement mieux du visage d'Audrey que Romy.

— Tu déconnes.

— Il nous faut juste son nom de famille. Ensuite, tu n'auras qu'à la localiser sur les réseaux sociaux et lui envoyer un message.

— Je ne traîne pas sur les réseaux. Et aussi charmante soit votre implication dans ma vie privée…

— La voilà ! m'interrompt Romy.

Un frisson bien involontaire me secoue. Romy me tend son portable et, en effet, c'est Audrey, un simple portrait sur lequel elle affiche une mine grave. Une raie impeccable sépare ses cheveux châtain foncé, et sa peau pâle sans maquillage est parsemée de taches de rousseur que je n'ai pas repérées hier soir. Il émane de ses yeux sombres une intensité remarquable, presque comme si elle me voyait depuis la photo.

— C'est bien elle ? s'enquiert Caroline.

— Oui, j'admets en rendant l'appareil.

— Malheureusement, on n'a pas de nom, soupire ma sœur. Désolée.

— Vous aurez essayé, j'élude en m'efforçant de prendre un air détaché.

Détaché, je devrais l'être. Même si ces deux-là avaient réussi leur coup, je n'aurais sans doute pas donné suite. Du moins, pas tant que je n'aurais pas réussi à imaginer une façon de le faire qui ne soit pas flippante.

— Je suis déçue, soupire Romy. Elle a l'air adorable. En plus, tu n'as aucun ami ici, Ezra.

— Tu es sérieuse ?! se marre Caroline. Vas-y, ne te gêne pas, frappe-le alors qu'il est déjà à terre.

Par bonheur, elles laissent rapidement tomber. Après le petit déjeuner, je m'attarde, parce que j'aime traîner dans leur appartement. Il y règne un bazar des plus agréables, le salon servant également d'atelier à Caroline. Des toiles inachevées sont appuyées contre tous les murs, un chevalet et un tabouret trônent près de la télé. Ma sœur s'y installe et entreprend de me dessiner en douce, tandis que, étendu sur le canapé à visionner de vieux épisodes d'*Une nounou d'enfer*, je fais comme si de rien n'était.

Mon cerveau rôde encore du côté de la nuit dernière. À cause de Romy et de Caroline, toutes les idées qui me traversent l'esprit tournent autour de cette Audrey. Parce que… je regrette seulement de ne pas avoir eu le temps de discuter plus longuement avec elle. Je crois me souvenir d'avoir été maladroit quand elle m'a interrogé sur les raisons de ma présence à New York. Je ne me rappelle pas exactement ce que j'ai répondu, mais j'ai dû réagir comme si j'étais froissé, parce qu'elle s'est excusée. Je ne l'étais pas. La question m'a pris de court, c'est tout. La réponse aurait dû être simple, pourtant. Ma famille habite ici. Certes, pour moi, ça n'est pas aussi simple que ça. J'aurais pu expliquer la situation plus en détail si nous n'avions pas été dérangés. Je lui aurais dit que j'ai passé l'essentiel de mon adolescence dans un pensionnat anglais et que j'ignorais que je rentrerais ici jusqu'à ce que mon père m'annonce qu'il m'avait acheté un studio à Manhattan.

Acheté, oui. Rien qu'une ligne supplémentaire sur la liste de ses multiples propriétés, parce qu'il en a parlé comme si ce n'était rien du tout. J'étais parti du principe que revenir ici signifierait me réinstaller chez lui, ce qui est débile puisque nous n'avons plus partagé de toit depuis mes treize ans, sauf épisodiquement. À toutes mes vacances dans son appartement, l'impression générale était celle d'une espèce de compétition entre nous pour déterminer lequel de nous deux passerait le moins de temps possible entre ces quatre murs. Qu'il ne souhaite pas ma présence à ses côtés trop longtemps n'aurait pas dû m'étonner.

Sauf que raconter tout ça aurait été beaucoup trop pour Audrey, et que mon récit ignore un élément fondamental : je croyais à l'époque qu'Edie m'accompagnerait. Lorsque je lui ai parlé du nouvel appartement, elle s'est emballée. Si, perso, j'étais vexé comme un pou que papa me flanque hors de chez lui, Edie a réagi comme si j'avais gagné le gros lot. Ensuite, elle m'a carrément supplié de l'autoriser à emménager avec moi à New York, ce qui m'a fait hurler de rire. J'étais si amoureux d'elle – un amour pathétique et douloureux – qu'elle n'aurait même pas eu à me le demander gentiment.

Puis Edie a changé d'avis. À mon sujet, au sujet de l'appartement, au sujet de tout. N'en parlons plus. À présent, il faut que je me sorte les doigts du cul. Ce boulot de serveur est un début. Quelques relations sociales ne seraient pas mal non plus, mais la perspective de partir en chasse d'amis me flingue. Susan Sontag l'a merveilleusement exprimé, quand elle a écrit que fréquenter le monde lui donnait l'impression de perdre toute morale. C'est exagéré, d'accord, mais je partage son opinion. Par ailleurs, j'ai trop conscience que la plupart des gens, surtout dans une ville comme New York, sont révulsés par mon évident besoin d'attention. Je suis capable de supporter la solitude, à mon humble avis.

Et pas mal de choses aussi, me semble-t-il.

J'ai l'habitude.

6 - Audrey

— Et si nous abordions les domaines susceptibles d'être améliorés ? J'ai l'impression que nous pourrions faire beaucoup mieux sur les réseaux sociaux.

Imogene incline sa tablette vers moi afin de me montrer… moi, moi et encore moi, en gros.

— Regarde bien. Tu vois ce qui manque ?

— Euh… pas vraiment, j'avoue, assez gênée.

— C'est toi, qui manques ! s'exclame-t-elle d'une voix théâtrale. Où es-tu ?

Je la dévisage en clignant des paupières. Est-ce une plaisanterie ? Je suis partout. J'ai posté absolument *tous* les clichés de mes séances photo. Certes, il n'y en a pas des masses, mais j'ai ouvert ce compte il y a peu, effaçant l'ancien, mortifiée à l'idée qu'une de mes connaissances découvre mon nouveau boulot de mannequin. Dans la foulée, j'ai mis fin à mes nombreuses amitiés. Comme je passais ma vie à changer d'école, les réseaux sociaux étaient mon unique lien, aussi ténu soit-il, avec des tas de gens.

Imogene repose sa tablette et se penche dans ma direction.

— Les internautes veulent connaître ta réalité, m'explique-t-elle. Ils aspirent à se familiariser avec ta vie. Ta personnalité. Tu dois donc essayer de t'habituer à prendre des selfies tout le temps, même si tu as l'impression qu'ils seront ennuyeux. Même quand tu te contentes de traîner à l'appartement.

J'opine tout en me demandant si elle a déjà vu l'appartement en question. À part qu'il est idéalement situé au-dessus d'une laverie automatique, je n'ai pas grand-chose de positif à en dire et je n'aime pas m'y attarder plus que nécessaire. À cause de la drôle d'odeur qui y règne, de l'absence presque totale de lumière naturelle et de la colonie de cafards susceptible d'y avoir établi ses quartiers.

— Personne de l'équipe de Londres n'a évoqué le sujet avec toi ? s'enquiert Imogene en inclinant la tête. Pas même Leanne ?

— Si, si, elle y a fait allusion.

Leanne est mon agente en Angleterre. C'est elle qui m'a « découverte » il y a quatre mois de cela. Une rencontre surréaliste. Je déjeunais dans un *Prêt à manger*, lorsqu'une femme minuscule aux cheveux blancs et en tailleur rose vif a surgi près de moi et m'a demandé si j'avais déjà été mannequin. La bouche pleine d'un wrap aux falafels, je l'ai dévisagée jusqu'à ce qu'elle me tende une carte de visite et m'invite à me renseigner sur elle. Ce que j'ai fait, sinon je ne serais pas là. Ensuite, tout est allé très vite.

— Je comprends, acquiesce Imogene avec un sourire. Vous n'avez pas passé beaucoup de temps ensemble. Je suis certaine que ta démarche et ton maintien, qui sont formidables, ont été sa priorité. Toutefois, de nos jours, les followers ont beaucoup d'importance, bien plus qu'ils ne devraient en avoir, sans doute.

— OK, je vais m'en occuper. Merci infiniment.

— Je suis là pour ça, chérie. Un café ?

— Non, merci. Je suis pressée.

J'ai dû me lever aux aurores pour venir à l'agence avant mon premier défilé de la journée. Mes cheveux sont encore humides, et mon visage dénué de maquillage luit. Imogene, en revanche, est impeccable dans son ensemble deux pièces en tweed et son eye-liner parfaitement appliqué. Je ne sais pas comment elle se débrouille.

— Si, si, assène-t-elle en attrapant son téléphone. J'envoie Kady en chercher tout de suite.

Pendant que ses ongles cliquettent sur l'écran qu'elle tapote, j'observe son bureau, aussi immaculé qu'elle, avec ses murs blancs, ses lumières tamisées et son parfum de bougie. De grandes plantes lustrées ornent les coins de la pièce, et un néon rose accroché derrière elle proclame : NE RÊVEZ PAS. J'imagine que le sous-entendu est : AGISSEZ. Il n'empêche, ces mots sonnent comme une menace, à mes yeux.

— Des questions ? me lance Imogene, sans quitter son portable du regard.

— Euh… je bafouille en me redressant. Je me demandais ce qui était prévu pour Londres. Juste pour savoir si je dois commencer mes valises.

— Londres, répète-t-elle. Inutile de nous presser. Gardons ça dans un coin de notre tête.

— Pardon ?

— Tu as fait énormément de progrès ici. Mon instinct me souffle d'exploiter ça au maximum.

— Oh !

Je suis estomaquée. Imogene repose son téléphone.

— J'en discuterai avec Leanne, naturellement, enchaîne-t-elle. Pour l'instant, l'avenir est hypothétique.

— Entendu.

— Tu serais d'accord pour rester ici un peu plus longtemps ? s'inquiète-t-elle.

— Oui, oui ! C'est que je pensais que la Fashion Week de Londres était aussi un événement à ne pas rater…

— En effet, sourit-elle. On verra plus tard, OK ? Quoi qu'il arrive, je te promets que ce sera positif.

Positif. J'y songe dans le métro bringuebalant qui m'emmène vers Uptown, mes écouteurs dans les oreilles. J'ai beau avoir confiance en Imogene, je ne suis pas sûre d'avoir envie de m'attarder à New York. Je doute de pouvoir tenir le coup physiquement. Et mentalement. Je me sens épuisée à tous points de vue. Depuis que j'ai atterri à l'aéroport JFK, j'ai l'impression que seule l'adrénaline m'a permis de résister. Je me disais que je soufflerais quand je serais rentrée à Londres. Que ma vie serait plus normale, là-bas. Sauf que je n'y retourne pas de sitôt, apparemment.

Tout est si gros, ici. Bruyant. Tellement trop. Je souffre d'un manque de sommeil chronique, je meurs de faim sans discontinuer – les repas sont toujours expédiés –, et je suis devenue tellement dépendante des nouilles instantanées que je risque d'attraper le scorbut. J'ai des ampoules aux pieds à force de porter des chaussures à talons, mes cheveux sont grillés à force d'être coiffés à grands coups de séchoir, et je ne parle même pas de l'état de ma peau. Pourtant, je ne suis pas malheureuse. C'est le plus étonnant. Malgré les efforts que me coûtent les levers matinaux, une fois debout, j'ai hâte de m'y mettre. J'aime qu'on m'attende à un endroit donné, et que cet endroit soit en général magnifique. Ça me donne le sentiment d'être importante. Et cool. Je sais, c'est bête.

Ce serveur, celui que j'ai rencontré l'autre soir, m'a plu aussi. Je l'ai même cherché des yeux après avoir réintégré le restaurant. J'ai cru l'apercevoir qui se rendait aux cuisines, mais il n'est pas revenu à notre table. Si je reste ici, il se peut que je le revoie, à condition qu'Imogene nous remmène dîner là-bas.

Comment vont réagir mes parents à la nouvelle, bon sang ? En ce moment, ils vivent dans le Sussex, occupés à retaper un cottage délabré près de la plage. L'endroit est d'un pittoresque inouï. Quelque part, je voudrais qu'ils aient enfin trouvé la maison de leurs rêves. Un foyer. Sauf que je ne suis pas dupe. Dans six mois, ils se seront amourachés d'une autre ruine adorable, auront vendu l'actuelle et taillé la route, nos maigres possessions chargées à l'arrière de la camionnette. Voilà plus de six ans que ça dure. Nous emménageons, nous réparons, nous déménageons.

Il n'en a pas toujours été ainsi. Quand j'étais enfant, mes parents avaient un emploi à plein temps, et je passais la plupart de mes après-midi chez ma grand-mère. Sa maison était comme elle, petite et soignée. Je n'ai jamais vu ma mamie sans rouge à lèvres ni boucles d'oreilles, et elle se remettait du parfum chaque fois qu'elle devait sortir. Elle m'autorisait à en mettre, et j'ai gardé en mémoire la sensation de ses mains fraîches et douces qui tapotaient gentiment le bouchon du flacon sur mes poignets. Nombreux sont mes souvenirs d'elle qui se sont estompés, aujourd'hui, mais pas cette odeur. Quand il m'arrive de la humer, de temps en temps, j'en suis bouleversée.

Sa mort m'a hébétée au point de n'y rien comprendre. Je savais seulement qu'elle me manquait beaucoup. À ma mère aussi, sans doute, car elle a cessé d'aller au boulot pour traîner chez ma grand-mère. Puis, à partir d'un moment, mes après-midi ont consisté à regarder mes parents rouler les tapis et arracher le papier peint. La maison a perdu toute trace de la présence de sa propriétaire. Cette absence-là, concrète, je l'ai cruellement ressentie.

En revanche, ma mère a donné l'impression d'aller mieux. La maison vendue, mes parents ont tenu à avoir une conversation sérieuse avec moi, durant laquelle ils m'ont demandé si je n'avais pas envie qu'on passe plus de temps en famille. J'ai dit que si, même si je ne savais pas trop dans quoi je m'engageais. Si j'avais su, j'aurais peut-être répondu différemment.

Je suppose que, par certains aspects, la décision a été positive. Nous avons en effet passé plein de temps ensemble, et les seconder m'a permis d'acquérir d'assez bonnes connaissances en bricolage. Hier, j'ai réussi à améliorer ma popularité à l'appartement après avoir rafistolé la pomme de douche. Je suis douée pour les adieux, encore plus forte quand il s'agit de faire mes bagages. J'en conclus que ce mode de vie m'a préparée à celle que je mène maintenant. Il n'empêche, je mentirais si j'affirmais que je n'en ai jamais voulu à mes parents. Si je comprends que restaurer des maisons est leur passion, je suis à peu près certaine que j'aurais adoré être une ado normale. Et avoir autre chose qu'eux deux comme horizon.

Bien que de nombreux parents considèrent leurs enfants comme une extension d'eux-mêmes, ce n'est pas le cas des miens. À aucun moment, ils ne m'ont embêtée avec mes devoirs, mes activités extrascolaires, mes amis – ou plutôt mon manque d'amis. Ils ne m'ont pas forcée à suivre des cours de conduite ni à prendre un petit boulot, se contentant de me payer quand je les aidais sur leurs chantiers. Ils étaient contents de mes résultats à l'école, ont été heureux que je sois acceptée par certaines universités. Toutefois, lorsque je leur ai montré la carte de visite de Leanne, une sorte de déclic s'est produit. Soudain, j'ai dû affronter des lèvres pincées et des bras croisés, et défendre mon bout de gras lors de conversations guindées sur l'importance de faire « les bons choix ».

Surtout de la part de ma mère. Elle a réagi et réagit encore d'une manière étrange face au mannequinat. Si papa a d'abord été sceptique, il estime désormais que je tiens une super occasion de découvrir le monde tout en gagnant de l'argent. Maman, en revanche, n'est pas redescendue de son perchoir désapprobateur. Peut-être qu'elle trouve ce métier frivole, vu que, question mode, elle a toujours été ambivalente. Elle passe sa vie attifée de salopettes, possède deux « jolies » robes en tout et pour tout et ne met du rouge à lèvres qu'aux enterrements. Pour autant, ça n'explique pas qu'elle ne parvienne pas à ne serait-ce que faire semblant d'être fière de moi.

Je me trémousse sur mon siège, histoire d'évacuer la douloureuse tristesse qui me serre la poitrine. S'ils ne sont pas contents que je reste à New York, eh bien tant pis. Mes décisions m'appartiennent, à présent. Et puis, ce n'est pas comme si j'avais quoi que ce soit de mieux qui m'attendait ailleurs. Ils y ont veillé.

7 - *Ezra*

C'est un mardi qu'arrive enfin le message que je redoutais.

Salut Ezra. J'espère que tu vas bien. Es-tu libre à déjeuner ce midi ?
Papa

Je le lis deux fois tout en me mordillant l'intérieur de la joue. Le tableau de service que Romy et moi avons concocté au petit bonheur la chance fait que je ne travaille pas aujourd'hui. Je suis d'ailleurs vautré sur le canapé, un exemplaire corné de *Middlesex* entre les mains. Le posant de côté, je m'empresse d'envoyer un texto à Caroline.

As-tu dit à papa que je travaille au restaurant ?

Une minute plus tard, mon téléphone vibre.

Pour te priver de ce plaisir ? Bien sûr que non ☺☺☺☺

Je soupire et me lève, tout en composant un nouveau message sur le chemin des toilettes.

Pas de souci, papa. Où ?

Deux heures plus tard, douché et en costard, je suis installé dans un restau lumineux qui se trouve près des bureaux paternels. Mon daron est en retard, comme d'habitude. Ça m'a permis de commander une vodka tonic, que j'ai réglée au bar. Je me fiche de picoler à midi, mais je ne tiens pas spécialement à ce que ça figure sur l'addition.

— Pardon, pardon, s'excuse papa avec brusquerie et visiblement débordé, quand il déboule derrière moi et s'assoit. Ma réunion s'est éternisée. Tu attends depuis longtemps ?

— Non, je mens.

Acquiesçant, il s'empare du menu, le parcourt en vitesse et le repose.

— Tu es pressé ? je demande.

— Désolé, marmonne-t-il avec un sourire penaud.

Irrité, j'avale une gorgée de ma boisson tandis qu'une serveuse approche. Voilà trente secondes qu'il est là, et il s'apprête déjà à filer. À quoi bon me fixer un rendez-vous ?

— Bonjour messieurs ! s'exclame la fille, tout sourire. Qu'est-ce qui vous ferait plaisir ?

— Je prendrai le poulet grillé au feu de bois avec les choux de Bruxelles, merci. Ezra ?

— Euh... La foccacia à la pancetta et au provolone, s'il vous plaît.

Entre nous, je suis abasourdi que cet endroit exige vingt dollars pour ce qui, au fond, n'est jamais qu'un sandwich jambon-fromage.

— C'est parti ! Vous buvez quelque chose ?

— Apportez-nous juste un peu plus d'eau, répond papa.

Je lance un coup d'œil à la serveuse. M'ayant vu au bar, elle sait ce que contient mon verre. Elle ne dit rien, cependant, et se borne à sourire avant de s'éloigner. C'est ce que j'aime dans ce genre d'établissement chic. Si la bouffe est chère, la discrétion, elle, est gratuite.

— Quoi de neuf ? s'enquiert mon père.

— Pas grand-chose, je réponds en me redressant. J'ai décroché un boulot.

— Ah bon ? s'étonne-t-il.

— Dans le restau de Romy, je précise en m'efforçant de rester calme. Commis de salle. En gros, je débarrasse et dresse les tables. Un truc provisoire, ça va de soi.

— J'en suis certain.

— C'est tout de même un travail.

— En effet. Bravo. Je voulais justement en discuter avec toi.

— Vraiment ? je lâche, feignant la surprise.

— Oui. Comme tu es un peu désœuvré en ce moment, je me suis demandé si ça t'intéresserait de venir donner un coup de main à la boîte.

— Oh !

— J'ai bien conscience que tu ne trouves pas ce que je fais très captivant, mais un chouïa d'expérience dans un bureau est toujours utile. Maggie peut en témoigner.

— Maggie et moi sommes différents.

— Je sais, admet-il après un court silence. Quelles sont tes intentions ?

— Genre projets de vie ? je m'esclaffe. Euh… Aucun pour l'instant, désolé de te décevoir.

— Je comprendrais que rien ne soit gravé dans le marbre. C'est seulement que… Je déteste que tu ne saches pas quoi faire de ta peau.

— Logique, j'opine en détournant les yeux.

Cette détestation est surprenante, de la part de quelqu'un qui ne m'a pas franchement vu, ces cinq dernières années. Il s'attend à quoi ? D'aussi loin que je me souvienne, j'ai été transbahuté de part et d'autre de l'Atlantique. Est-ce donc si étonnant que je ne sache que faire de ma foutue peau ?

— D'après Caroline, insiste-t-il, tu t'étais mis à la photo, à un moment.

Je ravale un soupir.

— Pas vraiment. Il y avait une chambre noire au lycée. Juste une occasion de m'occuper.

Le bâtiment abritant la section arts était une monstruosité des années 1970 en lisière de la propriété. Vu le nombre de ses salles non utilisées, il est vite devenu mon endroit de prédilection quand, pas particulièrement désireux d'assister à mes cours, je voulais tuer le temps. Un prof répondant au nom de McDougal a fini par m'y dénicher. Au lieu de me coller une retenue, il m'a donné un appareil photo, un petit *point and shoot* vieillot. Il m'a également appris à développer mes clichés. Notre relation maître/élève s'est cependant arrêtée là. Lui, plutôt qu'enseigner, préférait regarder des films dans un bureau reculé. Il m'a plus ou moins dégoté le boulot de photographe officieux du bahut. Bien que les compétitions sportives et les cérémonies de remise de prix m'indiffèrent au plus haut point, ça m'a offert des raisons légitimes de sécher.

— À mon époque aussi, renchérit papa. Il faut croire que les choses ne changent guère, dans ces établissements.

— Il faut croire, oui.

Mon père a justifié mon envoi en pension parce qu'il avait lui-même fréquenté cet internat et s'y était plu. Il a estimé que ce serait une bonne idée de m'y exiler quand j'ai commencé à déconner.

— Elle affirme que tu as l'œil, enchaîne-t-il. Caroline.

Je hausse les épaules. Ma sœur ayant également pratiqué la photo, je lui avais demandé conseil par e-mail à mes débuts. Quelques semaines plus tard, je recevais un colis contenant un Leica restauré et une pleine boîte de pellicules. Par la suite, j'ai joint des scans de mes clichés à mes messages. Les meilleurs, s'entend, ceux dont je pensais qu'elle les aimerait peut-être. Je ne me doutais pas qu'elle en avait parlé à notre paternel.

— L'université de New York a un formidable programme de formation aux métiers de l'image, tu sais ? ajoute ce dernier en se penchant vers moi. Une de mes amies y enseigne. Je suis sûr qu'elle serait d'accord pour jeter un coup d'œil à ton book.

— Je n'en ai pas.

— Tu pourrais y travailler. Combien de temps ça te prendrait, à ton avis ?

— Aucune idée. Il faudrait que j'interroge Caroline.

— Excellente initiative.

Son enthousiasme semble tellement sincère que je me fais aussitôt l'effet d'être une merde. C'est là une des multiples – innombrables – raisons pour lesquelles j'évite sa compagnie. Je déteste celui que, en sa présence, je deviens, ado blasé et grincheux qui a du mal à ne pas soupirer à chacun des mots qu'il prononce.

Il n'en a pas toujours été ainsi. Autrefois, je l'idolâtrais. Comme ma mère. Tous deux étaient des bosseurs acharnés, papa au bureau, et maman dans une fac proche de New York, où elle enseignait les lettres classiques. Il était si rare qu'ils soient à la maison que mes sœurs et moi nous disputions sans vergogne leur attention. Ils en étaient conscients, ce pour quoi ils avaient mis en place un système où chacun de nous trois avait son moment privilégié en leur compagnie. Pour moi, c'était le cinéma avec maman, les musées avec papa. Celui-ci a patiemment enduré mes fixettes. Les dinosaures d'abord, puis la conquête spatiale, l'ancienne Égypte et, brièvement, les géodes. Ensemble, nous avons passé tant de dimanches au musée d'Histoire naturelle que les gardiens connaissaient mon prénom. Même après que je me suis lassé des géodes, mes relations avec mon père sont restées plutôt chouettes. Jusqu'à ce que maman tombe malade. Puis elle est morte, et…

Je ne tiens pas à m'attarder sur le peu de souvenirs que j'ai de cette période. Le problème, c'est que papa a disparu des radars. Des comptes à clore, des gens à prévenir, un enterrement à mettre sur pied – la mort est un vrai souci logistique, semble-t-il. Il n'empêche, j'ai toujours eu le sentiment qu'il était soulagé d'avoir une excuse pour nous fuir. Ayant à gérer son propre chagrin, il ne souhaitait pas se taper le nôtre par-dessus le marché.

Passons. On nous apporte nos plats, ce qui est un soulagement : il est superflu de discuter pendant qu'on mange. Mon sandwich est bon. Pas au point de valoir vingt dollars, mais correct. J'ai à peine dégluti ma dernière bouchée, que papa réclame l'addition. S'ensuit une nouvelle tape maladroite sur l'épaule devant le restaurant, et il décampe.

Sur le trajet de retour à l'appartement, je me surprends à être perturbé. Une sensation si tenace que, dix minutes après avoir franchi le seuil, je m'agenouille devant un carton de vieilleries datant de mon séjour en internat que je range sous mon lit. J'y déniche mon Leica fourré au fond d'une chaussette. Le démaillotant, je le soupèse. Son poids a quelque chose de rassurant. Il est hors de question que je m'inscrive à l'université de New York, mais rassembler quelques photos pour tranquilliser mon père ne me paraît pas insurmontable.

Bizarrement, je n'ai jamais utilisé cet appareil à New York. Je ne le rapportais pas pendant les vacances d'été, peut-être parce que je ne tenais pas à observer la ville de trop près. Il aurait été choquant qu'elle n'ait pas changé après la mort de maman. L'apparente indifférence du monde envers son absence me rendait dingue. J'avais cette manie d'imaginer que j'installais des plaques commémoratives dans tous ses endroits préférés. Pour que tout un chacun, y compris ceux qui ne l'avaient pas connue, sache qu'elle avait fréquenté tel ou tel lieu, bu du café dans telle ou telle pâtisserie, corrigé des copies sur tel banc et qu'elle adorait un certain tableau avec tant de passion qu'elle venait l'admirer chaque dernier dimanche du mois.

Je n'ai pas cédé à cette envie. Je n'ai même rien qui puisse me la rappeler chez moi. Lorsque j'ai emménagé, Caroline m'a proposé quelques photos. Je les ai refusées. Ce qui m'a déprimé, bien sûr, et continue de me déprimer. Pour autant, je ne changerai pas d'avis. Je ne sais toujours pas comment raviver les bons moments sans aussitôt être avalé par la spirale des mauvais. Des portraits d'elle évoqueraient trop de souvenirs à mon goût – je n'ai pas la capacité de les affronter. Parce que la douleur de l'absence, s'avère-t-il, n'est jamais moins violente. Juste moins fréquente.

Je remballe mes affaires, replace le carton sous le lit. Le Leica aussi. Je n'ai plus très envie de le regarder.

8 - *Audrey*

— Elle t'a dit combien de temps tu resterais ?

— Non.

— Ah. C'était quand, votre entretien ?

— Mercredi. Elle m'a envoyé un texto de confirmation hier soir.

— Ah, répète Marika, songeuse, tout en tapotant son bol de céréales avec sa cuillère.

Je mordille dans ma tartine grillée. Je n'ai pas faim. Je ne sais pas quoi dire. En ce vendredi matin, Marika et moi sommes installées dans notre triste cuisine, meilleur moment sans doute pour informer ma coloc que je ne quitterai pas New York avec elle. Je pense qu'elle s'en fiche, mais nous avons passé pas mal de temps ensemble cette semaine. Elle m'a même réveillée tout à l'heure, parce que j'ai eu une panne d'oreiller.

— Bonne chance à Londres, je risque avec un sourire. Je suis sûre que ce sera génial.

— Je n'y vais pas non plus, réplique-t-elle. Je croyais avoir compris pourquoi, mais plus maintenant.

Elle se lève brusquement et décampe. Après une seconde d'hésitation, je fourre le reste de mon toast dans ma bouche et la rejoins dans notre chambre, où elle est en train de se déshabiller. Retirant son haut de pyjama, elle le flanque dans le panier à linge. Est-elle en colère ? Vexée ? Je n'en ai pas la moindre idée.

— Tu restes à New York, alors ? je demande, hésitante, tandis qu'elle ôte son pantalon de jogging.

— Oui. Imogene me l'a annoncé hier.

— Oh !

Je me laisse tomber sur le bord de mon lit. De ma couchette, plutôt. La pièce est si exiguë que nous dormons dans des lits superposés. Il y a une commode, un miroir en pied et un paravent en papier dans un coin. Marika ne s'en sert pas. D'ailleurs, toutes les filles qui logent ici ont l'air très détendues face à la nudité. Si ça ne me gêne pas, je ne parviens pas à être aussi nonchalante qu'elles. Je me suis développée tardivement, ayant poussé comme une flèche un an avant ma puberté. Je me souviens d'avoir, en larmes, supplié ma mère de m'acheter un soutien-gorge rembourré après avoir eu vent de propos désobligeants dans le vestiaire de l'école. Ça date, certes, mais je n'ai jamais tout à fait réussi à me débarrasser de ce complexe.

J'ai bien conscience que personne n'a envie d'entendre un mannequin se lamenter sur sa « laideur ». On considère trop souvent qu'avoir un corps mince et élancé est un but en soi. Cependant, dominer d'une ou deux têtes toutes les filles (et pas mal de garçons) de sa classe a été un calvaire, pour moi. Une fois ma taille adulte atteinte, j'ai pris le pli de porter les chaussures les plus plates qui soient et de me voûter, pliant un genou et me tassant quand je ne bougeais pas. J'ai toujours été « la fille très grande » et « la nouvelle ». Parce que j'étais sur la réserve, on me traitait de snob. La perspective de fayoter auprès des autres pour obtenir leur amitié m'écœurant, je gardais mes distances, attendant que quelqu'un fasse le premier pas. Alors, j'intégrais peu à peu tel ou tel groupe, tâchant de me couler dans le moule du type de fréquentation auquel aspiraient ces gens. Un comportement assez psychopathique, je sais. Tout un chacun modifie sa personnalité, à un moment donné. Je l'ai assez vu ici, où des nanas blasées et indolentes se métamorphosent en Wonder Woman à l'instant où elles passent un casting.

Il n'empêche, parfois, je me sens un peu éloignée de moi-même. Je suis quelqu'un à part entière, avec mes défauts, mes maladresses et mes fixettes, mais il arrive que le doute s'installe. Peut-être parce que, ici, on ne connaît pas mes traits de caractère. En vérité, on ne me connaît pas, point barre. De temps en temps, tard dans la nuit, lorsque je suis couchée, je fais comme si ce n'était pas le cas. J'imagine qu'il existe quelqu'un dans mon entourage actuel qui se rappelle quelle sorte de café je bois, la taille de mes chaussures, mon signe astrologique. Quelqu'un qui aurait envie de m'entendre évoquer les séries qui m'amusent, les livres qui me tirent des larmes, et ce rêve récurrent dans lequel j'essaie de rattraper une personne, une personne influente mais dont je ne distingue pas le visage, une personne que je n'arrive pas à rejoindre parce que je suis trop lente. Ce rêve où j'essaie de courir, mais où j'ai l'impression de barboter dans un bourbier. Ce rêve où je hèle la personne que je traque, sauf qu'elle ne m'entend pas. Chaque fois, j'échoue. Je ne saurai jamais de qui il s'agit.

— Désolée si je te donne le sentiment que ça m'agace, lâche soudain Marika en enfilant un tee-shirt avant de se tourner vers moi. Je ne suis pas du tout agacée, je m'efforce juste de reconsidérer la situation.

— Pas de problème, je m'empresse de répondre, tirée de mes idées noires. Moi non plus, je ne sais pas trop quoi en penser.

— Je croyais qu'Imogene me réservait un job spécifique, assez important pour que je loupe Londres, dit-elle d'un ton neutre. Je n'en suis plus aussi certaine.

— Ce n'est pas exclu. Elle a vaguement fait allusion à un truc comme ça.

— Je regrette qu'elle ne soit pas au gala ce soir, soupire-t-elle, mains sur les hanches. Elle est bien plus bavarde après un ou deux cocktails.

— Quel gala ? je m'exclame, paumée.

— La soirée Waverly, s'offusque-t-elle. Ne me dis pas que tu as oublié.

Flûte ! J'avais oublié.

— Il te faut une robe, décrète Marika. Longue. Tenue de soirée exigée.

— D'accord. Je ferai un saut dans un grand magasin après les défilés.

Le gala Waverly est un must, un des derniers tours de piste de la Fashion Week new-yorkaise, avant que tout le ban et l'arrière-ban saute dans un avion en direction de Londres. À ma décharge, nous avons été invitées au dernier moment. D'après Imogene, les agences sélectionnent quelques filles chaque année afin de « remplir les chaises vides avec leur joli minois ». Nous sommes extrêmement chanceuses d'avoir été choisies, vu le beau monde qui sera présent. Imogene n'y sera pas, uniquement parce que sa sœur fête ses trente ans. Un bon point pour elle, à mon avis.

Je suis sûre que Marika se fondra sans difficulté dans le paysage. Elle n'a beau défiler que depuis un an, elle se comporte comme si elle était une vedette. Parce qu'elle venait d'entrer dans la pièce, j'ai vu des gens se taire et interrompre leur conversation pour la regarder. Et puis, elle bosse dur. Lorsque je lui ai parlé des reproches d'Imogene quant à ma présence sur les réseaux sociaux, elle m'a montré toutes les applis (une dizaine) dont elle se sert pour gérer ses profils.

Je me suis peut-être trompée en estimant qu'elle ne m'appréciait pas. Il est possible que le souci qu'elle a de sa carrière mette tout le reste au second plan.

Je suis vite prête. Quand je sors de derrière le paravent, Marika époussette un blouson de motard rose poudré bien plus élégant que mon bomber vert olive. Nous partons ensemble, car nous défilons pour la même marque, ce matin. Une fois encore, ça nous permet de partager les frais de transport. Je reste en arrière, la laissant avancer vers le bord du trottoir. Je m'émerveille de sa grâce époustouflante, même pour héler un taxi – cou gracile, bras tendu et incliné comme celui d'une ballerine.

Imogene m'a garanti que rester à New York serait positif. Marika ne partant pas non plus, ce doit être vrai.

Rassérénée, je m'approche d'un pas plus léger de la voiture qui vient de s'arrêter à notre hauteur.

9 - *Ezra*

— Je ne te comprends pas du tout, trésor, lâche Mac, troublé.

Vu qu'on se connaît depuis moins d'une semaine, je lui répliquerais volontiers que c'est inutile.

— Genre, tu es blindé de thune, enchaîne-t-il en recrachant la fumée de sa cigarette. Et ne me sors pas le coup du « Ce sont mes parents, les riches, pas moi », parce que c'est du flan.

— Je tâcherai de m'en souvenir.

— Alors, explique-moi un peu ce que tu fous à transbahuter des assiettes sales pour le salaire minimum ! Pour moi, c'est vital. Mais toi ? Qu'est-ce que ça t'apporte ?

Bonne question. Qui mérite une réponse honnête, sauf que je ne sais pas trop laquelle.

— Une sorte de structure ? je risque.

— Si je devais structurer ma vie, ricane-t-il, je trouverais autre chose que jouer les larbins.

— Ça se défend.

J'écrase mon mégot contre la caisse sur laquelle je suis assis. Juché sur une autre caisse, Mac a fumé trois clopes tandis que je finissais la mienne. Il a dix-neuf ans, deux qu'il travaille au restaurant et il a emménagé à New York pour tenter sa chance à la Julliard School, le meilleur conservatoire de musique et des arts du spectacle au monde, m'a-t-il expliqué. Le hic, c'est qu'ils ne veulent pas de lui. Pour l'instant du moins. Récemment, il s'est inscrit à sa troisième audition. Sa ténacité m'impressionne plus que s'il avait été admis dès sa première tentative.

— Romy est la copine de ta sœur, pas vrai ? Qu'est-ce qu'elle fait ?

— Elle est artiste.

— Comme la moitié de cette ville. Plus spécifiquement ?

— Elle peint. Des portraits à l'huile.

— Elle est douée ?

— Oui. Très, même.

— Pourquoi tu ne te lances pas dans un truc comme ça ? Gratifiant d'un point de vue créatif mais qui n'exige pas trop d'efforts.

— Ne te berce pas de l'illusion que j'ai une once de talent artistique en moi.

— Merde, tu sais que quand tu me débites ce genre de connerie, tu parles exactement comme ce gars d'*Orgueil et Préjugés* ? Et puis, cet accent…

— Pas américain, oui.

— Je te parie que les nanas en sont folles. Les mecs aussi. Tu sors avec quelqu'un ?

— Non.

— Pas plus de précisions, hein ? Pas de souci. J'aime bien un petit mystère de temps en temps.

Il écrase sa propre cigarette, se lève et passe une main sur ses boucles serrées teintes en blond. Sa peau couleur fauve luit sous le soleil de midi, et le piercing de ses narines étincelle. Romy m'a informé qu'à peu près les trois quarts du personnel sont amoureux de Mac. Ce dont il ne semble que trop conscient.

— Tu as des projets pour ce soir ? me demande-t-il soudain.

— Non.

Trop tard, je me rends compte que ma réponse me met en danger d'être invité quelque part.

— Un pote m'a envoyé un texto. Pour un boulot. Un gros truc. Ils cherchent des extras. Si ça t'intéresse…

— Oh ! Carrément.

— Tu n'as pas l'air très sûr, chéri.

— Si, si. Ça marche. C'est juste que je croyais que tu allais me proposer de sortir.

— Il y a toujours un after, après ce genre d'événement. On pique des bouteilles et on termine chez quelqu'un. Pour info, et même si ce n'est pas ta priorité, c'est payé en liquide.

— Il s'agit seulement de passer des plateaux, non ? Ce n'est pas grave que je sois nouveau dans le métier ?

— Sans doute pas, admet Mac après un instant de réflexion. Mais si on te pose la question, je mentirais, à ta place.

Quand Mac et moi revenons de notre pause, le restaurant est à moitié vide, et nous entreprenons de nettoyer le carnage d'après brunch. Il m'incombe de laver à la main les délicates flûtes à champagne dans lesquelles nous servons les mimosas et dont les rebords sont tachés de rouge à lèvres onéreux.

— On dirait que tu t'es fait un ami.

Je jette un coup d'œil à Romy, qui s'est appuyée contre l'évier.

— Tu n'es pas censée bosser ? je réplique en rinçant un verre savonneux. Des patates à éplucher ? Des oignons à émincer ?

— Je suis cheffe, Ezra.

— Parce que tu penses que je sais ce que ça signifie ?

— Ça signifie que j'ai passé le stade où j'épluchais des patates et émincais des oignons. Toi, en revanche…

— C'est comme si c'était fait. Laisse-moi juste le temps de fréquenter une école de cuisine pendant un an, et je m'y colle.

— Il n’est pas nécessaire d’avoir suivi des cours pour travailler en cuisine. J’en suis l’exemple parfait. Tant que tu as la passion et que tu es prêt à bosser dur…

— C’est là où je décroche, ma vieille.

— Si ça se trouve, tu serais doué, rigole-t-elle.

— Non. C’est sympa de ta part, mais je ne crois pas que ce soit pour moi.

— Qu’est-ce qui l’est, alors ?

— Quand je l’aurai découvert, tu seras la première informée.

Mon ton a été un petit peu trop sec. Romy penche la tête, je lâche mon éponge et me tourne vers elle.

— Pardon, je m’excuse en croisant son regard. Hier, mon père m’a reproché de ne rien faire de ma vie. Apparemment, c’est un point encore sensible.

— Tu veux en parler ?

— Non. Mais merci quand même.

Elle acquiesce. Je suis content qu’elle ne soit pas du genre à sortir des platitudes vagues et réconfortantes, comme « Tu retomberas sur tes pattes » ou « Je suis certaine que ton père n’avait pas de mauvaises intentions ». Ce qui ne l’empêche pas de me fixer comme si elle voulait ajouter quelque chose.

— Quoi ? je finis par lancer.

— Rien, susurre-t-elle. Seulement un machin sur ton visage.

Elle plonge ses doigts dans l’eau de vaisselle et me plaque une poignée de mousse sur la tronche. Je hoquette, incrédule et surpris. Tandis qu’elle s’éloigne d’un pas nonchalant, un petit rire m’échappe. J’imagine que c’était le but de la manœuvre.

10 - Audrey

— Tu es malade ?

Je sursaute et cligne des paupières. Marika se tient devant moi, une main sur la hanche, le visage dur. Juchée sur le rebord d'un lavabo, mon portable entre mes doigts, je ne l'ai même pas entendue arriver.

— Pardon ? je balbutie.

Son entrée en matière est plutôt brutale, même pour elle.

— Je ne vois pas d'autre raison qui expliquerait que tu te planques dans les toilettes. D'autant que je connais une dizaine de filles qui seraient prêtes à tuer pour assister à cette soirée.

— C'est que… Je ne me sens pas très bien.

Ma défense est faiblarde. D'ailleurs, Marika n'est pas dupe et se tourne vers le miroir en faisant claquer le fermoir de son sac à main.

— Je n'ai pas avalé de sucre depuis une semaine, je dors en moyenne quatre heures par nuit et j'ai les pieds en sang, riposte-t-elle. Bienvenue au club.

Je m'apprête à protester, quand une belle invitée en lamé doré déboule et s'affale dans l'un des box, secouée par un haut-le-cœur. Le bruit inimitable de la gerbe s'écrasant sur le carrelage nous parvient et nous grimaçons.

— Ça va ? je lance.

La réponse étouffée (« Va chier ») est marmonnée entre de nouveaux vomissements. Un accident inévitable, sans doute, lors d'événements comme celui-ci, où l'alcool est gratuit et coule à flots. Les organisateurs ont réservé un hôtel tout entier, un vieil édifice incroyable en plein centre. Nous avons la permission d'y déambuler à notre guise. L'ensemble est d'une beauté accablante, ce qui justifie peut-être mon propre accablement.

Marika se penche et se remet du rouge à lèvres.

— Fais comme tu veux, marmonne-t-elle. Je ne suis pas là pour t'encourager. Je suis simplement étonnée que tu gâches cette occasion.

— J'ai fait des efforts. On est ici depuis des heures. J'ai parlé à des millions de gens que je ne connais même pas.

— C'est l'idée.

— Mais c'est gênant ! Ils sont tous célèbres, puissants et vachement plus vieux que nous...

— Tu es jolie, Audrey. Les autres ont tendance à t'apprécier avant que tu ouvres la bouche.

J'affiche une grimace embarrassée. Ma coloc referme sèchement son sac.

— Laisse tomber, lâche-t-elle. As-tu bu un verre ? Un vrai.

— J'ai dix-huit ans. On n'est pas censé en avoir vingt et un pour picoler, ici ?

— En théorie. Bon, tu en as envie, de ce verre ?

— Euh... Oui.

— OK. Allons-y.

— Je suis désolée. Tu passes ton temps à veiller sur moi. Rien ne t'y oblige et...

— Je sais, m'interrompt-elle. Même si je ne pige pas trop pourquoi je m'embête, dans la mesure où tu te fiches carrément de tout ça.

— Pas du tout, je me défends. Ça compte pour moi.

— Pas assez pour que tu sois à l'heure, portes les vêtements appropriés et parles aux bonnes personnes.

— Hé ! Je ne suis dans le métier que depuis quelques mois.

— Et tu participes déjà à la Fashion Week de New York. Félicitations.

Sa repartie me cloue le bec, et je baisse les yeux, honteuse. En soupirant, Marika repose son sac.

— Écoute, reprend-elle, ça fait presque deux ans que je travaille dans ce milieu, et c'est ma première Fashion Week hors de Londres. J'ai beaucoup à prouver.

— C'est mon cas aussi, je murmure. J'ai reporté mon entrée à la fac pour ça. C'est tout… Je n'ai rien d'autre, pour l'instant.

— Je comprends, admet-elle après un bref silence. J'étais danseuse, avant. Classique.

— Waouh ! je m'exclame, surprise. Tu y as renoncé pour devenir mannequin ?

— À seize ans, j'ai été renversée par une voiture alors que j'étais à vélo. Je me suis cassé les os de la jambe.

Je tressaille. Marika m'offre un sourire qui n'atteint pas ses yeux.

— Au moins, j'avais un casque. Voilà pourquoi je suis ici en train de discuter avec toi. Comme on m'avait toujours conseillé le mannequinat, je me suis rendue dans des tonnes d'agences dès qu'on m'a retiré mon plâtre. Vu que j'avais tout sacrifié pour le ballet, je me suis dit que la seule façon de m'en sortir, c'était de me lancer dans une activité différente mais tout aussi exigeante.

— Et… tu es heureuse, maintenant ? Dans ce nouveau métier ?

— Oui. Je suis plutôt douée. Et puis, il y a des points communs entre la danse et le mannequinat. Positifs. Pas seulement le racisme, les critiques humiliantes et discriminatoires.

Elle pose sur moi un regard intense et ajoute :

— Tu vois pourquoi ta façon de considérer cette soirée comme un fardeau m'agace.

— Tu as raison. C'est puéril de ma part… excuse-moi. D'être celle que je suis. De tous ces ennuis que je cause.

— Oublie, décrète-t-elle d'un ton sec en lissant ses cheveux d'une main. Allons descendre des verres.

Comme par hasard, la fille dans les toilettes se remet à gerber.

— Un verre, rectifie Marika. Au singulier.

À notre retour, la salle de réception est plongée dans la pénombre, et des corps enlacés tournent sous les lustres aux lumières tamisées. Je constate qu'on nous suit des yeux, surtout Marika, qui étincelle littéralement dans une tenue en soie blanche au dos très échancré dont la longue jupe volette derrière elle. Ma robe est plus sérieuse, fourreau chatoyant de paillettes bleu nuit au col montant et fendue le long d'une jambe. Une adorable vendeuse me l'a dénichée dans la section des soldes après que je lui ai expliqué mon urgence. Elle m'a aussi trouvé des chaussures et une pochette, ainsi qu'une employée du rayon beauté pour qu'elle se charge de me maquiller. Bien que ma mère et moi n'ayons jamais copiné en matière de fringues et de cosmétiques, la gentillesse de ces filles m'a fait penser à elle, au point que j'ai manqué de fondre en larmes dans la cabine d'essayage. Bizarre.

Passons.

— Deux verres de prosecco, s'il vous plaît, demande Marika en s'appuyant au comptoir brillant du bar.

Le gars en charge opine, lui adresse un grand sourire niais et se détourne pour s'occuper de nos boissons.

— Mignon, je risque.

J'ai l'impression que Marika et moi pourrions devenir amies, à présent, et les amies échangent ce genre de propos. Sauf que, le visage dénué d'expression, elle jette un vague coup d'œil au type, comme si elle ne l'avait pas remarqué. J'en déduis que les amours ne sont pas sa priorité.

— Salut, Marika !

Nous pivotons d'un même mouvement en direction d'une nana en robe noire aérienne, crâne rasé et yeux énormes. Je l'ai aperçue à des castings et des défilés, sans avoir fait sa connaissance encore. Elle s'appelle Lola. Ou Lily, peut-être.

— Lila, sourit Marika. J'ignorais que tu serais là ce soir.

— Pareil. Comment ça va ?

Lila a un léger accent écossais.

— Bien. Je te présente ma colocataire, Audrey. Audrey, voici Lila. On s'est connues à Londres.

— Enchantée, je dis avec un sourire.

— Oh ! C'est toi, la seconde fille qu'ils ont choisie. Félicitations à toutes les deux.

— Pour quoi ? je demande sans réfléchir.

Elle me confond sûrement avec une autre. Son propre sourire se fane un peu.

— La campagne ? souffle-t-elle, hésitante.

— Oh, ça ! rebondit Marika. Bien sûr.

— Vous êtes donc au courant ! s'esclaffe Lila, soulagée. Ouf ! Pendant une seconde, j'ai eu peur d'avoir fait une bourde.

— Pas du tout. Mais comme rien n'est encore officiel…

Marika porte son index à ses lèvres. Lila rigole et l'imite. Moi, je suis paumée.

— Comment l'as-tu appris ? s'enquiert Marika d'une voix basse de conspiratrice. Si ça ne t'embête pas que je te pose la question.

— Une de mes amies est en stage chez Miranda Browning. Elle a eu accès au projet, ça a l'air formidable. Je serais morte de jalousie si je ne venais pas de signer pour un édito à Bali.

— Bali ? Canon ! J'ai hâte de voir ça.

— Merci. Bon, on se recontacte, les filles, OK ?

— Bien sûr, je marmonne. Bonne soirée.

— Toi aussi.

Lila adresse un clin d'œil complice à Marika et s'éloigne d'un pas guilleret.

— C'était quoi, ce numéro ? je demande ensuite à ma coloc.

— Ce numéro, comme tu dis, c'est moi en championne du bluff. Putain de merde.

— Elle a évoqué une campagne. Comme une campagne de pub ?

— Exact, jubile Marika en me tendant mon verre (nos boissons ont été servies pendant que nous discutions). Et elle a prononcé le nom de Miranda Browning.

Un peu hébétée, je tiens mon prosecco à deux mains. Même Marika a l'air légèrement abasourdie. Au plus profond de moi, je redoutais d'être oubliée après cette Fashion Week. Je craignais de ne plus décrocher de boulots, j'appréhendais qu'on se rende compte que miser sur moi était une perte de temps et d'argent. Or me voici avec la perspective d'une campagne pour Miranda Browning. Dingue ! Je suis si sottement enthousiaste que je pourrais lever les bras et virevolter comme le fait Julie Andrews dans *La Mélodie du bonheur*. Je me borne cependant à constater :

— On va être dans des tas de magazines.

— Ouais ! acquiesce Marika.

Elle avale une gorgée de vin. Du moins, je crois. Il se pourrait qu'elle essaie seulement de dissimuler le sourire qui étire sa bouche et menace de révéler qu'elle est aussi folle de joie que moi.

11 - Ezra

C'est elle. Merde ! C'est bien elle.

— Qu'est-ce que tu mates comme ça ? me lance Mac en me rejoignant.

Je détourne vivement les yeux. Pas assez cependant, car son visage se fend d'un sourire.

— Ah. Les paillettes ou la soie ?

— Les paillettes. Elle s'appelle Audrey.

— Parce que tu la connais, mon salaud ?

— À peine, je murmure en revenant à elle. On s'est rencontrés au restau.

— Logique. Elle est…

— Grande et sublime. J'avais remarqué.

— Tu es mordu, trésor ! se gondole-t-il, ravi. Tu as un crush !

— Va te faire foutre. Je ne m'attendais pas à la revoir, c'est tout.

Même si je l'ai espéré. Avec pas mal d'intensité, d'ailleurs. J'ai imaginé des scénarios où nous retombions par hasard l'un sur l'autre, à mon boulot par exemple, plus idéalement dans un endroit neutre comme un café. En tout cas, pas dans une soirée chic où elle est habillée comme une déesse et où je suis le mec qui distribue les canapés. Bonjour l'humiliation. Que se passera-t-il si je rapplique près d'elle et qu'elle m'a oublié ? Ou pire, si elle se souvient de moi mais fait mine que non ? Je risque de ne pas m'en relever.

— Qu'est-ce que tu attends ? me souffle Mac en me filant un coup de coude dans les côtes. Fonce !

— Pour lui dire quoi ? « Une bruschetta ? »

— Comme entrée en matière, il y a pire.

— Laisse tomber.

— Une petite minute.

Attrapant mon plateau, il verse son contenu sur le sien avant d'empiler les deux l'un sur l'autre.

— Et voilà, sourit-il. Tu es libre d'y aller, maintenant.

Je contemple son plateau avec hésitation.

— Tu as fichu le bazar, je dis. Mes amuse-gueules étaient sans gluten.

— Arrête de vouloir gagner du temps, chéri.

— Je ne gagne rien du tout. C'est trop chelou. Je ne peux pas.

— Pourquoi ? Elle sait déjà que tu es serveur. Si elle t'envoie balader à cause de ça, tu l'auras échappé belle. Qu'est-ce que tu as à perdre ?

— Mon emploi de ce soir ?

— Quelle horreur ! Cet extra merdique qui est presque terminé ? Comment vas-tu réussir à entretenir ta femme et tes enfants ?

— Très drôle. Tu as déjà songé à devenir acteur ?

— Ha, ha, ha ! Si tu n'y vas pas, j'y vais à ta place.

— Non ! Il me faut juste… Un moment. Une clope.

— Une clope te fera perdre ce boulot… commence-t-il.

Je m'éloigne sans l'écouter davantage. Soit par instinct de survie, soit parce que je suis dépendant à la nicotine, je me retrouve à recracher la fumée de ma cigarette à travers une fenêtre des toilettes réservées aux employés tout en regrettant les choix que j'ai faits jusqu'à présent.

Je me sens idiot. J'ai l'air idiot, affublé du gilet luisant et du nœud papillon idiot que les serveurs sont obligés de porter. Soit dit en passant, je déteste ce métier. Ici, c'est encore pire qu'au restaurant. Les gens sont plus ivres, plus bruyants et plus impolis. J'ai perdu le compte du nombre de fois où, ces dernières heures, on a claqué des doigts sous mon nez. Par ailleurs, ceux qui daignent m'adresser la parole le font en général pour commenter ma taille, parfois avec une agressivité sous-jacente très palpable. Des tas de mecs m'ont toisé comme si je faisais exprès d'être grand, rien que pour les emmerder. Il y a eu aussi cette femme qui s'est montrée un peu trop tactile à mon goût, profitant de ce qu'elle attrapait un canapé sur mon plateau pour tâter mon biceps (assez minable, je l'avoue).

Pas étonnant que Mac se soit fichu de moi parce que je considère ce boulot comme un hobby, d'autant que je peux le quitter quand je veux. Je ne travaille que depuis une semaine et je suis déjà affreusement démoralisé, à tel point que je suis visiblement prêt à ignorer une stupéfiante deuxième chance. Je pense avoir inconsciemment cherché Audrey depuis que j'ai pigé que ce cocktail était en rapport avec la mode, même s'il était très peu probable qu'elle soit présente ce soir. Et si Mac ne m'avait pas proposé ce travail ? Si je l'avais refusé ?

Je ne crois pas au destin, bien que je comprenne que d'autres, si. L'idée selon laquelle les pires instants de l'existence suivent une espèce de vaste plan cosmique est rassurante. Par contre, celle qui consiste à estimer que la vie se résume à un ensemble de choix dont la plupart sont spontanés est terrifiante. Surtout pour ceux qui, comme moi, ne s'aiment pas et ne se font pas confiance.

J'ai beaucoup réfléchi à la façon dont j'aurais pu éviter les écueils que j'ai connus en prenant des décisions différentes de celles que j'ai prises sur le coup. Mais si, là, j'esquivais quelque chose de bien ?

— Salut ! je lance, essoufflé, en surgissant près de Mac. Désolé. Tu avais raison, je suis un crétin.

Il se retourne et me fixe. Il y a moins de monde à présent. Je suis revenu en hâte, mais les invités ont commencé à s'en aller à flot continu pendant mon absence. Mac m'a expliqué que, dans ce genre de soirée, ils renvoient les extras relativement tôt. À partir d'une certaine heure, à part les barmans et les équipes de nettoyage, les larbins sont de la main-d'œuvre en trop.

— J'ai toujours raison, répond Mac sans se démonter. Et puis, tu reviens trop tard, elles sont parties.

Mon estomac se noue, et je crains une seconde de vomir sur le parquet étincelant. Merde de merde de merde de merde…

— Ça, enchaîne mon collègue, c'est pour les mauvaises nouvelles. La bonne, c'est que j'ai invité l'objet de ta convoitise et sa copine à notre after.

— Tu plaisantes ?

Je ne suis pas sûr qu'il ne se paie pas ma tête. Il n'a pas intérêt car, dans l'état où je suis, je pourrais très bien l'étrangler avec son nœud pap'.

— Comme tu t'es débiné, j'ai été forcé d'intervenir, précise-t-il avec nonchalance.

— Elles ont accepté ?

— C'est ce que j'ai cru comprendre. Ton crush m'a refilé son numéro pour que je puisse lui envoyer l'adresse. Elle est délicieuse.

— Je suis au courant.

Mon soulagement est éclipsé par une bouffée de jalousie. Je sais, objectivement, que Mac est plus cool et plus beau que moi. Il semble à présent que ça prenne une autre dimension.

— Son amie l'est un peu moins, poursuit-il en se marrant. Je suis sous le charme.

— Tu leur as parlé de moi ?

— Non. Il ne m'a pas paru nécessaire d'entrer dans les détails.

— Quand va-t-on être libérés ? On se rend directement là-bas ?

Un silence s'ensuit. Puis :

— Je ne t'ai pas tout dit. Personne n'ayant proposé de recevoir chez soi, j'ai pensé que…

Il s'interrompt. Je finis par piger. Mes envies de strangulation reviennent en force.

— Non. C'est hors de question.

— Détends-toi. Et d'une, tu as un appart, et de deux, tu ne bosses pas demain.

— Je te répète que non.

— Et de trois, cette fille te plaît…

— Je ne la connais pas.

— Mais tu as drôlement envie de la connaître. Et si tu files maintenant, tu auras le temps de tout préparer. Acheter des gobelets, de la glace, etc. Je m'occupe du reste. Ne t'inquiète pas, je te couvre. Franchement, il n'y a aucun problème.

— J'en vois plusieurs, pourtant.

Son sourire s'agrandit. Il est clair qu'il m'a convaincu, et je ne suis pas très fier du peu d'arguments qu'il lui a fallu pour réussir.

— On verra. Rassure-moi, ton appart est normal, hein ?

— Bien sûr. Juste quelques animaux empaillés et un tableau diabolique.

— Je t'adore, trésor. Tu verras, tu ne le regretteras pas.

Il pose une main sur mon épaule, sérieux comme un pape. Il y croit et, malgré mes réticences, il se peut que moi également.

12 - *Audrey*

Nous sommes à l'arrière d'un taxi quand mon portable bipe.

— C'est le type de tout à l'heure, je dis à Marika. Il m'envoie l'adresse de l'after.

— Montre.

Elle s'empare de mon téléphone. Penchée vers elle, je constate qu'elle consulte le profil de l'expéditeur, un mélange bigarré de plats divers et variés, de paysages locaux et de selfies. Normal et rassurant.

— Ça ne se passe pas chez lui, commente-t-elle. Il n'a évidemment pas les moyens de vivre à Manhattan.

— Chez un de ses copains, alors ?

Elle me rend mon smartphone avec un regard en biais.

— Il te plaît ? C'est pour ça que tu as envie d'y aller ?

— Non, je me défends. Il avait seulement l'air sympa, non ?

— Comme souvent chez les tueurs en série.

— D'accord. Si tu ne veux pas y aller, je n'irai pas non plus. Je me disais juste que ça pourrait être amusant.

— Nous n'avons pas la même notion de ce qui est amusant.

— Les fêtes ne le sont pas ?

— Pas celles qu'on organise au domicile de quelqu'un. Elles étaient minables quand on était ados. Elles le sont toujours.

— Qu'est-ce que j'en sais ? j'admets.

— Tu n'es jamais allée à une soirée chez quelqu'un ?

— Une seule. Qui s'est mal terminée. Je me suis plus ou moins disputée avec les filles qui m'avaient invitée. Du coup…

— Oh !

— Ce n'est pas grave, je m'empresse de préciser.

Je me tourne vers la fenêtre. Évoquer ces années-là avec Marika est embarrassant. Je ne tiens pas à ce qu'elle apprenne combien j'étais peu appréciée, alors. J'ai réussi à rester dans le même lycée de mes seize ans jusqu'au bac, mes parents ayant accepté de se poser un peu. J'étais enthousiaste à l'idée de me faire de véritables amies. Au début d'ailleurs, tout a bien fonctionné. En cours de littérature, on m'a assigné comme partenaire d'exposé une jolie fille à la voix sirupeuse appelée Becca. Elle m'a plus ou moins adoptée. Je me suis mise à la fréquenter ainsi que son entourage, des filles populaires, faute d'un meilleur terme. J'aurais souhaité ne pas me soucier de cet aspect des choses, mais la vérité est que j'adorais ça. Parce qu'elles me considéraient comme digne d'attention, les autres élèves ont commencé à les imiter. Tout a changé. Soudain, j'étais attirante et mystérieuse au lieu d'être dégingandée et gauche. Que je porte des vêtements banals et ne me maquille pas s'est même révélé être un plus, parce que ces nanas se plaisaient à me pomponner. De mon côté, je voulais absolument qu'elles m'aiment, bien que, parfois, elles me donnent l'impression qu'elles ne s'aimaient pas tellement entre elles.

Lorsqu'elles m'ont invitée à leur fête, j'ai été en proie à une excitation ridicule. La maison était grande, la musique forte, et je portais une robe empruntée trop courte dans laquelle j'étais très mal à l'aise. Jusqu'à mon troisième verre. À ce moment-là, un garçon de ma classe de biologie prénommé Hugo m'a adressé la parole, ce qui était inédit. J'en ai été chamboulée, parce que je m'étais amourachée de lui dès le premier jour, lorsqu'il m'avait tenu la porte de la salle et s'était effacé devant moi. Nous ne discutions pas ensemble, mais il était installé à un pupitre devant moi et, quand il arrivait que je donne une bonne réponse à une question, il regardait par-dessus son épaule et me souriait. Chaque fois, je me liquéfiais. Ce soir-là, il m'a demandé comment je me débrouillais pour être aussi intelligente. J'ai oublié ce que j'ai répondu. En revanche, je me souviens du frôlement d'une de ses boucles brunes et douces sur mon front quand il m'a embrassée.

Ce n'était pas mon premier baiser. J'avais connu d'autres écoles, d'autres garçons et d'autres crushs. Lorsqu'un cours était particulièrement rasoir, je choisissais un type et *décidais* qu'il me plaisait. Parfois, c'était réciproque, et je me souviens d'intermèdes maladroits mais sympas, de baisers furtifs et timides, de mots gribouillés à la va-vite passant entre des mains moites. Avec l'âge et mon intérêt grandissant pour ces choses, ces flirts ont évolué, même s'ils m'ont toujours paru artificiels. Jusqu'à Hugo. Pour la première fois, je me suis sentie submergée par l'énormité de mon désir, et mon instinct de préservation m'a désertée aussi aisément que de la soie glissant entre les doigts.

Hugo m'a demandé si je voulais qu'on cherche une chambre vide, et j'ai accepté. Il m'a demandé si j'étais d'accord pour qu'on s'assoie sur le lit, et j'ai accepté. Comme j'ai accepté qu'il plaque ses lèvres sur les miennes, et que ma robe se retrousse quand il m'a basculée sur le matelas. J'étais plus que partante, car c'était plaisant. Nous ne sommes pas allés jusqu'au bout car j'ai eu le sentiment que je ne devais pas. Ça allait trop vite, me suis-je justifiée, il a acquiescé avec bonne humeur et a proposé d'aller me chercher un verre d'eau. J'ai dit oui et, quand il a eu quitté la pièce, un sourire immense m'a fendu la bouche. En cet instant, ma vie était splendide. Je plaisais au garçon qui me plaisait, il était gentil et beau, nous allions devenir un couple qui se tiendrait par la main jusqu'à la fin de l'année scolaire dans les couloirs du lycée, à des fêtes, pendant les week-ends…

Malheureusement, non. Il s'est vite révélé qu'une de mes nouvelles « amies » avait déjà posé une option sur le cœur d'Hugo, et la brouille a démarré le soir même. Si abominable que, encore aujourd'hui, j'en ai la nausée. J'ai présenté mes excuses. Elles n'ont pas cru ou pas voulu croire (ce qui me paraît plus probable, vu les efforts théâtraux qu'elles ont déployés à me montrer qu'elles me haïssaient) que je n'étais pas au courant des visées de ma rivale. Résultat, je me suis retrouvée *persona non grata* jusqu'à la fin de mes études dans cet établissement. Si ça n'a pas été très drôle, passer tout mon temps libre à la bibliothèque m'a permis de décrocher des notes excellentes. Comme quoi, à quelque chose malheur est bon.

Je ne sais pas si, par la suite, Hugo s'est retourné vers moi en classe. J'ai cessé de répondre aux questions du prof et j'ai gardé les yeux baissés sur mon cahier.

Marika me tire de ma rêverie.

— Vous voulez bien nous attendre ? demande-t-elle au chauffeur en lui tendant un billet plié. On en a pour cinq minutes, pas plus.

— Ah bon ? je réagis, surprise.

Nous sommes déjà arrivées chez nous. Je ne m'en étais même pas rendu compte.

— Bien sûr, me lance Marika. Si nous devons nous rendre à une fête, nous devons nous changer. Pas question qu'un crétin bourré renverse sa bière sur cette robe.

— Tu as décidé qu'on y allait ? Vraiment ?

— Si ça se trouve, ce sera chouette. J'ai des doutes, mais bon…

Je la remercie et lui souris. Elle a un geste dédaigneux de la main, comme si ce n'était pas grand-chose. Et pourtant, c'est quelque chose. Elle en est aussi consciente que moi.

L'adresse est celle d'un joli immeuble en brique rouge, sans doute ancien et clairement chic. Quand nous atteignons l'appartement, la tête me tourne un peu. Soit parce que je suis nerveuse, soit parce que nous venons de monter quatre étages à pied. Le doute s'empare de moi. Je perçois de la musique, des voix, des rires. Et si j'avais l'impression d'être une imposture ici autant qu'à la soirée tout à l'heure ?

— Ça va ? s'inquiète Marika.

J'acquiesce avec raideur. Il est trop tard pour reculer.

Mon amie frappe une fois, puis ajoute trois coups brefs. Je me redresse, regrettant de ne pas avoir l'air aussi cool qu'elle avec son jean serré aux jambes évasées et son haut échancré. Ses cheveux effleurent le creux de ses reins. En comparaison, ma robe noire semble bien terne. Enfin, inutile de me torturer avec ça maintenant. Je m'efforce d'adopter une attitude positive. On va s'amuser, je prendrai du bon temps et ferai de nouvelles connaissances.

Sur ce, la porte s'ouvre, et mon esprit se vide. Il ne me faut que quelques secondes pour identifier le visage qui s'encadre sur le seuil. Je reste coite. Que dire ?

— Salut, lance le serveur.

Je me borne à le fixer, son regard croise brièvement le mien quand ses yeux font la navette entre Marika et moi. Impossible de savoir s'il m'a reconnue, car il reste de marbre. C'est bien lui, cependant. J'en suis presque certaine.

— Salut. Moi, c'est Marika, et voici Audrey, répond ma colocataire, insensible à mon agitation intérieure. Ton copain Mac nous a invitées.

— Ah, Mac, oui. Moi, c'est Ezra. Entrez.

Nous obtempérons. Ezra. C'est vraiment lui. La cheffe l'a appelé par ce prénom, l'autre jour. Qu'est-ce que c'est bizarre ! D'autant plus qu'il semble m'avoir oubliée. Il faut que je dise quelque chose.

— Hé ! Vous êtes venues !

C'est Mac. Bien que je ne l'aie rencontré qu'une heure auparavant, j'éprouve un étonnant sentiment de soulagement. Vêtu d'une vaste salopette noire, un tas de colliers en argent autour du cou, il arbore un grand sourire.

— Ça a l'air de te surprendre, réplique Marika.

— Je me disais que vous auriez mieux à faire ailleurs. Apparemment, non. Petits veinards que nous sommes.

— On verra, il est encore tôt, lâche-t-elle avec froideur.

Le sourire de Mac s'élargit encore. De la même taille que Marika, il soutient son regard sans broncher, tête inclinée, comme si une sorte de défi tacite les opposait. Un défi qui ne serait pas hostile, toutefois.

— Vous ne pouvez pas partir tout de suite, rigole-t-il. La personne qui a apporté son enceinte nous inflige sa playlist à chier. J'ai besoin d'aide pour réussir le coup d'État que je prépare.

Des yeux, Marika m'adresse une question muette, hésitant à me laisser seule avec Ezra. J'opine très légèrement, puisqu'il m'est impossible de formuler à haute voix qu'il ne m'est pas inconnu.

— Entendu, lance-t-elle à Mac. Mais juste parce que j'ai d'excellents goûts musicaux.

Il se marre et lui tend une main qu'elle ne prend pas, ce qui ne l'empêche pas de le suivre dans l'appartement. Ezra et moi les observons qui disparaissent. Un silence tombe, puis…

— Je suis désolé, s'excuse-t-il ensuite. Je dois donner une très mauvaise seconde impression de moi.

— Je… Tu te rappelles de moi ?

Il est si grand que, sans talons hauts, je suis obligée de lever les yeux vers lui.

— Oui, répond-il avec une petite grimace. J'ai loupé l'occasion de te le dire avant que la situation devienne chelou.

— Sauf que tu n'as même pas semblé étonné. C'est dingue, cette coïncidence !

— Oui et non. Je t'ai aperçue au gala, ce soir.

— Parce que tu y étais ?

— Oui. En tant que larbin. Je vous ai vues, ton amie et toi, quand vous étiez au bar. J'ai envisagé de venir te saluer, mais ça aurait été bizarre.

— Encore plus que maintenant ?

— Non. Rien ne saurait être plus bizarre que maintenant.

— As-tu demandé à Mac de nous inviter ?

— Non ! J'ai mentionné que je te connaissais, mais je ne lui ai rien demandé du tout.

— Et tu ne savais pas que je serais au gala ?

— *Non !* Je te jure que je ne te traque pas comme un malade mental !

— Rien ne m'oblige à te croire.

Mon ton est celui de la plaisanterie, sauf qu'il prend ma remarque au sérieux.

— Je sais, gémit-il en se pinçant le nez. À ma décharge, tu avais l'air d'une célébrité, et je portais un gilet taché de sueur. Pas le mien, en plus. Le sordide qui va avec le métier d'extra.

La pointe de ses oreilles a rosi. Sa confusion est authentique. La mienne aussi, sauf qu'elle doit plus au besoin qu'il éprouve de se justifier. À présent que la surprise initiale s'estompe, je suis presque follement ravie par cette nouvelle rencontre. J'ai imaginé qu'elle se produirait, je l'ai même espérée, envisageant de passer au restaurant sous un faux prétexte, genre une boucle d'oreille perdue. Ça aurait été d'un ridicule consommé cependant, et j'ai renoncé, surtout quand j'ai songé qu'il pouvait fort bien avoir oublié mon existence, sitôt notre première conversation terminée.

— Tu dois me trouver plutôt superficielle, je dis en essayant d'être cool.

— Non… C'est seulement que j'ai un ego plutôt fragile. Énorme, mais fragile.

J'éclate de rire, et ses épaules se détendent très légèrement. Est-il soulagé que je ne me sois pas enfuie en hurlant ? Aurais-je dû le faire ? La situation est des plus tordues, et Mac aurait pu consacrer une minute à nous expliquer pourquoi il nous a invitées à cette fête. À la réflexion, une minute n'aurait sans doute pas suffi, et il ne souhaitait peut-être pas gâcher sa chance de revoir Marika. Quoi qu'il en soit, je suis ici et, malgré l'étrangeté des circonstances, j'ai envie d'y rester.

— À boire, lâche soudain Ezra, dont les yeux s'éclairent, comme s'il venait de résoudre une équation compliquée. Euh… Tu veux un verre ? Je t'offre quelque chose ?

— Avec plaisir.

Il sourit, content de la diversion, et nous nous dirigeons vers la cuisine où une quantité impressionnante d'alcool occupe un îlot central en marbre. L'endroit est vraiment chouette. Hauts plafonds, parquets sombres et luisants. Sûrement une construction d'avant-guerre, mais réhabilitée en un espace ouvert plus moderne, avec un couloir qui part de la cuisine-pièce à vivre. Peu de déco. Une plante à moitié crevée et des piles de livres posées çà et là le long des murs. Si j'en ai l'occasion, j'aimerais en inspecter les titres. Puis m'éclipser et fouiller un peu pour tenter de comprendre comment un gars qui bosse dans un restau peut se payer un tel logement.

— Qu'est-ce que tu bois ?

— Un prosecco ?

Ezra acquiesce et attrape une bouteille. Il remplit un gobelet en carton d'une main sûre. Il est vêtu d'un sweat-shirt et d'un jean délavé. Ses cheveux mouillés coincés derrière ses oreilles indiquent qu'il a dû se doucher avant notre arrivée, ce que confirme l'odeur enivrante de son shampooing. *Ressaisis-toi, ma fille.* Il me tend mon verre, et j'avale une petite gorgée. Le vin est un peu âcre, mais je me force à boire encore, dans l'espoir de me calmer les nerfs. Ezra me contemple par-dessus son propre gobelet.

— Alors, me dit-il, prête à me répéter que le mannequinat n'est pas glamour ?

Je souris à ce souvenir.

— Oh ! Apparemment, je ne t'ai pas convaincu à ce sujet, hein ?

— Si, un peu. D'autres soirées chics prévues cette semaine ?

— Pas que je sache.

— D'accord. Content de l'apprendre.

— Ah bon ?

— Tout dépend. Quand pars-tu ?

— Pas aussi tôt que je le pensais. Sûrement pas avant une ou deux semaines.

— Dans ce cas, n'hésite pas à me contacter si tu veux qu'on passe du temps ensemble. Il paraît que je suis un excellent guide.

— Tiens donc ?

— Je plaisante. Mais tu es OK avec l'idée ?

Je ris, un peu hystériquement, me semble-t-il. Ce gars est si… Je n'ai pas de mots pour le définir. Y en a-t-il un qui exprimerait la sensation que j'ai d'avoir inventé Ezra ?

— Oui. Bien sûr.

— Super, opine-t-il en souriant de toutes ses dents. Portons un toast. À mes débuts quand il s'agit de surmonter mon inaptitude en matière de relations sociales.

— Et si nous buvions plutôt aux forces cosmiques ? je suggère. New York est immense. Que nous nous recroisions était hautement improbable.

— Parce que tu crois au destin ?

— Pas toi ?

— Non. Juste au Bigfoot.

— Qu'en est-il de la loi de l'attraction ?

— Le manifesting ? J'en ai entendu parler.

— Le positif attirant le positif, il faut se concentrer sur ce qu'on désire dans l'existence, jusqu'à ce que ça se produise.

— C'est comme ça que tu as réussi ? Et grâce à ça que tu es toujours vêtue de robes étincelantes, là où je me borne à porter des plateaux ?

— Oups ! Revoilà le fameux ego.

Il rit à gorge déployée. J'ai réussi à l'amuser, ce qui m'enchante tant que je suis obligée de boire une autre gorgée de vin afin de dissimuler le grand sourire idiot qui menace d'envahir mon visage. Moi qui suis d'habitude si guindée et maladroite avec les inconnus, qui ai du mal à converser à bâtons rompus, qui suis encore moins capable d'une repartie pleine d'esprit. Sauf qu'il s'est passé exactement la même chose le soir où lui et moi nous sommes rencontrés. J'ai eu l'impression de m'adresser à quelqu'un que je connaissais depuis toujours. En outre, je ne me remets pas de ce hasard qui nous a permis de nous revoir.

Tout à coup, je suis submergée par le sentiment que c'était écrit. Comme si ma soirée devait forcément s'achever en la compagnie d'Ezra.

— Buvons à nos futurs moments ensemble, je dis en me redressant. Normaux. Sans forces cosmiques ni robes étincelantes.

— Pas de robes étincelantes, acquiesce-t-il.

Il choque son gobelet contre le mien. Sa façon de me regarder m'empourpre les joues, et je baisse les yeux pour finir le reste de mon verre.

Je pense que l'Ezra en pleine confusion me plaît mieux que l'Ezra plein d'assurance.

13 - *Ezra*

Salut, Audrey, c'est Ezra. Serais-tu libre ce week-end ? Si oui...

Non. Trop formel et chelou. J'efface et je recommence.

Salut, Audrey, c'est Ezra. J'ai été super content de te voir hier...

Surtout pas. Je réefface.

Bonjour. Quelle est ton opinion sur la nourriture et l'éventualité de partager un repas avec moi ? À propos, c'est Ezra.

Merde ! J'envoie le message sans laisser le temps à la frousse de prendre le dessus. Puis je rempoche mon téléphone et me remets au ménage.

Ce matin au réveil, mon appart était jonché de détritus, la moindre surface collait, et quelqu'un avait vomi dans l'évier de la cuisine. Pourtant, je suis d'humeur joyeuse. La soirée d'hier s'est révélée bien mieux que ce que j'étais en droit d'espérer et s'est terminée avec le nom d'Audrey en haut de la liste de mes contacts.

On a jacassé toute la nuit. Enfin, jusqu'à ce qu'elle parte. Pas autant que je l'aurais voulu, donc. Faute d'une meilleure expression, elle est *adorable*. Je ne me rappelle pas l'essentiel de notre échange, juste qu'il était d'une facilité déconcertante. Genre, l'équivalent verbal d'un numéro à la Fred Astaire et Ginger Rogers, impeccablement synchronisé.

Malgré ça, j'essaie de ne pas me faire de film, d'où l'énergie que je dépense à remettre de l'ordre. Il est possible qu'Audrey ne réagisse pas tout de suite, voire pas du tout. Elle est très occupée, et…

Mon portable vibre. Je m'en empare si vivement que je manque de le laisser tomber.

Positive. Tu es dispo maintenant ?

En riant, je lâche mon éponge et m'essuie les mains sur mon jean. Tant pis pour les tâches ménagères, je m'accorde un brunch.

— C'est délicieux. Excellent.

— Tu aimes ?

— J'adore ! Quelle idiote j'ai été de penser que le fromage de chèvre était répugnant !

— Tout développement personnel passe par la reconnaissance de ses erreurs passées.

Au lieu de répondre, Audrey mord une nouvelle fois dans son bagel, qu'elle tient à deux mains, comme si elle craignait qu'on le lui chipe. Elle s'est peut-être rendu compte que j'avais englouti le mien en six bouchées. Il est vrai qu'il est super bon.

Nous nous trouvons dans ce café de Downtown qui fait également office de disquaire et de traiteur. Un des repaires préférés de Caroline. Il est trop éloigné de mes trajets habituels pour que j'y vienne souvent, mais je tenais à épater Audrey avec mon savoir-faire de citadin aguerri en l'emmenant dans un endroit branché. Je doute que ça ait fonctionné, mais elle semble contente. Moi aussi, assis que je suis en face d'elle, à une table métallique branlante, sur le trottoir. J'ai encore du mal à me remettre de l'irréalité de la situation. La soirée de la veille a des allures de rêve. Si je ne crois toujours pas aux forces cosmiques et autres conneries de cet acabit, j'ai senti néanmoins une sorte de vibration supérieure lors de notre dernière rencontre et je ne parviens pas à l'oublier. L'allure d'Audrey ne m'y aide pas. Par cette belle matinée de ciel bleu, à la lumière du jour, je distingue des taches de rousseur sur sa peau et une nuance cuivrée dans le châtain foncé de ses cheveux. De son côté, elle a sûrement remarqué que mes sourcils broussailleux sont mal taillés.

— Le restau où tu travailles avait au menu des gnocchis au fromage de chèvre, me dit-elle en tapotant délicatement la commissure de ses lèvres avec une serviette. J'ai eu drôlement envie d'essayer.

— Pourquoi tu ne l'as pas fait ?

— Je n'avais pas très faim. Et comme les autres ont tous pris une salade…

— Oh ! C'était donc vous, la table des lapins que j'ai débarrassée ensuite ?

— Pardon ?

— Les cuisines vous ont adorés. Rien de plus facile à préparer.

— J'en prends bonne note.

— Désolé. Si tu reviens nous voir, Romy te fera ses gnocchis. Avec du rab de fromage.

— Romy… C'est la cheffe ?

— Oui. Accessoirement, c'est aussi la nana de ma sœur.

— Parce que tu en as une ?

— Deux. Et toi ?

— Il n'y a que moi.

Son ton ne serait-il pas un peu triste ? Je ne la connais pas encore assez pour être catégorique.

— La maison devait être calme.

— Oui. À part pour le bruit des travaux.

— Le quoi ?

— Mes parents retapent de vieilles maisons. C'est leur passion.

— Génial. Un hobby, genre ?

— Un travail, plutôt, répond-elle avec un haussement d'épaules embarrassé. On les habite pendant qu'ils les rénovent. C'est étrange, je sais.

— Au moins, ils ont été près de toi.

— C'est sûr, mais j'aurais préféré avoir des sœurs.

— Je te donne volontiers les miennes.

Elle a beau sourire, je devine que cette conversation est devenue trop personnelle, à ce stade de notre relation. Je me creuse la cervelle pour changer de sujet.

— New York te plaît ? je demande.

Pas très adroit mais efficace.

— Beaucoup. Même si je n'ai pas visité grand-chose.

— Si tu veux, la prochaine fois, on pourrait aller voir s'ils vendent des bagels à l'Empire State Building.

— La vue vaut le coup ?

— Aucune idée. Je n'y ai jamais mis les pieds.

— Tu déconnes ? Depuis combien de temps vis-tu ici ?

— En tout, une petite dizaine d'années.

— Comment ça, en tout ?

— On s'est installés ici quand j'avais sept ans, puis je suis allé en pension. En Angleterre. J'en suis revenu il y a peu.

— En pension ? s'exclame-t-elle. C'était mon rêve le plus fou. Je me suis toujours imaginée dans l'une de ces immenses et magnifiques bibliothèques, en train de faire mes devoirs à l'une de ces longues tables en bois, à l'heure où le crépuscule s'installe dehors et colore tout en rose.

— Waouh ! Voilà une vision terriblement sérieuse de la chose.

— Je te signale que tu as étudié dans un de ces établissements.

— Pas par choix.

Elle plisse le front.

— Ah bon ?

Merde. De nouveau, on plonge dans le grave. La différence, c'est que, cette fois, c'est moi qui suis sur la ligne de tir émotionnelle.

— Il n'y a pas grand-chose à raconter. J'avais tendance à sécher les cours. Trop souvent, apparemment.

— Donc… tu as été exilé ?

— Dis comme ça, ça fait très Dickens.

— Excuse-moi, je ne voulais pas paraître critique. Ce n'est pas comme si mes propres parents étaient parfaits, murmure-t-elle en détournant les yeux. Comme ils ne trouvent pas toujours dans les environs le projet adéquat pour nourrir leur passion, nous déménageons beaucoup. Avant, je pensais que ça ne me gênait pas. Je n'en suis plus aussi sûre.

— Tu habites toujours chez eux ?

— J'imagine que oui. Il faudra peut-être que je déménage si le mannequinat fonctionne.

— Jusqu'à présent, tout va bien, non ? La preuve, tu es ici.

— Mouais. C'est bizarre. Tout ça m'est juste… tombé dessus. Je veux faire du bon boulot, même si ça ne dure pas.

— C'est super. D'avoir une occupation qui te tient à cœur.

Elle ne répond pas, penchée sur son portable.

— Désolée, marmonne-t-elle, le nez froncé. Un message de Marika.

Son amie d'hier, qui a consacré un bon moment de la soirée à me surveiller d'un air soupçonneux. Elle m'a bien plu.

— Tout va bien ?

— Non, enfin, si. Il faut que je me sauve. Mon… Notre agente nous convoque. Au dernier moment. Pardon, je…

— T'inquiète. Ça a lieu où ?

— Dans ses bureaux. Tout près de Madison Square. C'est loin d'ici ?

— Pas trop. Tu peux t'y rendre à pied. Tu as l'adresse ?

— Non. Je reconnaîtrai le bâtiment quand je le verrai. Je n'ai pas un sens de l'orientation très développé.

— Tu veux que je t'accompagne ?

— Tu ferais ça ? Ne te sens pas obligé…

— Ce serait un plaisir, je dis sans mentir.

Elle sourit, soulagée.

— Pardon, s'excuse-t-elle de nouveau. C'est très chiant, pourtant tu prends ça avec décontraction, ce qui… Merci.

— Tu t'attendais à quoi ? À ce que je casse la table ?

— Non, rigole-t-elle, mais tu serais en droit d'être agacé.

— Pas du tout. On se contente d'abréger notre déjeuner, c'est tout.

— Tu es un optimiste qui cache son jeu. Je m'en souviendrai.

— Plutôt un misanthrope déclaré. Prends bonne note de ça aussi.

— OK, acquiesce-t-elle avec un sourire.

Qui éveille le mien, et je me sens obligé de détourner les yeux et de contempler le ciel dénué de nuages.

14 - Audrey

— Alors ? lance Imogene.

— Je ne sais pas quoi dire, répond Marika d'une voix mal assuréeà. C'est incroyable.

Elle est douée. Si jamais elle finit par se lasser du mannequinat, elle devrait essayer de devenir actrice.

— Merveilleux ! je renchéris. J'ai hâte de commencer.

— Tu n'auras pas longtemps à attendre, jubile Imogene. Tout est prêt. Vous informer était la dernière étape.

Cette réunion urgente valait presque la peine de devoir abandonner une de mes matinées les plus sympas depuis des siècles. Lila ne se trompait pas. Il s'agit bien de la campagne de pub pour Miranda Browning. Marika et moi y figurerons. C'est pour de vrai.

— On sait déjà qui sera le photographe ? demande Marika.

— Oui. Un excellent choix. Julian Mars. Il se peut que vous n'en ayez pas entendu parler, parce qu'il débute dans le métier, mais il est très prometteur.

— Je le connais, lâche Marika. Il était dans les coulisses du défilé de Miranda Browning.

Je suis surprise. Si c'est bien le type auquel je pense, un gars mal coiffé qui n'arrêtait pas de nous prendre toutes en photo, il est plutôt jeune pour piloter un projet aussi énorme. Il est à peine plus âgé que nous. Dans les vingt-sept ou vingt-huit ans, peut-être.

— Exact, acquiesce Imogene. Son travail est… super naturel. Vivant, mais sans concession.

— Intéressant, je dis avec un sourire.

— Très, opine-t-elle en me retournant mon sourire. Cette campagne augure d'une approche nouvelle et plus jeune. Julian a exprimé le désir d'organiser une séance avec vous à l'avance.

— Ensemble ?

— Non. Individuellement. Histoire de voir comment vous bossez, indépendamment l'une de l'autre.

— Ce n'est pas un casting, hein ? proteste Marika.

— Non, non, s'esclaffe Imogene. Ne t'inquiète pas, vous êtes signées. Il y a autre chose, cependant.

Elle se penche vers moi.

— Audrey, ils adorent ton look presque autant que moi. Tes sourcils, tes taches de rousseur… Tout cela respire la fraîcheur. Le seul *léger* problème, ce sont tes cheveux.

Je me force à sourire, tout en me préparant mentalement. J'ai assez vu de rediffusions d'*America's Next Top Model* pour deviner la suite.

— Ce châtain est sublime, mais ils souhaiteraient accentuer le contraste entre tes cheveux et ceux de Marika. C'est à toi de décider, naturellement. Que penserais-tu de devenir blonde ?

Je frémis. J'ai du mal à imaginer ce que ça donnerait.

— J'ai conscience que ça représente un gros changement, me console Imogene. Prends le temps d'y réfléchir, si tu veux.

Y réfléchir n'y fera rien. Elle a beau dire que la décision me revient, il m'est impossible de refuser. Un non entraînerait la perte éventuelle de la chance incroyable qui s'est présentée à moi. De surcroît, on me qualifierait de « difficile ». Ma carrière s'achèverait avant d'avoir débuté.

— Va pour le blond, je dis. Je suis à fond pour.

Je pourrai toujours revenir à ma couleur naturelle si je le souhaite. Et puis, ça marquera peut-être un tournant dans ma vie. À l'instar de Taylor Swift.

— Ta réponse me comble, je l'avoue, soupire Imogene en attrapant son téléphone. Je m'occupe de ton rendez-vous chez le coiffeur.

Nous quittons Imogene peu après, sans échanger un mot dans l'ascenseur. Les bureaux d'AVW Models sont installés au dixième étage d'un immeuble splendide en briques blanches. Il est possible que ça explique pourquoi chacun des entretiens que nous y avons paraît toujours très intense.

— À plus, me lance Marika, qui met ses lunettes de soleil sitôt sur le trottoir.

— Tu ne rentres pas ?

— J'ai des trucs à faire.

Elle est déjà partie. Je m'éloigne dans la direction opposée avant de me fustiger mentalement. Notre rendez-vous n'a duré que vingt minutes. Si je le lui avais demandé, Ezra aurait peut-être accepté de m'attendre. Je vérifie mon portable, des fois qu'il m'ait laissé un message. Ce n'est pas le cas. En revanche, j'en ai un de ma mère. Merde ! Dans la frénésie de ces derniers jours, il m'a été facile d'oublier que ça fait très longtemps que je ne l'ai pas appelée. En vérité, il m'est difficile de lui parler, en ce moment. En plus des questions auxquelles je n'ai pas de réponse, nos conversations me donnent l'impression d'être une sous-merde.

Je gagne une rue plus tranquille et, à l'ombre d'un arbre, compose son numéro.

— Allô, Dree ! s'écrie-t-elle après trois tonalités.

Mes yeux se mouillent sans prévenir. Je me la représente sans peine. Elle est sans doute dans la cuisine, appuyée contre le plan de travail, une tasse de thé à la main. Ici, le thé est dégueu. Ce que je lui confierais volontiers, si je ne craignais pas qu'elle utilise ce prétexte pour m'ordonner de rentrer immédiatement au pays.

— Salut, maman. Comment va ?

— Nous allons super bien tous les deux. Une seconde, je mets le haut-parleur et je vais chercher ton père.

Je regarde le ciel tout en clignant des paupières pour tenter de contenir mes larmes. Un échange étouffé me parvient de loin, puis :

— Coucou, chérie !

— Salut, papa ! Comment avancent les travaux ?

Je croise les doigts pour qu'il n'entende pas les trémolos dans ma voix.

— Les salles de bains sont une corvée. Ça fuit de partout. J'ai dû démolir la moitié des murs et des tuyaux...

— Elle se fiche de tes histoires de plomberie, l'interrompt ma mère. Quand rentres-tu, Dree ?

— Je vous appelle justement pour ça. Ce sera plus tard que prévu. J'ai décroché un boulot. Important. Excitant.

— Oh !

Je n'ai droit à rien de plus.

— Quel genre de boulot ? demande mon père. Enfin, j'imagine que ça a à voir avec les fringues.

— Une campagne de pub pour Miranda Browning.

— Ah. Cette femme, elle fabrique des vêtements ?

— Oui, oui. C'est une grande marque. Tu risques de m'apercevoir au détour d'un magazine.

— Génial ! s'esclaffe-t-il. Bravo, chérie. Tu nous avertiras quand ça sortira, hein ?

— Bien sûr.

Un bref silence s'installe. Pendant lequel, je le devine, ma mère cherche à développer son simple « oh ».

— Les séances photo vont bientôt commencer. Je serai blonde.

— Quoi ? se récrie maman. Mais tes cheveux sont parfaits tels qu'ils sont !

C'est parti !

— Ce sera bien. Ces gens connaissent leur métier.

— Qui ? Leanne ?

— Imogene. Je suis sûre qu'elle a mis Leanne au courant.

— Ne les laisse pas te maltraiter, Audrey. Ce sont *tes* cheveux, c'est à toi de décider ce que tu en fais. À toi et à personne d'autre.

— C'est bon, je proteste avec vigueur. J'ai envie de jouer le jeu.

— Comment ça se passe, à l'appartement ? demande mon père. Tu t'entends bien avec tes colocataires ?

— Oui. Elles sont très chouettes. Imogene également. Inutile de vous inquiéter pour moi.

— C'est normal qu'on se bile pour toi, répond-il. C'est notre devoir de parents.

J'identifie son sourire dans ses intonations. Tout à coup, je le vois clairement, ses vêtements froissés et maculés de peinture, ses épaules voûtées alors qu'il se penche vers le téléphone, une paume rassurante posée sur l'épaule de maman.

— Je sais, je dis, la gorge serrée. Désolée de vous contacter si rarement.

— Tu es très occupée. Un texto nous va amplement. Quand tu peux, OK ? À n'importe quelle heure.

— Et prends soin de toi, ajoute ma mère, d'une voix lasse. Pas de bêtises, hein ?

— Je suis sage, je réponds, sans trop comprendre ce qu'elle entend par là.

— C'est bien, Dree, murmure-t-elle. Bisous.

— Bisous.

Je raccroche rapidement, tandis qu'une larme roule sur ma joue. Puis je souffle un bon coup en essuyant mes yeux d'un revers de manche. Venir à New York est la chose la plus adulte que j'aie faite dans ma vie. Paradoxalement, je ne me suis jamais sentie aussi petite.

15 - *Ezra*

— Je rêve ! s'exclame Caroline en m'ouvrant, un poing sur la hanche. Qui, à notre époque, déboule chez quelqu'un sans prévenir ?

— Tu n'as pas l'air surprise de me voir, pourtant.

— Parce qu'il y a un œilleton dans la porte.

— Ces machins ne sont pas complètement dépassés ?

— J'écoute des tas de podcasts à propos de crimes et d'assassins.

— Cherchez l'erreur. Bon, je peux entrer ?

— Puisque tu es ici, soupire-t-elle en essuyant ses mains sur sa salopette. J'étais en plein travail.

— Je vois ça.

Je m'approche du chevalet. Y trône un portrait inachevé de Romy, tout en nuances de bleu.

— Pas mal, je commente.

— Tu ne bosses pas, aujourd'hui ?

— Non, je réponds en m'affalant sur le canapé.

— Mais tu es libre vendredi prochain, hein ?

— Mon anniversaire ! je me rappelle soudain. Oui.

— Tu veux qu'on marque le coup comment ? demande-t-elle en s'installant sur un fauteuil. Par un repas ? Sans tralala, si tu préfères.

— Ça fait des années que je ne fête plus mon anniversaire. C'est bon. Laisse tomber.

— D'accord. Tu as encore le temps de changer d'avis.

— Je viens de refuser ta proposition.

— Et moi, je la réitère. On est dans une impasse.

— Je commence à regretter d'être venu.

— Et ça ne va pas s'arranger, grimace-t-elle. J'ai appris un truc.

Je me redresse comme un diable, déjà inquiet.

— Inutile de paniquer, s'empresse-t-elle de préciser, une main levée comme si j'étais un cheval affolé. Tout le monde va bien. Mais j'ai eu Maggie au bout du fil ce matin.

— Qu'est-ce qu'elle a ?

— Qu'est-ce que je viens de te dire ?

— Entendu. Mais oublie le préambule et va à l'essentiel. Tu me fais flipper.

— D'accord. C'est Edie. Elle est à New York.

Je la regarde sans comprendre. Parmi tous les scénarios que mon cerveau m'a si généreusement fournis, aucun n'impliquait Edie. Non sans raison.

— Edie, je finis par marmonner. Genre, *Edie*, Edie ?

— Ton Edie.

— Elle n'est pas mon Edie ! j'objecte en sautant sur mes pieds. C'est ridicule.

— Elle a décroché un stage de marketing chez une amie de Maggie. Qui l'a vue hier à une soirée.

— N'importe quoi ! Maggie ne sait même pas à quoi elle ressemble. Ni toi, d'ailleurs.

— Je te signale qu'elle figurait dans à peu près toutes les photos que tu m'as envoyées pendant trois ans.

— Génial ! Tu les as montrées à Maggie et à papa. Maintenant, tout le monde est au courant de ma vie, et papa m'emmerde à propos d'études de photo !

— Ce n'est pas le sujet. Et ne sois pas grossier, merde !

Je serre les paupières et me pince l'arête du nez – un drôle de réflexe qui me vient de je ne sais où et que j'ai quand je suis stressé, en colère ou les deux. Bref, très souvent.

— Désolé, je m'excuse. Tu as raison. C'est juste que, je ne sais pas comment réagir, là.

— Je comprends. Tu as besoin d'un câlin ?

— D'un verre, plutôt, je réponds en me rasseyant. S'il te plaît.

Edie, Edie, Edie. Avant que je décide qu'elle était l'amour de ma vie, elle était l'élève la plus brillante de mon cours de littérature. Ses deux particularités principales étaient d'avoir une sœur vaguement célèbre et de longs cheveux blond cendré qu'elle tressait. Jusqu'à un matin gris de janvier, où elle a débarqué au lycée avec un carré lui arrivant aux épaules. Bien plus tard, elle m'a expliqué que c'était parce qu'elle avait regardé *La Famille Tenenbaum* pendant les vacances de Noël et s'était prise de passion pour le personnage de Margot, joué par Gwyneth Paltrow. Elle en avait adopté la coiffure et le stoïcisme. Si le règlement du bahut interdisait qu'elle porte une robe de tennis et de l'eye-liner, elle a pu imiter son idole en fumant comme un pompier (mais en cachette).

C'est alors que je suis entré en scène. Je m'approvisionnais en cigarettes à New York – je filais du liquide à des étudiants devant des supérettes, leur laissant la monnaie s'ils acceptaient de m'en acheter. Au lycée, je les troquais contre d''autres articles de contrebande, dont des livres assez subversifs pour être interdits à la bibliothèque. J'ai refilé quatre paquets à Edie en échange de son vieil exemplaire d'*Il faut qu'on parle de Kevin*. Normalement, le bouquin n'en aurait valu que deux, mais Edie était jolie et moi, prévisible. J'aimais son caractère sérieux et revêche. Chacun de ses sourires me donnait l'impression d'une récompense.

Il s'est vite avéré qu'elle détestait fumer. Mais qu'elle m'aimait bien. C'est ainsi que ça a débuté entre nous. La fin est survenue il y a un tout petit peu plus de quatre mois.

— Tiens.

Caroline pose un café sur la table basse avant de se réinstaller dans son fauteuil, sa propre tasse à la main. Pas ce que j'ai demandé, mais bon.

— Tu lui as reparlé ? s'enquiert-elle. À Edie ?

— Depuis qu'elle m'a brisé le cœur ? Non.

— Désolée, je dois te poser la question. Elle ne te harcèle pas ?

Je ricane.

— Je suis sérieuse, Ezzy. Il est difficile de croire à une coïncidence.

— Ce n'est pas pour moi qu'elle est ici, j'avoue. Elle envisageait de s'installer à New York après le bahut. Sur le coup, je me suis dit que j'y étais plus pour quelque chose que la ville, mais…

— Oh, Ezzy !

— Je n'étais qu'un ado, je me berçais d'illusions.

— Pas elle, visiblement. Qu'est-ce que tu comptes faire ?

— Souffrir. Et te suggérer de corser un brin ce café.

— Si on déjeunait, plutôt ?

— Non merci.

— Je ne pense pas que picoler à midi va améliorer la situation. Surtout avec l'estomac vide.

— Tu n'as pas envie de vérifier ?

— Dans ce cas, sers-toi tout seul, soupire-t-elle. Je nous choisis un film.

— Tu n'es pas censée te remettre au boulot ?

— Plus tard.

Elle attrape la télécommande, tandis que je me lève, les doigts serrés autour de ma tasse, émerveillé par ma souffrance. C'est quand même incroyable. Au moment où je croyais m'être habitué au vide qu'a laissé Edie dans ma vie, elle réapparaît. Je pourrais tomber sur elle à n'importe quel coin de rue.

Ayant trouvé le whisky sans trop de peine, j'en verse une rasade dans mon café et regagne le canapé. Ma tasse en équilibre sur mon torse, je me tourne vers la télévision. Caroline a opté pour *Quand Harry rencontre Sally*, mon film préféré, même si je dis aux autres que c'est *Sueurs froides*. Ma sœur est au courant de mon mensonge.

— Bien joué, je la félicite.

Le seul remerciement que je sois capable de lui adresser. Elle hoche la tête sans quitter l'écran des yeux – sa version d'un « de rien ».

16 - *Audrey*

— Je crois bien que je suis en train de mourir, je halète, pliée en deux. J'ai un goût de sang dans la bouche.

— Parce que tes poumons sont en hypertension. Tes globules rouges irriguent les alvéoles…

— Inutile de développer.

J'attrape ma bouteille d'eau et bois un bon coup, pendant que Marika consulte son téléphone. Elle est impeccable, ça va de soi, dans sa combinaison de sport bleu électrique. Elle ne transpire même pas.

— Nous n'avons couru que huit cents mètres, m'informe-t-elle. Quand tu m'as dit que tu ne faisais jamais d'exercice, vraiment jamais, j'ai cru que tu exagérais.

— Je n'aurais pas ajouté « vraiment ».

— Pas faux.

Le souffle court, j'essuie ma bouche avec une manche de mon sweat-shirt. Lorsque, ce matin, Marika m'a proposé un jogging dans Central Park, j'ai été contente qu'elle ait envie de passer du temps en ma compagnie. J'ai tenté de l'avertir que je n'étais pas en très grande forme, mais elle n'y a guère prêté attention. Par excès d'optimisme, visiblement.

— Est-ce qu'on peut juste marcher, maintenant ? je la supplie. Rien qu'un moment.

— D'accord. Mais on recommence demain. Ton manque d'endurance est hallucinant. Pas étonnant que tu piques du nez toute la sainte journée.

— Qu'est-ce qu'il y a de mal à faire la sieste de temps en temps ?

— Rien, quand tu es un bébé. Allez, amène-toi.

Elle est déjà repartie. Inspirant longuement, je lui emboîte le pas dans la vaste allée tachetée de soleil. Aussi exténuante soit cette virée, la beauté de mon environnement ne m'échappe pas. Il est trop tôt encore pour que les couleurs d'automne se soient installées, et le feuillage verdoyant des arbres filtre la lumière. Difficile d'admettre que toute cette nature réussit à survivre dans une ville aussi dense.

— Tu t'entraînes, en Angleterre ? je demande, dans l'espoir que parler la fera ralentir.

Par bonheur, ma ruse fonctionne.

— Oui, au gymnase. Il n'y a rien d'identique à ce parc, là où j'habite. Je serais vite intoxiquée par les fumées des pots d'échappement.

— Tu vis à Londres, c'est ça ?

— Oui. Chez mes parents.

— Oh ! je m'étonne. Je pensais que tu partageais une colocation avec d'autres mannequins.

— Non. À quoi bon dépenser un loyer si je peux l'éviter ? Pas comme ici.

— Ici à New York, tu veux dire ? Tu comptes rester ?

— Peut-être. Peut-être pas. Nous ne sommes aux États-Unis que depuis quinze jours et nous avons déjà décroché une campagne très importante. La suite n'est pas très compliquée à deviner.

— Mais c'est un pays très différent du nôtre !

— Ce qui n'est pas forcément une mauvaise chose. D'ailleurs, je suis certaine que tu aurais quelques bonnes raisons de rester, toi aussi. Une en particulier. Très grande.

Je la dévisage, ahurie.

— Au nez tordu, ricane-t-elle avant de se remettre à trottiner.

— Son nez n'est pas si tordu que ça, je bredouille en rougissant. Et puis, tes insinuations n'ont aucun fondement.

— C'est ça.

Il est évident qu'elle ne me croit pas. À la réflexion, c'est ma faute. Je n'aurais pas dû lui raconter comment Ezra et moi nous sommes connus ni la série d'événements qui nous a amenés à nous revoir. Je me suis rendu compte que ce n'était pas très facile à expliquer et j'ai fini par être intarissable au sujet d'Ezra, dans le taxi qui nous ramenait de la fête. Pas étonnant qu'elle lise en moi comme dans un livre ouvert.

— Et puis, j'ajoute d'une voix suffisante, je croyais que tu ne l'aimais pas.

— D'où tu tiens ça ?

— Tu l'as comparé à Patrick Bateman d'*American Psycho*, quand on est revenues de la soirée.

— À cause de son appart. Tu as remarqué qu'il est presque vide ?

— Parce qu'il a emménagé il y a peu.

— Ou parce qu'il a l'habitude d'y étaler des bâches en plastique. Pour emballer les cadavres de ses victimes.

— N'importe quoi !

— Je blague, se marre-t-elle en me donnant un petit coup de coude. Je ne crois pas qu'il soit un tueur en série.

— Ça ne t'a pas empêchée de me dire que les bombes au poivre sont légales, ici. À deux reprises.

— Il est toujours bon de connaître ce genre de détails, élude-t-elle. La sécurité avant tout, hein ?

— Et toi ? je demande. Tu as également dû te faire des amis, ici ?

C'est obligé. Elle a pris le pli de disparaître durant des heures sans fournir aucune explication, et toujours très bien habillée. Bon, d'accord, elle serait en pantalon de survêtement et chemise à carreaux qu'elle aurait l'air sapée haute couture de toute façon.

— Jolie diversion, lâche-t-elle sans se démonter.

— Je n'ai rien à ajouter au sujet d'Ezra. On se voit, c'est chouette. Il est chouette.

— Tu étais avec lui, hier ?

— Oui. On a pris le petit déjeuner ensemble, puis j'ai dû filer en vitesse à notre rendez-vous avec Imogene. Pas de nouvelles de lui depuis.

— Comme tu es partie la première, c'est à toi de le recontacter.

— C'est exactement ce que je pensais ! je m'exclame, bêtement soulagée. J'ai failli lui envoyer un message, puis j'ai commencé à douter de ce que j'avais écrit.

— Montre-moi ça, ordonne-t-elle, en s'arrêtant net, la main tendue.

Je lui remets mon portable, qu'elle étudie avec attention. Mon texto avorté est au bas des divers échanges que j'ai eus avec Ezra. J'espère qu'elle ne va pas les lire. Même s'ils n'ont rien de compromettant, je me sentirais mal.

— Trop bavard, décrète-t-elle. Tu permets ?

— Oui.

— T'inquiète, marmonne-t-elle en tapotant à toute vitesse, je suis douée pour ce genre de choses. Tiens.

Elle me rend l'appareil, je découvre le message… et m'aperçois qu'elle l'a déjà envoyé.

Qu'est-ce que tu fais ce soir ?

— Marika ! je proteste.

— C'est mieux. Crois-moi.

— Et s'il ne réagit pas ? je m'angoisse.

— Alors, ce sera un crétin, et tu auras échappé au pire.

Avant que j'aie le temps de digérer la phrase la plus gentille que Marika m'ait adressée à ce jour, mon portable vibre. Je suis scotchée. Il a réagi. Il a *déjà* réagi.

Ce que tu veux.

— Oh !

Marika lit par-dessus mon épaule.

— Moins d'une minute, se marre-t-elle. Inutile de me remercier. Tu me dois juste un kilomètre de course.

Elle décampe, queue-de-cheval au vent. Je la suis de mauvaise grâce tout en m'interrogeant sur l'origine réelle des battements de mon cœur.

17 - *Ezra*

— Tiens donc, te voilà soudain tout sourire. Avec qui échangeais-tu des messages ?

Je lève les yeux. Assise en tailleur dans son fauteuil, Caroline mange une part de pizza froide tout en m'observant d'un air scrutateur. Moi, je n'ai pas bougé de son canapé. J'y ai dormi cette nuit, bercé par le bruit de la télévision et les copieuses quantités de whisky que j'avais ingurgitées. Romy était revenue du boulot et déjà repartie, quand je me suis réveillé ce matin, en proie à une gueule de bois carabinée et d'humeur massacrante. Ça a changé il y a deux minutes environ.

— Pas avec Edie, si c'est ce que tu penses.

— Qui, alors ?

Ayant évidemment pioncé dans son lit, ma sœur a l'air reposé. Elle a enfilé un tee-shirt trop grand qui proclame QUI AVAIT RAISON ? en grosses lettres noires, et des mèches s'échappent de sa queue-de-cheval, comiquement de travers.

— T'occupe. Il reste de la pizza ?

— N'esquive pas, répond-elle en poussant le carton vers moi. Une fille ?

— Peut-être.

Me redressant, je m'empare d'une tranche. Je meurs de faim.

— Pas le mannequin ? insiste ma sœur.

Sa façon de lire en moi est parfois inquiétante.

— Elle s'appelle Audrey, je réplique en mordant mon morceau de pizza. Et, si.

— Sérieux ? Comment as-tu réussi à la retrouver ?

— Trop long à expliquer, et je n'ai pas envie d'en parler maintenant.

— Vous sortez ensemble ?

— Bon sang, Caroline ! On se connaît depuis une semaine !

— C'est platonique, alors ?

— Quelle importance ?

— Aucune. Sauf que ça tombe mal.

— Pff ! je m'offusque en jetant la croûte dans le carton. Qu'est-ce qui te fait dire ça ?

— Tu prends la mouche, soupire-t-elle. Oublie.

— Je ne prends pas la mouche, je mens. Simplement, tu tenais un autre discours, il y a une semaine.

— Certes, mais vu qu'Edie…

— Edie n'a rien à voir là-dedans. Seule sa localisation géographique a changé, pas le reste. Notre rupture est consommée. Définitivement.

— L'est-elle vraiment pour *toi* ? Tu apprends qu'elle est à New York et tu te soûles à mort aussitôt.

— Rien de neuf sous le soleil.

— Ouais. Ça, c'est un autre sujet de conversation.

— Parce que, maintenant, je suis alcoolo ? je ricane. Trop cool.

— Je te demande juste de ne pas te précipiter, réplique-t-elle en se redressant. Je te rappelle que j'ai moi aussi donné dans la déception amoureuse compensée par de nouvelles aventures.

— Ce n'est pas du tout ça ! Merci de ne pas projeter tes propres conneries sur moi !

— Alors, arrête de te comporter comme un petit con ! s'emporte-t-elle à son tour. Si tu tiens vraiment à cette fille, raison de plus pour calmer le jeu et te donner du temps.

— Pourquoi compliques-tu les choses ? J'ai dix-huit ans. Si ce n'est pas l'âge où on sort…

— Ha ! jubile-t-elle. J'étais sûre que vous sortiez ensemble.

— C'est envisageable, rien de plus. Et si ça se produit, où est le problème ?

— Le problème, c'est que tu vas tout faire foirer. Je ne dis pas ça pour être garce, OK ? Simplement, je ne veux pas te voir souffrir.

— Et je souffrirais parce que je traîne avec une fille qui est peut-être attirée par moi ?

— Non, plutôt parce que tu la ferais souffrir, elle. Tu ne vis pas en vase clos, Ezzy.

— C'est bien dommage, je décrète en me levant.

— Arrête ton cirque et rassieds-toi.

— Que tu le croies ou non, figure-toi que j'ai une journée bien remplie, je réplique.

Je tâte mes poches avec des gestes que j'espère nonchalants, tout en m'efforçant d'ignorer le mélange écœurant de culpabilité et de colère qui se répand dans mon estomac, tandis que je gagne la porte.

— Merci, j'ajoute. Pour tout. À plus.

— C'est dingue ! s'exclame Caroline dans mon dos. Pourquoi personne n'est capable de communiquer sereinement, dans cette famille ?

Je ne me donne pas la peine de répondre. Comme si elle et moi ne connaissions pas déjà la réponse à cette question.

Dix minutes et trois cigarettes plus tard, je tourne en rond autour de l'appartement de Caroline en me demandant si je devrais remonter présenter mes excuses. Je suis à présent assez calmé pour éprouver un certain embarras. J'aurais pu sans trop de mal ne pas entrer dans son jeu au lieu de piquer ma crise. Que je m'en sois abstenu m'embête presque autant que la perspective d'être en froid avec elle. Surtout parce que je la soupçonne d'avoir raison.

Ma relation avec Edie n'est pas aussi simple que ce qu'elle croit, et elle a été injuste de la comparer avec ce qui a lieu (ou pas) entre Audrey et moi, et avec ce qu'elle-même a pu vivre. Avant de rencontrer Romy, Caroline était une partenaire plutôt merdique. Plus ses liaisons étaient conflictuelles, mieux elle se portait. Ainsi, elle était susceptible de dire à une fille qu'elle l'aimait puis de la zapper une semaine plus tard et, après un mois de silence radio, de débouler chez elle et d'essayer de l'embarquer pour un week-end prolongé à Montauk. Je n'invente rien, c'est vraiment arrivé. Quand il s'est avéré que la nana en question en fréquentait une autre, ma frangine n'a rien trouvé de mieux à faire qu'inviter cette autre à participer à la fête. Pour info, la réponse a été un non franc et massif sous forme d'une porte claquée au nez.

Sur le moment, ça n'a été qu'une de ses innombrables histoires marrantes. Il m'a fallu du temps, et je n'en suis pas fier, pour comprendre que Caro se maltraitait elle-même et s'embourbait dans des cris et des larmes rien que pour sentir autre chose que l'absence de notre mère.

Je ne suis pas comme ça. Si j'ai été un piètre petit ami, ce n'est pas parce que j'avais des difficultés à m'engager. Je ne me sers pas d'Audrey pour tenter d'oublier Edie. Elles sont si différentes, si distinctes l'une de l'autre dans mon esprit, que ça me serait impossible. Caroline et ses insinuations peuvent aller se faire foutre.

En poussant un soupir, j'attrape mon téléphone pour voir si Audrey a répondu.

C'est toi l'expert en circuits touristiques. Surprends-moi ☺

Ma mauvaise humeur me déserte immédiatement, c'est fou. Je rédige un message en un temps record :

On se retrouve où ?

Je l'envoie et me mets en route, soudain désireux de rentrer chez moi au plus vite. L'appart est un bordel monstre, j'ai sacrément besoin d'une douche et j'ai une sortie à organiser. Libéré comme par magie de ma gueule de bois, je marche d'un pas vif et alerte, jusqu'à ce que j'aperçoive une fille aux courts cheveux blonds. Mon ventre se noue. Merde ! Maintenant que je suis au courant de la présence d'Edie ici, je vais la voir partout, consciemment ou non. Que je le veuille ou pas.

Je suis forcé d'admettre que l'interprétation de Caroline n'était pas totalement fausse. Elle m'a conseillé d'y aller mollo et, dans un monde idéal, je l'écouterais. Mais ma sœur ignore que le temps est un luxe que je n'ai pas. Audrey est susceptible de partir du jour au lendemain vers des horizons plus larges et des amours peut-être plus prometteuses.

Par ailleurs, aussi raisonnable que ce soit, je ne suis pas certain d'être capable d'en rester à une relation platonique. Certes, si Audrey ne souhaite que cela, ça ne sera pas un souci. Je serai heureux de me borner à être son ami et Dieu sait qu'une amitié me ferait du bien. Mais si elle… Si, un jour, je me tournais vers elle et découvrais mes propres sentiments sur son visage ? Comment pourrais-je m'en détourner, alors ?

Mon portable vibre. Audrey m'a expédié une adresse, la sienne. Conclusion, elle me fait assez confiance pour m'indiquer où elle habite. L'espace d'un instant, mon cœur est partagé entre le fantôme qu'est devenue Edie et la promesse que représente Audrey. Ça ne m'empêche pas d'accélérer et de me précipiter vers des décisions que je risque à coup sûr de regretter.

18 - Audrey

Je scrute mon reflet dans le miroir, tout en tirant sur les manches de mon pull. Gris et moelleux, c'est à peu près la seule fringue potable que j'ai apportée d'Angleterre, c'est dire la pauvreté de ma garde-robe. J'ignore si cette tenue sera appropriée à l'endroit où Ezra et moi irons, vu que je n'ai pas la moindre idée de ce qu'il aura décidé. J'ai voulu la jouer cool et décontractée en l'autorisant à me surprendre, oubliant que je n'étais ni cool ni décontractée. Je regrette que Marika ne soit pas là, ne serait-ce que pour me reprocher mon comportement névrotique.

— Audrey ! crie quelqu'un dans la cage d'escalier. Il y a un mec qui demande à te voir. Il prétend qu'il te connaît.

Je me raidis et reviens à la réalité. Ezra a dit qu'il serait ici à 18 heures, et il est… Merde ! Où est mon portable ?

— Je descends ! je lance.

Je fouille ma chambre avec frénésie et finis par le repêcher sous ma couette. J'attrape mon sac à main et dévale les marches jusqu'au vestibule, où je découvre Hari, près de l'entrée, resplendissante dans un body en maille noire sous une veste argentée. Allemande, elle a un corps d'athlète, des cheveux blonds coupés court et une fâcheuse tendance à somnoler pendant les castings. Elle est également l'une des rares à être restée ici, pendant que les autres filles partaient à Londres.

— Je m'en allais, m'explique-t-elle, et je suis tombée sur ce gars, dehors.

Elle montre la porte entrebâillée et retenue par une chaînette. Par la fente, j'aperçois Ezra, qui me salue d'un geste de la main.

— C'est un ami, je me justifie en sentant que je rougis. Pardon. J'ai oublié de le prévenir que la sonnette est cassée.

— OK.

Libérant le battant, elle s'en va rapidement. Ezra m'adresse un sourire en coin, apparemment peu perturbé.

— En toute franchise, lâche-t-il, j'aurais hésité à m'ouvrir à moi-même.

— Désolée. Je n'ai pas vu le temps passer, et mon téléphone…

— Pas de souci. Je viens d'arriver.

— Je vais faire comme si je te croyais, je réponds avec un sourire.

Je lui suis reconnaissante de sa gentillesse spontanée et sans prétention. Le soleil est en train de se coucher, et des filaments de nuages sombres s'étirent dans le ciel rosé. Ezra porte une chemise à carreaux et un jean noir. Un sac à dos pend à son épaule. Ça ne m'indique en rien où nous allons.

— Tu as deux colocataires ? me demande-t-il alors que nous nous éloignons. Marika et…

— Hari. Il y a aussi Anja. Nous sommes quatre, en ce moment.

— Il y a donc quatre chambres ?

— Non. On s'en partage deux. Rien d'anormal pour les mannequins débutants. L'agence est propriétaire de l'appartement, et nous lui payons un loyer.

— Pour un prix raisonnable, j'imagine ?

— New York est chère.

— Ah. Déraisonnable, alors.

— Toujours moins élevé qu'une nuit d'hôtel.

— Si ça peut te consoler, je sais ce que c'est de partager une chambre avec un parfait inconnu pour une somme astronomique. Que réglait mon père.

— Ah, oui, l'internat. Tu l'as quitté cet été ?

— Sans tambours ni trompettes.

— Tu n'as pas voulu entrer à la fac ?

— Je n'y ai pas vraiment réfléchi. Ma famille vivant ici…

— Où il y a des universités.

— Ferais-tu partie de ces gens qui estiment que je serai condamné à un destin tragique et obscur parce que je ne cherche pas à décrocher un diplôme ?

— Je ne pense rien de tel, je m'esclaffe. C'est juste que la fac est censée être une belle expérience de vie, non ? Et un type comme toi…

— Elle est bonne, celle-là ! se marre-t-il en ralentissant le pas. Qu'est-ce que ça veut dire, par pure curiosité ?

— Ne le prends pas mal, je me dépêche de me justifier. J'ai remarqué que tu avais des tas de livres chez toi, et…

— Oui, dans mon immense appartement de Midtown.

— Il est chouette.

— Ne tournons pas autour du pot. Mon père a beaucoup d'argent. Il a acheté ce bien, parmi tant d'autres. Si je voulais poursuivre de quelconques études, il les paierait avec plaisir. Sauf que je n'en ai pas envie. Pas maintenant, en tout cas.

L'ai-je offensé ? Il s'exprime d'un ton léger et n'a pas changé d'expression. Son regard est cependant scrutateur, comme s'il essayait de jauger ma réaction.

— Pareil pour moi, je précise. Enfin, j'ai déposé des tas de candidatures, mais plus pour suivre le mouvement que par conviction. Je n'y serais sans doute pas allée, et puis le mannequinat m'est tombé dessus.

— C'était quand ?

— Il y a quelques mois.

— Comment la vie là-bas tient-elle le coup, en ton absence ?

— Je n'ai pas de vie.

Ma réponse a été spontanée, et il arque les sourcils.

— Métaphoriquement ?

— Non, plutôt littéralement, j'avoue en détournant les yeux. Il me semble t'avoir expliqué que j'avais beaucoup bougé. Ça ne facilite pas les choses. Les amis non plus.

— Tant pis pour eux.

Son ton est si détaché et sincère qu'une petite flamme réchauffe mon cœur.

— Tu ne me connais pas assez pour avancer ça, je contre.

Il me jette un coup d'œil en biais avec son fameux sourire en coin.

— Disons que c'est une intuition. Tu serais tentée de t'installer ici ?

— À New York ?

J'éclate de rire.

— Qu'est-ce que ça a de si drôle ?

— C'est carrément une autre planète. Rien de ce qui m'arrive ici n'a l'air réel. Je serai partie avant de m'y être habituée.

— Tu as déjà une idée de la date ?

— Non, mais ça ne saurait tarder. Il serait préférable que je ne m'attache pas trop.

Je regrette mes paroles sitôt qu'elles sont sorties de ma bouche. Certes, elles sont vraies. Je suis susceptible d'être renvoyée en Angleterre à tout instant, sans aucune garantie de revenir ici un jour. Il n'empêche, c'est comme si je rejetais cette aventure incroyable. Comme si je rejetais Ezra.

— En effet, acquiesce-t-il après un bref silence. Je ne t'ai toujours pas dit où nous allions ce soir.

— Exact, j'opine, un peu déboussolée par ce changement de sujet brutal. Je ne te l'ai pas demandé non plus, remarque.

— C'est vrai. Comme nous sommes à notre première étape, je ne peux entretenir le suspense plus longtemps.

Il s'arrête, et je suis la direction de son regard.

— Une supérette ?

— L'un de mes repaires de prédilection, explique-t-il en sortant ses cigarettes de sa poche. Toi et moi n'habitons pas très loin l'un de l'autre, finalement. Tiens.

Il tire une petite liasse de billets du paquet et me la tend.

— Je me suis dit qu'on pourrait pique-niquer dans Central Park. J'ai apporté une couverture. (Il tapote son sac à dos.) Mais comme je ne savais pas ce que tu aimes manger, j'ai décidé de te laisser te charger du menu.

— C'est super, je me réjouis. Tu es sûr que je ne t'embête pas trop ?

— Bien sûr que non, rigole-t-il. Et puis, je te refile la corvée des courses.

— Avec ton argent. Ça ne me gêne pas de payer, tu sais ?

— Sauf que nous avons défini qui était le gosse de riches.

— Tu as raison. J'ai dû être déstabilisée par le fait que tu utilises un paquet de cigarettes comme portefeuille.

— La vache ! Serais-tu en train de m'humilier à cause d'un fichu portefeuille ?

— Qui n'en est pas un, je te rappelle.

— Puisque c'est comme ça, file à l'intérieur. Je ne tolérerai plus aucune critique.

— C'était un simple commentaire, je proteste.

Il me pousse déjà vers la boutique. Je ne résiste pas, un peu émoustillée par le contact de sa main sur mon épaule. Oh non ! J'essayais d'ignorer l'inévitable, mais…

Merde, je crois bien que j'ai un crush !

19 - *Ezra*

— Tu crois qu'on a acheté trop à manger ? s'inquiète Audrey qui trempe un gressin dans du houmous.

— Absolument pas, je réponds en brandissant une flasque. Whisky ?

— Non merci.

Elle sourit, et je verse une larme d'alcool dans ma limonade au gingembre en espérant que ça m'aidera à accepter plus aisément que ceci a tout d'un rancard, sauf le nom. J'avais dans l'idée de mettre sur pied une rencontre tranquille et un peu touristique. Mais intégrez à l'équation un coucher de soleil spectaculaire et, soudain, le petit pique-nique se transforme en une sortie des plus romantiques. Près de nous, l'étang scintille de mille feux, et on distingue même son pont de conte de fées, avec ses extrémités en pente douce qui s'enfoncent dans les buissons. C'est d'un pittoresque écœurant. Ajoutez à tout ça Audrey, qui est attachante comme pas permis. Elle a tellement séduit le vieux bougon de la supérette qu'il nous a offert à tous les deux un café. Elle a même réussi à avoir un teint frais et resplendissant sous la lumière violente des néons qui donne des allures de zombie à n'importe qui.

Je n'ai que trop conscience d'être pathétique à m'amouracher ainsi, d'autant qu'Audrey n'a pas caché qu'elle partirait bientôt. *Il serait préférable que je ne m'attache pas trop.* Elle parlait pour elle, certes, mais je devrais peut-être y voir une sorte d'avertissement à mon adresse. Enfin, mes supputations ne sont valables que si je l'attire, ce qui est une condition significative.

— Où te procures-tu ton alcool ? s'enquiert-elle en m'observant siroter mon cocktail. Tu n'as pas l'âge légal d'en acheter, si ?

— Non, je réponds avant de me racler la gorge. Pas plus que des cigarettes. Il se trouve que certains endroits sont moins regardants que d'autres.

— Parce qu'il faut également avoir vingt et un an pour acheter du tabac, ici ?

— Tu ne le savais pas ?

— Ne fumant pas...

— C'est vrai. Sauf quand je tente de te corrompre.

Elle sourit.

— Mes poumons sont en assez mauvais état comme ça. L'autre jour, quand j'ai couru avec ma coloc, j'ai failli y rester.

— Moi, je ne réussis même pas à monter mes quatre étages sans être essoufflé. Ce qui me posera un sacré problème si je dois me lancer un jour dans une course-poursuite romantique. Je n'y arriverai pas.

— Une course-poursuite romantique ?

— Ce truc où le héros d'un film d'amour se précipite afin de retrouver l'héroïne pour lui avouer ses sentiments.

— Je ne me souviens pas d'avoir vu quoi que ce soit de ce style.

— Tu rigoles ? *Quand Harry rencontre Sally* ? *Le Lauréat* ? *La Garçonnière* ? Ça ne te dit rien ?

Elle secoue la tête, apparemment perdue.

— *30 ans sinon rien* ? *The Holiday* ? Bon sang, je suis en train de te dévoiler ma sensibilité, là.

Elle me fixe sans comprendre, ce qui ne m'empêche pas de grimacer.

— Pourquoi tu tires cette tronche ? rit-elle.

— J'ai peur que tu sois indifférente au cinéma. Aucun souci si c'est le cas. On devrait réussir à faire sans. Probablement.

— J'aime le cinéma ! Moins que toi, c'est tout.

— Tu aurais envie qu'on voie un film tous les deux ?

— D'accord. Simplement, je t'interdis de me dévisager pendant la séance. Je déteste ça.

— Les autres le font pour juger de ta réaction ou parce que tu es jolie ?

Ça m'a échappé. Elle s'étrangle sur une gorgée de kombucha et s'empourpre.

— Pour la première raison, croasse-t-elle. Tu me trouves vraiment imbue de moi-même à ce point ?

— Non, non ! je me dépêche de protester. Mais tu l'es… jolie. D'ailleurs, tu es mannequin.

— Pour l'instant. Et puis, ce n'est pas qu'une question de beauté, dans le fond. Sans parler de la date de péremption.

— Dix-huit ans, c'est le début de la décrépitude, en effet.

— Tu pourrais être surpris. Bon, où est-ce qu'on va aller voir ce film ?

— N'importe où, je réponds, soulagé de ne pas avoir tout gâché. Il y avait un cinéma qui passait de vieux trucs dans le Village, quand j'étais gosse. Il doit encore exister.

— Sympa. Tu y allais en famille ?

— Avec ma mère. C'était notre activité rien qu'à nous.

— Plus maintenant ?

— Elle est morte il y a quelques années. Mais ça va.

J'ajoute toujours ça, par réflexe. Ce n'est pas vrai, même si ça ne me gêne pas spécialement que le sujet tombe au beau milieu d'une conversation anodine. Audrey semble émue, cependant, et je décèle de la compassion dans ses prunelles sombres.

— Désolée, murmure-t-elle.

Je lui adresse un semblant de sourire, prêt à affronter davantage de questions.

— Et tes sœurs ? demande-t-elle toutefois sans insister. Elles sont plus vieilles que toi ?

— Oui. Toi, tu es fille unique, si je me souviens bien ?

— Ce que je regrette.

— OK. Et tes multiples déménagements n'ont rien arrangé à ta solitude.

Elle acquiesce, l'air un peu décontenancée.

— Il est possible que mon sentiment de solitude soit exagéré, s'empresse-t-elle de clarifier. J'ai sans doute un niveau de tolérance plus bas que la moyenne.

— Cette vie de nomade a eu d'autres inconvénients, j'imagine ?

— Oui. Par exemple, on part souvent du principe qu'une maison d'enfance est un acquis. Me plaindre d'en avoir été privée est sans doute pathétique, mais…

— Je comprends. Mon enfance, je l'ai passée dans une maison de ville du quartier de Greenwich Village. Mon père l'a vendue quand j'étais en pension. Je ne l'ai découvert qu'en rentrant pour les vacances de Noël.

— Non ! se récrie-t-elle, scandalisée. Tu n'as même pas pu lui faire tes adieux !

— C'est ça… Pardon, je ne voulais pas te couper la parole.

— Ce qui t'est arrivé est horrible. Et tes affaires ?

— J'ai une piaule dans l'appart paternel. Enfin, j'en avais une. J'ignore si c'est encore le cas. Et puis, ce n'est pas pareil.

— C'est tellement vrai, soupire-t-elle. Mes parents n'arrêtent pas de me harceler pour que je rentre à la maison, et j'ai envie de leur répondre : quelle maison ?

Parce que, en réalité, c'en est toujours une nouvelle, et... Désolée, je parle comme une princesse capricieuse.

— Il me semblait bien que tes parents t'avaient pourrie gâtée.

Elle récompense ma mauvaise blague par un demi-sourire.

— Leur façon de m'élever présente des avantages, reprend-elle. Ça m'a appris à supporter le genre de vie que je mène en ce moment.

— Au milieu de tes valoches, tu veux dire ?

— C'est ça. Je crois que je me débrouillerais très bien en cas d'apocalypse. Mes possessions dans un Caddie, et hop.

— Comme dans *La Route*. Tu l'as vu, celui-là ?

— Lu.

— Oh ! Une intello !

— Figure-toi que je sais aussi écrire mon nom et compter jusqu'à dix.

Je pars d'un rire dans lequel flotte une once d'affolement. J'espère qu'elle ne s'en rend pas compte. J'adore qu'elle se paie ma tête, mais je m'inquiète aussi qu'elle m'ait percé à jour plus qu'elle ne le montre. J'ignore où va ma préférence. Qu'elle me prenne pour un chic type ou qu'elle ne se sauve pas, bien qu'elle ait compris que je suis un prétentieux fragile.

— J'ai beaucoup lu, ajoute-t-elle en croisant mon regard. Notamment parce que je passais des heures à la bibliothèque. Parmi toutes les écoles que j'ai fréquentées, elles représentaient une sorte d'ancrage, tu vois ?

— Très bien. Moi, je me planquais dans une chambre noire. C'est un peu pareil.

— Tu es artiste ?

— Non. Je fais de la photo. J'en faisais, plus exactement.

Je suis légèrement distrait par la proximité de nos mains. Elle a changé de position, s'est assise en s'appuyant sur ses bras tendus derrière elle, ses doigts étalés sur la couverture.

— Génial. Quel genre de photos ?

— Euh… J'aime la couleur. Le noir et blanc, ce n'est pas trop mon truc. Des portraits, aussi. Les gens m'attirent. À la manière de Nan Goldin, Saul Leiter et Joel Meyerowitz. Même s'ils sont sans doute plus connus comme photographes de rue.

Au secours ! Je pérore comme un con. *Abrège, mon gars.*

— Quoi qu'il en soit, je conclus, si tu as besoin de nouvelles photos de toi, je fais des prix d'ami.

— J'en prends note, rigole-t-elle.

Elle se tourne vers l'étang, dont la surface luit dans la lumière rasante qui auréole son profil, et je regrette de ne pas avoir mon appareil. Même si Audrey aurait sûrement quitté le pays avant que j'aie eu le temps de développer la pellicule. Cette perspective me refroidit.

— Je n'aurais jamais imaginé faire quelque chose comme ça, murmure-t-elle, un demi-sourire aux lèvres. Je n'aurais jamais cru qu'il m'arriverait de séjourner aussi longtemps à New York.

— Je suis content que ça se produise, je lâche tout à coup.

Elle me dévisage, et le soleil colore sa peau, pareil à un cercle doré sur les contours d'une assiette en porcelaine. Ses cheveux châtains sont légèrement agités par la brise, et…

— Oh, tu as…

Sans réfléchir, je tends la main, la retire aussi sec.

— Un insecte sur la tête, je termine, gêné. Tout petit.

— Tu peux le retirer ? demande-t-elle en levant une main.

— Bien sûr.

Je me penche. La bestiole est un minuscule puceron que j'ôte doucement d'une des mèches d'Audrey, sans l'écraser. Elle observe une immobilité parfaite, les yeux baissés, ses cils ressortant sur ses joues parsemées de taches de rousseur.

— Je l'ai, j'annonce en lui montrant mon doigt.

L'insecte y est perché, intact, vivant et bien réel. Je n'aurais pas aimé qu'elle croie que je cherchais une excuse pour me rapprocher d'elle.

— Fais un vœu, je lui dis.

En riant, elle souffle sur le puceron qui s'envole. Son haleine est fraîche.

— Et maintenant, tu dois me confier ton vœu, j'enchaîne, sachant qu'elle s'y refusera.

— Je ne te dois rien du tout, s'esclaffe-t-elle. Si je te le confie, il ne se réalisera pas.

— Sauf si je peux t'aider à le réaliser, non ?

Mes paroles la plongent dans une certaine hésitation, puis elle ouvre et referme la bouche à plusieurs reprises.

— Non, finit-elle par décider.

Comme elle s'empourpre, j'en conclus qu'elle ment sûrement, et je souris.

Soudain, j'ai oublié pourquoi ce pique-nique romantique m'est apparu comme une mauvaise idée. Et je ne tiens pas à me le rappeler.

20 - *Audrey*

— C'était douloureux ?

— Oh que oui ! J'ai failli pleurer pendant que j'attendais que la fille rince le décolorant et j'ai versé une larme quand j'ai vu la nouvelle couleur de mes cheveux.

— Laquelle ?

— Un orange pâle. On aurait dit un cône de signalisation oublié au soleil.

La grimace de Marika dévoile sa dentition parfaite.

— Mais bon, après qu'elle a appliqué du toner et qu'elle les a séchés, ils sont devenus blonds. Ce n'est pas si mal, maintenant.

J'inspecte une de mes mèches.

— C'est mieux que ça, décrète mon amie d'un ton ferme. C'est vendeur.

— Merci.

Venant d'elle, c'est un sacré compliment. Hochant la tête, elle se replonge dans la lecture de son *Vogue*, tandis que je contemple les vitres couvertes de graffitis du métro aérien qui laissent filtrer une lumière jaunâtre. C'est la fin de l'après-midi, et nous nous rendons au studio de Julian Mars, dans le quartier de Williamsburg, à Brooklyn. Je suis anxieuse, et la caféine que j'ai ingurgitée n'arrange rien. Je me suis levée à l'aube afin d'honorer mon rendez-vous avec la coloriste d'Imogene. Il m'a fallu cinq heures pour passer du châtain foncé au blond platine. Cinq heures très inconfortables. Le résultat est raide et étrange, encore plus quand je capte mon reflet et découvre une inconnue.

— Veux-tu que je t'attende quand j'aurai terminé ? demande Marika en mettant une touche de parfum sur son poignet.

— Pas la peine. Tu m'as bien dit que tu sortais, ce soir, non ?

— Si. Mais je ne pense pas que cette séance s'éternisera. Je peux patienter.

— Merci, ça ira. Je saurai rentrer toute seule.

— Prends un taxi. La nuit sera tombée, à ce moment-là.

— Ah bon ?

— Il y a des chances. Franchement, exiger de nous recevoir séparément est ridicule.

— Ça ne me dérange pas vraiment de tuer le temps à Brooklyn. Ezra m'a parlé de plusieurs endroits très sympas que j'ai envie de voir.

— Entendu. C'était pendant votre rancard ?

— Ça n'en était pas un ! je proteste, par réflexe.

— Le pique-nique au soleil couchant n'était pas un rancard ?

— Non.

Abaissant son magazine, elle me fixe sans ciller. Je me défends :

— Je te jure que je m'en serais rendu compte, sinon.

Il est fort possible que j'essaie de me convaincre autant que j'essaie de convaincre Marika. D'accord, ça a été la soirée la plus romantique de mon existence, mais il ne s'est rien passé de romantique. Notre unique contact physique a eu lieu quand il a retiré une bestiole de mes cheveux, même si j'avais pris soin d'avoir une de mes mains libres, des fois qu'il lui prenne l'envie de s'en emparer. Ce qu'il n'a pas fait. Y compris quand il m'a raccompagnée à l'appartement. Nous avons traînassé sur le seuil avant de nous séparer. Je n'arrêtais pas de perdre le fil de notre conversation, tant j'étais occupée à l'imaginer en train de m'embrasser. Très gênant. S'en est-il aperçu ? Quand je suis rentrée et que je me suis inspectée dans le miroir, j'ai constaté que j'avais les pupilles dilatées, et que mes joues étaient tavelées de rougeurs. Il a dit que j'étais jolie. Il me trouve jolie.

— Donc, il n'a rien tenté ? commente Marika. Intéressant.

Je ne relève pas, tout en m'efforçant d'ignorer la chaleur qui m'envahit. Je déteste rougir aussi facilement. Ça me donne l'impression d'être transparente. Comme hier soir, quand Ezra a insisté pour que je lui révèle mon vœu.

— À mon avis, ce n'est pas par manque d'intérêt, continue Marika. Quel que soit le problème, ce n'est évidemment pas celui-ci.

— De toute façon, ce n'est pas important, je me dépêche de dire. Je vais sans doute partir bientôt. Ça ne peut mener à rien.

— Si c'est ce que tu veux croire, OK, lâche mon amie en retournant à son magazine, dont elle tourne une page.

La séance photo de Marika ne dure qu'une demi-heure environ. Elle m'envoie un message m'informant qu'elle a fini et qu'elle retourne à Manhattan. Bien qu'il soit plus tôt que l'horaire fixé au préalable, je décide de me rendre au studio. On ne m'a jamais reproché de ne pas être ponctuelle. De toute façon, je me contentais d'errer dans les rues en ressassant mes idées.

Le lieu du rendez-vous se situe au dernier étage d'un petit immeuble banal, près de l'East River. L'intérieur est clair et nu, murs blancs et sol en lino. Il est aussi complètement désert, à ma connaissance du moins. La seule façon de monter, c'est un petit escalier glacial. La semelle de mes baskets couine dans le silence. Je suis de nouveau sur les nerfs. Imogene nous a garanti que cette rencontre n'était pas un casting, ça ne signifie pas pour autant qu'elle n'est pas très importante.

Je finis par déboucher sur un palier étroit au bout duquel se dresse une porte à laquelle est suspendu un écriteau. NE PAS DÉRANGER, SÉANCE PHOTO EN COURS. Estimant que c'est encourageant, je pousse le battant. La pièce est immense et caverneuse, avec des piliers en béton et des fenêtres qui vont du sol au plafond. Dans un coin, une toile de fond cernée de gros projecteurs carrés, un trépied, un portant à vêtements et un modeste bureau auquel est assis Julian Mars, sur une chaise pliante, face à un ordinateur portable argenté. Ses cheveux châtain clair sont attachés par une barrette et, lorsqu'il relève la tête, je constate qu'il a d'énormes lunettes à monture dorée.

— Audrey, me salue-t-il en refermant vivement son ordi, tu es en avance.

— Désolée.

— C'est bon. Ravi de te rencontrer officiellement.

Il s'approche à grands pas, la main tendue. Sa poigne est amicale.

— De même. Cet endroit est magnifique.

— Merci. La lumière est meilleure, d'habitude. Navré que cette séance se fasse si tard.

— Pas de souci.

J'enlève ma veste, l'abandonne près de l'entrée avec mon sac et me dirige vers la toile de fond. C'est le seul coin très éclairé de la salle.

— Tu veux boire quelque chose ? propose Julian en avançant jusqu'au portant. Il y a une glacière. Eau plate ou gazeuse, bière…

— Ça ira, merci.

Je suis soulagée par sa gentillesse. Au défilé de Miranda, je me souviens qu'il était plutôt maussade. Presque comme s'il s'ennuyait et trouvait que tout ça était indigne de lui. Il était peut-être juste fatigué. Je sais que je l'étais.

— C'est ta première Fashion Week ? me demande-t-il en inspectant les vêtements.

— Oui. Ça a été un peu dingue.

— J'imagine. Ça ne te dérange pas de te changer, à propos ? Miranda m'a envoyé quelques pièces.

— Bien sûr que non.

Il retire une tenue blanche légère de son cintre et me la lance. Je l'attrape au vol, puis cherche des yeux un paravent.

— Utilise la toile de fond, me dit-il en tendant le doigt. Je mets un peu de musique, en attendant.

— Merci.

Je me glisse derrière la toile avant d'examiner la fringue qu'il a sélectionnée. Il s'agit d'un caraco à fines bretelles, bordé de fanfreluches et agrémenté de minuscules boutons perle. Retirant mon tee-shirt, je me glisse dedans. Le tissu est frais sur ma peau. C'est superbe, sauf que les bretelles de mon soutien-gorge bleu fané gâchent l'effet d'ensemble. En soupirant, je l'ôte et le balance dans mon tee-shirt.

Une mélodie sirupeuse s'échappe des haut-parleurs fixés au mur, et j'entends Julian qui traficote. Peu désireuse de l'impatienter, je remonte mon jean, lisse mes cheveux et émerge de derrière la toile, un sourire aux lèvres.

— Prête ! j'annonce en prenant place, tandis qu'il installe son appareil sur le trépied.

— Parfait. Tu me montres ce que tu sais faire ?

J'arque le dos et plaque une paume sur ma taille. Le flash se déclenche alors que je relève le menton.

— Super, commente Julian.

Je me détourne, ébouriffe mes cheveux et le regarde par-dessus mon épaule. De nouveau, le flash illumine la scène. J'enchaîne rapidement différentes poses avec des gestes fluides et mesurés. Le silence règne, ce que je décide de considérer comme de bon augure.

— C'est franchement génial, finit par dire Julian avec un demi-sourire. La première fois que je t'ai vue, j'ai tout de suite deviné que tu avais quelque chose de particulier, tu sais ?

— Au défilé ? je m'étonne.

Dans mon souvenir, il m'a à peine calculée.

— Oui. Ton amie Marika aussi. C'est moi qui vous ai signalées à Miranda. J'ignorais que vous vous connaissiez.

— Ça alors ! Quelle coïncidence !

— Je ne crois pas aux coïncidences, répond-il avec gravité. Disons plutôt qu'il s'agit d'un heureux hasard.

— D'accord.

Comme il ne prend plus de photos, je cesse de poser.

— Ce qui m'a frappé, c'est le contraste entre vous deux, enchaîne-t-il. Il émane de Marika une énergie incroyable. Une force pure. Un feu. Toi, tu dégages une espèce de vulnérabilité. Palpable. La confrontation de ces deux personnalités différentes génère une dynamique impressionnante.

Je souris, ne sachant trop quoi répondre.

— C'est ce que j'essaye de capturer, là, précise-t-il en ajustant son objectif. Tu veux bien enlever le haut ?

Je cligne des yeux. J'ai bien entendu, mais j'ai du mal à comprendre. Quand je réagis enfin, je devine que je rougis jusqu'aux oreilles.

— Oh ! Euh… C'est que je n'ai pas de soutien-gorge. Désolée.

— Vraiment ?

— Oui.

— Et c'est un problème ? demande-t-il en me dévisageant comme si je venais de proférer une ânerie.

Un rire nerveux m'échappe. Lui garde son sérieux. Et continue de me fixer.

— Euh… Je ne sais pas.

Ma voix sonne lointaine. Comme si quelqu'un d'autre que moi parlait.

— Il fait trop froid dans le studio ? s'enquiert-il en se rapprochant de moi.

Je secoue la tête, pas certaine de réussir à m'exprimer, maintenant. Mon cœur bat comme un fou, tout arrive si vite…

— Tu as l'air d'avoir un peu froid, insiste-t-il, juste devant moi à présent. Ne t'inquiète pas, ce ne sera pas long.

Il effleure mon épaule, retire la bretelle avec deux doigts. Mon cri de protestation se bloque dans ma gorge. Je voudrais dire non, mais si je le fais et qu'il insiste… Il tire sur la seconde bretelle, et le caraco glisse au sol. J'inspire de façon bruyante et parfaitement audible dans le maigre espace qui nous sépare. Lui expire, et son haleine me chauffe le cou. Mes bras sont comme deux poids morts le long de mon corps. *Pitié, pitié…*

— Tu es très belle, Audrey, murmure-t-il. Ce dont tu es consciente, j'imagine ?

De la bile me remonte à la bouche, tandis que je me creuse la cervelle pour tenter de trouver une repartie. Une qui me tirera de ce mauvais pas. Sauf qu'elle n'existe peut-être pas. J'ai beau savoir où est la sortie, je ne m'autorise pas à regarder dans cette direction, par crainte qu'il devine mes intentions. D'ailleurs, serais-je en mesure de me sauver ? Je semble être figée sur place, impuissante.

— Timide aussi, ajoute-t-il avec un nouveau demi-sourire. Bon, allons-y.

Sur ce, il recule derrière son trépied. J'oblige mes bras à bouger, me couvre autant que possible, tandis qu'il réajuste son objectif. Je tremble comme une feuille, en croisant les doigts pour qu'il ne le remarque pas. Mes yeux se mouillent, tandis que le flash crépite encore et encore, et que je continue à poser avec raideur. Je n'ai pas la moindre idée du temps qui s'écoule ou du nombre de clichés qu'il prend.

— OK, finit-il par annoncer. On en a terminé.

Ce n'est qu'au moment où je m'accroupis pour récupérer le caraco avec lequel je cache ma poitrine que la honte se manifeste et me submerge.

21 - *Ezra*

— Un petit pain ?

— Merci, je réponds en me servant dans la corbeille que me tend Tomas.

Lui-même en dépose un sur son assiette, ce qui lui vaut un coup de coude et un regard réprobateur de Maggie. Cette dernière condamne la consommation de farine blanche et, dans le même élan, à peu près tout ce qui est bon. Son mari se contente de sourire, étale une généreuse couche de beurre sur le pain criminel et l'engloutit en un morceau comiquement énorme. La bouche de Maggie frémit, comme si elle hésitait entre rire et se fâcher, et il se penche vers elle afin de planter un baiser sur sa joue, des miettes autour des lèvres. Je m'empresse de me tourner vers Caroline qui, le front plissé, étudie le menu comme s'il était rédigé en hiéroglyphes.

— Tout a l'air délicieux, marmonne-t-elle. Je ne sais pas quoi choisir.

— Je m'en charge, intervient Romy. Saute sur le steak frites.

— Tu dis toujours ça.

— Parce qu'il est quasiment impossible de le rater. Et tu es sûre de te régaler.

— À moins que ce soit parce que tu vas commander un truc raffiné et minimaliste avant de me piquer mes frites.

Caroline rit et pince le nez de Romy. De nouveau, je regarde ailleurs et croise accidentellement les yeux de mon père. Assis à l'extrémité opposée de la table, il semble aussi déconfit que moi d'être coincé entre deux couples heureux.

Joyeux anniversaire, Ezra, j'imagine. Un repas en famille dans un restaurant chic ne correspond pas à l'idée que je me fais d'un bon moment, mais accepter l'invitation était le moyen le plus simple de me réconcilier avec Caroline après notre presque-engueulade. Par chance, j'ai une excuse solide pour filer d'ici une heure, vu que Mac m'a organisé une fête. Il a découvert que c'était mon anniversaire quand, au boulot, une carte a circulé (merci, Romy). Tenter de le décourager m'a paru exiger plus d'efforts que le laisser faire. Que ça ait lieu chez moi implique que je lui en voudrai sûrement demain. Mais comme je n'ai pas spécialement envie d'être seul ce soir, va pour une bringue.

Le bon côté des choses, c'est qu'Audrey sera là. Je lui ai envoyé un message hier pour l'inviter ainsi que Marika. Bien qu'elle ait mis un sacré bout de temps (dois-je m'inquiéter ?) à répondre, elle a accepté.

— Alors, lance Tomas, on trinque ?

J'aime bien Tomas. Si la raison qui les a poussés, lui et Maggie, à s'unir avant même d'avoir trente ans m'échappe, il est sympa. Ils se sont rencontrés à la fac. Il vivait au Danemark avant de venir à New York avec une bourse d'études. Ils étaient dans le même cours de sciences politiques. À leurs premiers travaux dirigés, ils se sont lancés dans un débat animé sur une école de pensée mineure qui a vite tourné au pugilat. Aucun d'eux ne voulant céder aux arguments adverses, Tomas a proposé de poursuivre la discussion autour d'un café. Ça s'est terminé par un mariage. Je me souviens encore de Maggie nous racontant cette histoire, radieuse comme si elle avait vécu l'expérience la plus romantique qui soit.

— Oui, dit-elle en levant sa flûte. Joyeux anniversaire, Ezra.

Les autres l'imitent. Je lève mon propre verre après que Caroline m'a flanqué un coup de pied sous la table, et nous trinquons dans une mêlée quelque peu brouillonne. Papa a commandé du champagne, et je chope la bouteille afin de remplir ma flûte, quand il se racle la gorge.

— Je suis très heureux que nous soyons tous réunis pour cette occasion, déclare-t-il en souriant.

— Il manque quelqu'un, lâche Caroline d'une voix légère.

Soudain, la pièce semble disparaître brièvement, et mon verre déborde d'une mousse qui dégouline sur la nappe. Aucun des convives ne paraît s'en apercevoir, cependant, les yeux étant tous rivés sur Maggie, qui a blêmi. Tomas tente de poser une main apaisante sur la sienne, mais elle l'écarte sèchement, sans cesser de fixer Caroline.

— Je te l'interdis, lui lance-t-elle.

Caroline arque un sourcil.

— Tu m'interdis quoi ? De parler d'elle ?

— Pas aujourd'hui.

— Seulement aujourd'hui ou jamais ?

— Pas le jour de l'anniversaire d'Ezra. Merde, Caroline !

— Et pour quelle raison ne devrions-nous pas parler d'elle ? Surtout aujourd'hui ?

— Tu veux aussi qu'on se tienne par la main et qu'on entonne des cantiques, pendant que tu y es ?

— Les filles… essaie papa.

Ni l'une ni l'autre ne daignent lui accorder un coup d'œil.

— Tu n'es qu'une égoïste, siffle Maggie. Nous ne partageons pas forcément tes envies, tu sais ?

— Et toi, tu n'es qu'une garce.

Tomas tressaille, Romy se raidit. Moi, je vide mon verre et m'empare une nouvelle fois de la bouteille. Il existe, censément, cinq stades dans le processus de deuil. Le déni est le premier, l'acceptation le dernier. La colère, la dépression et le marchandage sont quelque part entre les deux, si je me rappelle bien. Caroline est la seule d'entre nous à avoir atteint la dernière étape. À mon avis, mon père n'a même pas sauté la première haie. Quant à Maggie, voici longtemps qu'elle est coincée dans la colère.

— Si ça te fait plaisir, rétorque-t-elle. Je veux bien être une garce, puisque c'est ce que tu attends de moi.

— Ce que j'attends de toi, c'est que tu te comportes comme un être humain. Du genre qui a des émotions, si tu me suis.

Maggie éclate d'un rire sans joie.

— Devine un peu ! Je me fous complètement de ce que tu attends ou pas. Excusez-moi.

Elle se lève et s'éloigne à grands pas, mâchoire serrée et tête haute. J'imagine qu'elle va aller pleurer de rage dans les toilettes avant de finir par revenir calmée et remaquillée. Elle reprendra sa place à table comme si de rien n'était. Elle et Caroline se feront la gueule de manière appuyée jusqu'à la fin du repas, nous forçant à entretenir une conversation artificiellement joyeuse. Il s'est passé la même chose à Noël, il y a deux ans. J'aurais dû me douter que ça se reproduirait aujourd'hui. La date anniversaire de la mort de maman est trop proche de celle de mon propre anniversaire pour que cette réunion de famille ne se termine pas en drame.

Le jour de mes treize ans a été le dernier bon jour. Maman est venue me chercher à l'école à midi et m'a autorisé à sécher le reste des cours. On a bu du café et mangé des cannoli dans son café préféré avant d'aller au cinéma voir *Certains l'aiment chaud*. On a ri comme des bossus pendant toute la séance. Je me souviens d'avoir trouvé qu'elle paraissait extrêmement heureuse. Qu'elle paraissait *elle-même*. Et, pour la première fois depuis longtemps, de m'être demandé si, enfin, tout allait s'arranger.

Deux jours plus tard, elle était morte. Je ne vais pas prétendre que ça n'entache en rien mon anniversaire, et qu'il n'est pas génial que ce dernier tombe en plein trimestre scolaire. Les miens m'envoyaient des cartes et des cadeaux, certes, mais nous avions de bonnes excuses pour ne pas fêter l'événement en famille. Pour ne pas nous retrouver autour d'une table à faire semblant d'ignorer que quelqu'un manquait. Ou, à l'instar de Caroline, à le clamer haut et fort.

— Alors, Ezra, qu'est-ce que tu as prévu pour ce soir ? s'enquiert Tomas, histoire de sauver les meubles.

— Rien de particulier. Quelques amis chez moi.

J'ai répondu de façon distraite, car Caroline s'est levée à son tour et se dirige vers la sortie, sûrement pour cloper comme une malade. Romy la suit des yeux, une expression indéchiffrable sur le visage.

— Ça a l'air super ! s'exclame mon père avec un sourire si forcé que ça me serre le cœur.

J'aimerais tant qu'il arrête, avec cette fichue manie.

— Ça devrait, ouais, je marmonne.

— Tomas, intervient Romy, je viens juste de me rendre compte que je ne sais pas ce que tu fais dans la vie.

— Analyste de données, répond-il avec enthousiasme.

— Oh ! murmure-t-elle, le regard déjà vitreux. Et… en quoi ça consiste ?

Tomas se lance dans des explications incompréhensibles sur son insondable boulot, quand mon téléphone vibre dans ma poche. Un numéro inconnu m'a envoyé un message.

Bon anniversaire, Ezra. J'espère que tu vas bien. On se parle bientôt ?
Bisous. Edie.

Joyeux anniversaire de merde, en effet.

22 - *Audrey*

Je décide de me rendre à la soirée d'Ezra à pied. La nuit n'est pas trop fraîche, et je porte mon bomber sur un chouette haut en velours que m'a prêté Marika, de mauvaise grâce. Convaincue que je suis malade, elle estime que je ne devrais pas sortir. Comment lui donner tort, vu que je suis restée couchée hier, prétextant un mal de tête lorsqu'elle a essayé de me tirer du lit pour un jogging ? Rien de moins vrai, bien sûr, mais l'idée de me lever m'était insupportable. Comme l'était celle d'affronter le caraco en soie roulé en boule dans la poussière sous mon lit.

Julian a insisté pour que je le garde. Il souriait, et je pense lui avoir souri en retour, tandis que je fourrais mon soutien-gorge et mon tee-shirt dans mon sac et boutonnais ma veste jusqu'au cou. La suite est floue. Je me rappelle être rentrée en taxi, mais pas grand-chose d'autre concernant le trajet entre le studio et l'appartement. Je n'ai pas craqué. J'en suis certaine, parce que ce n'est qu'une fois seule dans ma chambre, porte close, que je me suis écroulée comme un château de cartes. J'ai vite retiré ma veste, arraché le caraco et je l'ai jeté au loin avant de me blottir sous la couette. Alors seulement, j'ai pleuré toutes les larmes de mon corps. Jusqu'à sombrer dans le sommeil.

J'ai dormi presque toute la journée suivante. Aujourd'hui, je me suis réveillée devant un texto d'Ezra et sous le regard vigilant de Marika. Je lui ai dit que je me sentais mieux, et suis allée prendre une douche avec l'espoir que mes paroles deviennent réalité. Là, je me suis forcée à repenser aux événements dans le moindre détail, m'attardant sous le jet jusqu'à ce que l'eau soit froide. Je me suis alors rendu compte que, pas une seconde, je n'avais demandé à Julian d'arrêter, que je ne lui avais pas résisté, que j'étais restée plantée là et l'avais laissé faire.

Du coup, j'ai essayé de justifier mon comportement. Poser seins nus est relativement banal, dans la mode. J'ai vu d'innombrables publicités et séries où des filles serrent leur poitrine entre leurs mains, comme moi sur le moment, lèvres boudeuses, yeux de biche, l'air faussement pudique. Si ça se trouve, Julian ne voulait rien d'autre.

Plus tard, alors que nous nous préparions pour la soirée, j'ai demandé à Marika comment s'était déroulée sa propre séance, très attentive à sa réaction.

— Bien, a-t-elle répondu. Un peu statique, peut-être.

— Comment ça ? ai-je bondi. Qu'est-ce que ça signifie ?

— Il ne m'a donné aucune indication, ne m'a pas invitée à me changer, alors qu'il y avait des tonnes de fringues sur un portant.

— Pareil pour moi, ai-je menti, l'estomac retourné à l'idée du caraco qui gisait par terre dans l'obscurité, à quelques pas de nous.

— À mon avis, il manque d'expérience. Enfin, si on l'a embauché, c'est sûrement pour une bonne raison.

Elle a haussé les épaules, et la conversation s'est arrêtée là. Ses mots m'ont aidée, cependant. Julian est novice, ça explique ses actes. Il est probable qu'il était si concentré sur la séance qu'il n'a pas songé que j'étais moi aussi inexpérimentée, que je n'avais jamais rien fait de tel. J'ai été surprise, c'est tout. Il serait horrifié s'il apprenait l'émotion que son attitude a déclenchée chez moi.

Après, j'ai répondu à Ezra. J'ai dit que je serais là.

Quand j'arrive chez lui, je suis vaguement poisseuse et j'ai le visage rouge d'avoir grimpé les quatre volées de marches. Je frappe avec vigueur, la musique étant plus forte que la dernière fois. Je suis en train de me demander si je ne ferais pas mieux de lui envoyer un texto pour lui annoncer que je suis devant sa porte lorsqu'il m'ouvre. Il est tout sourire, et un chapeau pointu en papier glacé est juché sur sa tignasse. Sans trop savoir pourquoi, je suis prise d'une envie irrésistible et stupide de me jeter à son cou. Puis son sourire se fane.

— Audrey, lâche-t-il.

Sur un ton qui est moins un salut qu'une sorte de question. Par réflexe, je porte une main à ma tête, et je comprends.

— Mes cheveux. Ils sont blonds.

— J'avais remarqué, commente-t-il en me scrutant.

— J'aurais dû t'avertir…

— Non, non. Pas du tout. Il m'a juste fallu une seconde. C'est… différent ! En bien, hein ? Non que ce n'était pas bien avant… Euh… Tu entres ?

J'obtempère en souriant. Ezra referme derrière moi, l'air visiblement confus.

— C'est vraiment super ! reprend-il. Simplement, j'ai eu un moment de dissonance cognitive, tu vois ?

— Je sais, j'opine en espérant qu'il est sincère. Je me fais la même réflexion chaque fois que je croise mon reflet dans une glace.

— Tu as été saisie d'une brusque envie de changer de tête ?

— Possible, j'élude, ne tenant pas à lui expliquer la vraie raison. À moins que j'aie deviné que tu porterais un chapeau ultra cool et que j'aie voulu te voler la vedette.

Je fais légèrement claquer l'élastique qui enserre son menton. Il rit.

— Ce machin ? Il te plaît ?

— Forcément.

— Tiens, alors.

Retirant son chapeau, il le positionne sur mon crâne, effleurant mes joues au passage.

— Je suis toujours généreux, quand je reçois, enchaîne-t-il. À propos, un verre, ça te dit ?

— Avec plaisir.

Je le suis dans la cuisine. La peau me brûle, là où il m'a touchée. C'est gênant. Il pose deux gobelets sur l'îlot en marbre.

— Désolé, je suis à court de prosecco. Autre chose ?

— Qu'est-ce que tu prends, toi ?

— Un whisky soda. C'est dégueu. Si tu préfères, je remplace l'eau gazeuse par de la limonade.

— Volontiers.

Je l'observe à la manœuvre. Il corse sa propre boisson bien plus que la mienne et en avale une petite gorgée avant de la couper avec l'allongeur. D'un geste si naturel que, à mon avis, il est automatique. Ça me rappelle le pique-nique au parc, quand il a vidé sa flasque avec décontraction.

— Tiens, me dit-il en poussant mon cocktail vers moi.

Il se juche sur le plan de travail. Je tente de l'imiter, sans grand résultat. Sautant sur ses pieds, il me prend par la taille et me hisse sur l'îlot avec autant de désinvolture que si j'étais un sac de courses. Sur ce, il me rejoint et attrape sa boisson.

— Merci, je marmonne en affichant une fausse indifférence envers l'aisance avec laquelle il m'a soulevée.

— Merci à toi d'être venue. Ça me fait plaisir, même si tu m'as tenu en haleine un petit moment.

— Et je m'en excuse. On fête un anniversaire ?

— Le mien.

— Tu rigoles ?

— Non. J'ai dix-neuf ans aujourd'hui. Complètement décrépit.

— Tu aurais dû me prévenir ! Je t'aurais apporté un cadeau.

— C'est bien pour ça que je m'en suis abstenu, s'esclaffe-t-il. Relax, ce n'est rien.

— La journée a été bonne, au moins ? Tu as vu ta famille ?

— Oui. Pour le repas obligatoire.

— Sympa.

— C'est ça, ouais. Et toi ? Ta semaine ?

— Bien. Chargée.

Un silence s'ensuit, et je devine qu'Ezra est aussi réticent à parler des siens que moi de mon travail.

— Désolée que Marika n'ait pas pu se libérer, je reprends, histoire de changer de sujet. Mac est déçu ?

— Il s'en remettra. Vu qu'il s'est chargé des invitations, je suis sûr qu'il aura veillé à avoir d'autres ouvertures, ce soir.

— Oh ! Est-ce que tu as… Tu crois que Marika s'intéresse à lui ?

— Aucune idée, tu la connais mieux que moi. Mais comme tout le monde a l'air intéressé par Mac…

— Tout le monde ? Impossible !

— Ah oui ? Tu ne l'es pas, toi ?

Je m'esclaffe.

— Non ! Bien sûr que non !

— C'est d'une telle évidence ? rigole-t-il.

— Oui. Je…

Rougissante, je fuis le regard d'Ezra, si intense que je crains qu'il me devine.

— Mac est très chouette, je poursuis, mais…

Je m'interromps soudain, les mots m'ayant désertée. Mes yeux viennent de tomber sur une silhouette près de la fenêtre du salon. Des cheveux châtain clair mal coiffés. De dos, l'homme discute avec une fille en robe à froufrous. Ça ne peut pas être lui. Il est inconcevable que Mac ou Ezra connaissent Julian et, plus encore, qu'ils l'invitent à une soirée.

— Ça va ? s'inquiète Ezra en me bousculant gentiment.

J'opine, incertaine de réussir à parler d'une voix ferme, incapable de m'arracher à celui que je fixe. À cet instant, il se retourne en montrant quelque chose du bras. Ce n'est pas lui. Mon soulagement est tel que j'en ai le vertige.

— Tu es sûre que ça va ? insiste Ezra.

— Oui. Pardon. Juste un moment d'absence. Je vais bien.

Je porte mon gobelet à mes lèvres et le vide d'une traite, comme si le liquide sirupeux était susceptible d'effacer l'affolement qui m'étreint encore. C'est une sensation physique, comme si un étau enserrait mes poumons.

— OK, marmonne Ezra, dubitatif. Je te ressers ? Ou on peut sortir respirer, si tu préfères ?

— Va pour un autre verre, je souffle. Merci.

— Ça va vraiment, hein ?

— Oui, je réponds d'une voix ferme et avec un sourire contraint. Je vais bien.

À force de le répéter, ça finira peut-être par être vrai.

23 - *Ezra*

— Tu veux bien arrêter de gigoter ? Tu me tapes sur les nerfs.

— Je ne gigote pas. Tu ne trouves pas que ça fait un moment qu'Audrey a disparu ?

Il y a onze minutes, pour être exact. Elle a dit qu'elle allait aux toilettes, mais je n'arrive pas à me débarrasser d'un certain malaise, d'autant qu'elle n'a pas arrêté de picoler toute la soirée. J'ai cessé de la resservir quand elle a commencé à cafouiller, mais ça n'a pas empêché d'autres invités de lui offrir des verres. Comme suggérer qu'elle lève le pied aurait été condescendant, je m'en suis abstenu.

Elle s'est éclatée. Elle a souri et même ri, elle a dansé avec Mac sur une chanson de Lorde, tandis que je restais à ma place en réfrénant ma jalousie.

— Va la voir, alors, me répond Mac.

Il est vautré sur le canapé à côté de Dominic, son mec du jour. Je suis assis par terre.

— Ça ne serait pas un peu bizarre ? je soupire.

— Comment ça ? objecte Dominic, sourcils froncés. C'est ta copine, non ?

— Je ne sors pas avec elle.

— Il ne sort pas avec elle, confirme Mac, dont le chapeau pointu est élégamment incliné, façon béret.

— Oh ! Désolé, mais tu as l'air tellement amoureux d'elle…

— Il l'est, sauf qu'il est trop coincé pour le lui dire.

— Il est comme ça, ou c'est son côté britannique ?

— Un peu des deux, je pense.

— Ça se défend.

Je toise les deux cocos. Comme Mac, Dominic est chic et beau. Comme Mac, il me tape aussi sur le système, là tout de suite.

— Je soutiens l'idée de Mac, enchaîne-t-il en caressant distraitement son crâne rasé. Elle t'attend peut-être dans ta chambre.

Lassé par cette conversation, je me lève d'un coup. L'appartement est presque vide. La plupart des gens ont commencé à partir après minuit, soit pour rentrer chez eux, soit pour poursuivre la fête ailleurs. Je m'approche de la salle de bains, me penche vers la porte et frappe un petit coup. Rien.

— Audrey ? Tu es là ?

Pas de réaction. Je cogne un peu plus fort, tourne la poignée. Le battant s'entrouvre.

— Il y a quelqu'un ?

Toujours aucune réponse.

— Attention, j'entre !

Je pousse la porte, et là, affalée contre le mur...

— Merde !

Je m'agenouille près d'elle.

— Audrey. Réveille-toi.

J'écarte ses cheveux, m'empare de sa main inerte, la serre. Elle ne bronche pas.

— Audrey ? je répète en haussant la voix et en m'efforçant de ne pas flipper.

Elle respire, c'est déjà ça, mais j'aimerais bien qu'elle reprenne conscience. Je tapote ses joues avec frénésie, elle cligne des paupières. Son regard est vaseux tandis qu'elle inspecte les alentours, incapable de garder la tête droite.

— Ouf ! je marmonne, quand ses yeux vitreux se posent sur moi.

— Je ne me sens pas bien, gémit-elle.

Ces mots suffisent pour que j'attrape la poubelle en plastique derrière le lavabo. Je la lui tends. Elle la serre contre elle et vomit. Je me dépêche de retenir ses cheveux dans mon poing, tout en frottant doucement le haut de son dos avec mon autre main. Ma mère me faisait ça quand, enfant, j'étais malade.

Lorsqu'elle arrête de vomir, je me relève et remplis d'eau un verre à dents. Elle en boit une gorgée, referme les yeux. Une larme roule sur sa joue, tandis que je m'accroupis de nouveau devant elle.

— Désolée, croasse-t-elle, le front plissé.

— Pas de souci.

— J'ai gâché ton anniversaire.

— Non, je réponds, rassuré par sa lucidité. Mes sœurs s'en sont chargées avant toi. Et puis, ce n'est plus mon anniversaire.

— Je voulais juste m'asseoir un petit moment, renifle-t-elle. Qu'est-ce que je suis conne !

— Mais non. Ne dis pas ça.

— Donne-moi une seconde. Ça va aller.

— Prends tout le temps nécessaire. Je suis là.

— Non, retourne à tes invités. Je vais prendre un taxi…

— Pas toute seule. Je t'accompagne. Ou alors, on appelle Marika.

— Non, objecte-t-elle. Pas question de l'embêter. Et toi, tu ne peux pas partir. C'est ta fête…

— Mac veillera au grain. À moins que tu restes ici cette nuit. Ça me donnerait une bonne excuse pour foutre dehors ceux qui tapent encore l'incruste.

Elle me fixe avec des yeux écarquillés et larmoyants.

— Je dormirai sur le canapé, je me dépêche de préciser. Aucun problème.

Je me relève pour la débarrasser de la poubelle. Elle s'y accroche, l'air vraiment affolé.

— Merci, murmure-t-elle, mais je risque d'en avoir besoin de nouveau.

Mac et Dominic, à qui j'ai maintenant pardonné, m'aident à virer les traînards. Ils sont d'une étonnante efficacité. Lorsque je retourne vérifier comment va Audrey, elle me demande d'une voix penaude l'autorisation de se doucher. C'est compréhensible. Une bonne douche après avoir dégueulé a des allures de baptême. Je lui trouve des serviettes et des vêtements propres – le pantalon de survêtement le plus court que j'aie, un tee-shirt blanc et une brosse à dents neuve. Puis je m'agite : j'aère ma chambre et change les draps, des fois qu'elle décide de dormir ici. Je suis en train d'épousseter la table de nuit avec une vieille chaussette quand on cogne timidement à la porte.

— Entre !

Audrey fait son apparition, cheveux humides et joues rouges. L'appartement est silencieux à présent, elle doit savoir que nous sommes seuls.

— Ça va mieux, m'apprend-elle, bras serrés autour de son torse. Merci.

— De rien. Euh… Tu préfères rentrer chez toi ou…

— Je suis vraiment fatiguée, murmure-t-elle en baissant les yeux. Si ça ne t'embête pas que j'accepte ta proposition…

— Pas du tout !

— Je prendrai le canapé. Inutile de me donner ton lit.

— Pas question. J'adore dormir sur le divan. On est de vieux potes, lui et moi.

— Si tu es sûr, alors d'accord. Merci.

— Bon… Le chargeur est branché près du lit, si tu veux envoyer un message à Marika pour la prévenir que tu dors ici. N'hésite pas à te servir en eau du robinet. J'ai des antalgiques quelque part dans la commode.

Elle opine sans rien dire.

— Bon, je répète en la contournant pour sortir. Je serai dans le salon si tu as besoin de moi, de quoi que ce soit.

— Entendu. Bonne nuit.

J'ai mis beaucoup trop de temps à comprendre qu'Audrey n'était pas dans son assiette, ce soir. Elle était déjà un peu sur la retenue quand elle est arrivée, et j'ai mis ça sur le compte de la fatigue. Ensuite, elle a balayé d'un rire la question sur son éventuel intérêt pour Mac, et je m'interrogeais pour savoir si j'aurais le courage de lui demander si, moi, je l'intéressais, quand il y a eu ce moment étrange, où elle s'est comportée comme si elle avait vu un fantôme. C'est à partir de là qu'elle s'est mise à boire comme un trou. L'alcool a dû agir parce qu'elle a fini par se détendre.

Il n'empêche. Mon alcool. Ma faute, j'imagine.

Je gagne la cuisine aussi doucement que possible. Le sol est collant. Je me sers un peu d'eau et croise mon reflet dans la porte en verre noir du réfrigérateur.

— Connard !

Dans la pièce vide, ma voix a une drôle de résonance.

24 - *Audrey*

Ce matin, la distance qui sépare l'appartement d'Ezra du mien me semble beaucoup plus longue qu'hier. Je serre les pans de mon bomber contre moi. J'ai mal au crâne, mon estomac crie famine – il aspire à quelque chose de très chaud et à haute teneur en glucides. Je n'en reviens pas d'avoir autant picolé. Et de m'être comportée aussi bêtement. D'être bête, tout simplement. Ma résistance ridicule à l'alcool ne m'a pas effleuré l'esprit. Sans compter que je me nourris à peine depuis des jours. Mais ce deuxième verre m'a fait du bien, et j'avais envie de continuer à me sentir mieux. J'ai eu ce que je méritais : vomir devant Ezra a été la honte du siècle.

Je regrette presque que la picole n'ait pas obscurci ma mémoire autant que ma raison. Je me souviens de tout, y compris de la gentillesse dont Ezra a fait preuve. Il dormait encore lorsque je suis partie tout à l'heure, le visage en partie dissimulé par ses cheveux. La télé était allumée sur le ronronnement discret des émissions matinales. Je me suis attardée, observant sa poitrine qui se levait et se baissait, puis je me suis rendu compte que je devais avoir l'air totalement dérangée et j'ai décampé.

Filer en douce comme ça m'a déplu. Histoire de me faire pardonner, j'ai rangé du mieux que je pouvais et j'ai gribouillé un mot au dos d'un ticket de caisse froissé trouvé dans une de mes poches. J'ai décidé de me racheter, ce qui commence par laver les fringues froissées et les serviettes humides qu'il m'a prêtées. Les laisser sur place aurait été impoli, alors je les ai fourrées dans un sac-poubelle et les ai emportées. Je me glisse dans l'appartement. Il faut que je me change et que je récupère de la monnaie avant de descendre à la laverie automatique, au rez-de-chaussée.

Je suis un peu surprise de ne pas trouver Marika. Elle est sûrement partie tôt pour son jogging, ce qui me donne amplement le temps de rassembler mes affaires et de filer avant qu'elle m'interroge à propos d'hier soir. J'enfile en vitesse une tenue plus chaude et fourre mes vêtements sales dans le sac en plastique. Je suis en train de remettre mon bomber lorsque j'entends des murmures et des rires dans le couloir. Je me fige, hésitante.

— Chut ! Chut ! Elle dort.

C'est Marika.

— C'est bon, réplique une voix féminine et rauque.

Qui me semble familière. Soudain, la porte s'ouvre, et les deux filles me découvrent au milieu de la chambre. Et tout à fait éveillée. Nous nous dévisageons une minute, puis :

— Salut ! Moi, c'est Nicole.

Elle est beaucoup plus petite que Marika, a un visage doux et rond, une silhouette en X, des cheveux teints en rose pâle. Elle est engoncée dans une immense doudoune et, quand elle lève le bras pour me saluer, sa manche glisse et révèle des tatouages floraux alambiqués.

— Nicole, je répète, et ça me revient. C'est toi la maquilleuse qui s'est occupée de moi pour le défilé de Miranda Browning ! Tu m'as même offert une viennoiserie.

— Exact ! s'exclame-t-elle en me reconnaissant. Tu as changé de couleur.

— Pour une campagne de pub.

— C'est super. Marika est ta coloc ?

— Audrey, je me présente en souriant. Ravie de te revoir.

— Le monde est petit, hein ? se marre-t-elle, tandis que ses yeux font la navette entre Marika et moi.

Mon amie a gardé le silence, se contentant de me fixer. Sous son blouson en cuir, elle est vêtue d'un legging usé et d'un sweat-shirt à capuche que je n'ai jamais vus, mais j'identifie sans peine la robe scintillante qui pend entre ses doigts. Elle la portait hier soir, quand elle est sortie.

— En effet, je réponds. Bon...

— Désolée de ne pas t'avoir avertie que je ne rentrerais pas, lâche soudain Marika. Je n'avais plus de batterie.

— Ce n'est pas grave. Je n'étais pas là non plus. Je t'ai envoyé un texto... je comprends maintenant pourquoi tu n'y as pas répondu.

— Oui.

— Nous allons prendre le petit déjeuner dehors, intervient Nicole. Tu as envie de nous accompagner ?

— Euh... J'ai des trucs à faire, mais merci.

— Une autre fois, alors. On se reverra, j'imagine ?

— Avec plaisir. À plus...

Je ramasse mon sac et me faufile entre elles pour gagner le palier. Je prends soin de fermer la porte derrière moi. Je me dépêche, parce que je n'ai pas envie d'entendre Nicole dire :

— Elle n'est pas au courant ?

La réponse de Marika m'échappe. Je n'en ai pas besoin pour piger.

25 - *Ezra*

Il se met à flotter aux alentours de midi. C'est tellement nul que j'en suis tout ragaillardi. Je contemple la pluie depuis le restau au coin de ma rue, où je suis en train de me nourrir de raviolis chinois et de m'apitoyer sur mon sort.

Audrey est partie sans dire au revoir, ce matin. À mon réveil, c'était comme si le service en chambre était discrètement passé. Le lit était fait, la salle de bains sentait la Javel, même les serviettes avaient disparu. La seule touche personnelle qu'elle a laissée, c'est un mot, qui se trouve désormais dans ma poche. Je l'en tire pour me rassurer et l'aplatis sur la table.

Merci pour tout.
Bisous, Audrey.

Ses pattes de mouche sont craquantes. Elle a écrit ces mots sur un ticket de caisse daté du jour où nous avons pris le petit déjeuner ensemble. Petit rappel d'un bon souvenir. Je regrette seulement que son message ressemble autant à un adieu.

Je sors mon portable. Toute la matinée, j'ai hésité à lui envoyer un texto. Tombant sur celui d'Edie, je le relis. J'aurais dû réagir dès hier, mais que lui dire ? Que me veut-elle ? C'est typique de son comportement de resurgir dans ma vie au moment où je commence à m'éloigner d'elle. Après notre séparation, j'ai effacé de mon téléphone tout ce qui la concernait, anticipant des rechutes alcoolisées et stupides de ma part. Une bonne décision, quand on pense que mon bloc-notes est plein de tous les tristes délires sentimentaux qu'elle m'a inspirés et que j'ai été obligé de garder pour moi.

Et merde ! Quelles que soient ses intentions, je ne veux plus de cette épée de Damoclès au-dessus de ma tête. Je m'empresse de tapoter une réponse.

Merci, Edie. J'ai appris que tu étais à New York. Je suis libre demain soir si tu l'es.
Ezra.

Si elle croit que j'ignore sa présence ici, elle va flipper grave. Mon texto est un peu sec, mais c'est sûrement mieux comme ça. La dynamique de nos relations a toujours penché en faveur d'Edie. La hiérarchie sociale compte beaucoup, dans les collèges anglais. Elle était la jolie blonde à l'accent snob qui jouait (bien) au tennis, j'étais le Ricain solitaire qui se baladait avec son appareil photo. Rien de très difficile à comprendre. Néanmoins, j'étais heureux de vivre dans son sillage, et rien de tout cela n'avait d'importance quand nous étions seuls tous les deux. Que je l'aime plus qu'elle m'aimait ne me dérangeait pas. C'était une certitude. Tenter de le nier aurait été comme d'affirmer que le ciel n'est pas bleu.

Cela dit, il est préférable que je me montre un peu distant, à présent. J'appuie sur la touche Envoi d'un geste décidé et gobe le dernier ravioli en m'interrogeant sur mon programme de la journée. Un ciné ? En cet instant, la perspective d'être assis dans une salle climatisée avec un seau de granité est assez tentante.

C'est alors que mon téléphone vibre, me faisant sursauter. Dieu merci, ce n'est pas Edie.

On peut se voir aujourd'hui ? Sinon, tant pis.

Audrey. Je soupire et m'empresse de répondre.

Je suis sorti, là. On se retrouve où ?

Quelques secondes plus tard :

Ou alors je passe chez toi ?

Je réagis aussi vite qu'elle.

Je suis dans le restau au coin de ma rue. Tu es dans les parages ?

Cette fois, elle ne se manifeste pas immédiatement. Plusieurs minutes s'écoulent. Je suis en train de me demander si j'aurais dû lui donner l'adresse exacte, quand j'aperçois une tignasse platine de l'autre côté de la vitrine, trait lumineux dans cette matinée grise. Je lève la main, geste inutile, parce qu'elle baisse la tête pour se protéger de la pluie. La cloche de la porte carillonne quand elle entre, les cheveux mouillés et le nez rose. Elle porte son habituel blouson vert olive. Restera-t-elle à New York assez longtemps pour avoir besoin d'un vêtement plus chaud ?

— Salut ! me lance-t-elle avec un sourire.

Elle s'assoit en face de moi et pose un paquet enveloppé de papier kraft sur la table. Oblong et piqueté de gouttes.

— Salut, je réponds, tout sourire, peu soucieux qu'elle s'aperçoive que je suis hyper content de la revoir. Comment ça va ?

— Bien. Mieux. Tiens, c'est pour toi.

Elle pousse le paquet dans ma direction.

— Ah bon ?

— Un cadeau d'anniversaire d'une part. Une excuse de l'autre. J'ai conscience d'avoir merdé, hier soir.

— Absolument pas.

— Si. Je me suis comportée comme une imbécile, c'est ma faute. Tu as veillé sur moi, ce dont je te suis très reconnaissante.

De nouveau, elle fait glisser le paquet sur la table. Tout à coup, je comprends qu'elle se sent redevable à mon égard et qu'elle ne souhaite pas l'être, d'où son présent. Elle cherche à rétablir l'équilibre entre nous. Même si ça m'ennuie un peu, je pige. J'aimerais juste pouvoir lui expliquer que ce n'est pas nécessaire. Qu'elle ne me doit rien du tout. Que je ne veux pas qu'elle ait cette impression.

— Merci. C'est très gentil.

Écartant mon assiette, je m'empare du cadeau, étonnamment lourd. Audrey me surveille de près, tandis que je le déballe.

— C'est une des photographes que tu apprécies, risque-t-elle d'une voix hésitante. Je me trompe ?

— Non.

Je suis stupéfait. Je tiens un énorme livre relié des photos de Nan Goldin, identique à celui que j'ai un jour déniché au pensionnat, sur une étagère poussiéreuse d'une salle de la section arts. Fasciné, j'en ai feuilleté les pages cornées une bonne centaine de fois. Les clichés montraient un New York que je ne connaissais pas, si éloigné de la ville de mon enfance qu'elle aurait pu se trouver sur une autre planète. Du bout des doigts, je caresse le titre en relief aux lettres dorées luisantes, là où celles de l'ouvrage du lycée étaient ternies et usées.

— Tu ne l'as pas, hein ?

— Non. Il y en avait un exemplaire au lycée, et j'ai failli le faucher quand je suis parti. Malheureusement, la direction aurait tout de suite identifié le coupable.

— Vraiment ?

— Oui. Waouh ! Merci beaucoup, merci.

— Je suis heureuse qu'il te plaise.

— Je l'adore. C'est fou, cette coïncidence !

Je lui souris. Elle a l'air un peu décontenancée, cependant, et son regard divague. Je suis sur le point de lui demander ce qui ne va pas quand elle tourne la tête et fouille dans son sac.

— Je t'ai acheté autre chose, annonce-t-elle. Un truc qui te sera utile. Voilà.

Elle me tend un porte-monnaie en plastique noir sur lequel est imprimé I ♥ NY.

— Épatant, je dis gravement.

— Plus pratique qu'un paquet de cigarettes, en tout cas.

— Ne minimise pas cette œuvre d'art, s'il te plaît. Je la chérirai jusqu'à la fin de mes jours.

— Et tu la transmettras à tes héritiers ?

— Oh que oui ! Ils se battront sûrement comme des chiens à la lecture du testament.

Audrey éclate de rire juste au moment où mon portable vibre. Je me raidis, conscient que ce doit être Edie. Je me retiens pourtant de vérifier en présence d'Audrey. Ce serait une trahison, en quelque sorte. De qui ? Aucune idée.

Quoi qu'il en soit, je ne crois pas avoir envie de le savoir.

26 - Audrey

— Ce n'est pas possible, mes dossiers sont un vrai bazar, marmonne Imogene, sourcils froncés, tandis qu'elle fait défiler l'écran de sa tablette. Je te jure qu'elles sont là-dedans, quelque part. Elles sont géniales, tu t'en doutes. Tes cheveux font un effet canon.

— Merci.

J'essuie mes paumes moites sur mon jean et me trémousse sur l'un des fauteuils confortables installés de l'autre côté de sa table de travail. Imogene m'a convoquée aujourd'hui pour me montrer le résultat de la séance avec Julian. Il est clair qu'elle a déjà regardé les photos et considère qu'elles ne posent aucun problème. J'en conclus donc qu'il n'y a aucun problème.

— Ah ! Enfin ! Tiens.

Elle me remet sa tablette, que je prends à deux mains en me forçant à respirer de façon régulière.

— L'une d'elles pourrait sûrement te servir de portrait officiel.

— Bonne idée.

Je visionne les clichés, incapable de déterminer s'ils sont bons ou non. Je m'en fiche, en vérité. Je veux seulement voir les derniers, histoire de me prouver qu'ils n'ont rien d'aussi horrible que ce que je me suis imaginé. À un moment, l'écran cesse de défiler.

— Elles sont toutes là ? je demande.

— Toutes celles que m'a envoyées Julian. Pourquoi ?

Parce que, dessus, je suis entièrement habillée.

— Pour rien.

Imogene rit.

— Tu es ta critique la plus impitoyable. Julian assure que c'était un bonheur de travailler avec toi. Tu es parfaite.

— Ah bon ?

— Oui. Toi et Marika. Et…

Elle s'interrompt afin de ménager son effet et tapote son bureau de ses longs ongles vernis en une sorte de roulement de tambour.

— Les séances pour la campagne débutent demain ! s'écrie-t-elle, toute joyeuse. N'est-ce pas formidable ?

— Oh ! Si tôt ?

— Pardon ? s'esclaffe-t-elle. Moi qui étais convaincue que tu avais hâte de t'y mettre.

— C'est le cas. Seulement…

Je hausse les épaules. Se penchant vers moi, elle me fixe droit dans les yeux.

— Je comprends. Mais, Audrey, inutile d'être nerveuse. Tout ira bien, je te le promets.

Elle y croit. J'aimerais pouvoir partager sa belle confiance.

Je suis à peine sortie de l'agence que mes jambes se dérobent sous moi, et que je m'affale sur un banc, prise de vertige. Concentrée sur ma respiration, je m'incite au calme et tente de me convaincre qu'il est positif que le travail commence si rapidement. Quand la campagne pour Miranda sera terminée, j'aurai sûrement l'impression qu'il s'agissait d'un mauvais rêve. D'ici là, j'aurai participé à des tas d'autres séances photo, voire à une nouvelle publicité. Ceci n'est qu'un mauvais moment à passer. Je suis persuadée que, dans cinq ans, je m'en souviendrai à peine.

Aujourd'hui cependant, je ne parviens pas à oublier les clichés manquants. Ça paraît tordu, mais je suis un peu déçue. Je pensais sans doute que si Imogene ne trouvait rien à y redire, c'est que tout était normal. À l'inverse, leur absence signifie peut-être que Julian s'est rendu compte qu'il avait foiré et qu'il les a supprimées.

À moins que je me berce d'illusions. Il faut que j'arrête de me tourmenter avec une situation sur laquelle je n'ai aucun contrôle. Marika a déjà remarqué que j'avais un comportement bizarre, et Ezra... Lui doit me trouver cinglée de naissance, à ce stade, et comment le lui reprocher ? Hier, alors que j'essayais de sauver les meubles après le fiasco de son anniversaire, il a eu un commentaire anodin sur les coïncidences, et j'ai réagi comme s'il venait de me verser un seau d'eau glacée sur la tête. Tout à coup, je n'ai plus repensé qu'à Julian affirmant qu'il ne croyait pas aux coïncidences mais aux hasards heureux. Autrement dit, selon sa logique, ce qui s'est produit dans son studio était censé arriver.

— Audrey !

Je tressaille de surprise et lève les yeux. Marika est plantée devant moi, les sourcils arqués. Retirant mes écouteurs, je lui adresse un sourire faiblard. Elle remonte ses lunettes de soleil sur son front.

— Ça fait quatre fois que je t'appelle, enchaîne-t-elle. Il faut que tu baisses ta musique ou que tu t'achètes des écouteurs moins performants.

— Tu as raison, je m'empresse d'acquiescer, alors que je n'écoutais rien. Désolée.

— Inutile de t'excuser. Mais c'est dangereux de négliger son environnement, surtout dans une grande ville.

Elle s'assoit à côté de moi.

— C'est vrai, je reconnais. J'ai eu un moment d'absence. La fatigue, sûrement.

— Comme je te comprends !

Tu m'étonnes. Elle est encore sortie hier soir et m'a envoyé un texto pour me prévenir qu'elle découchait. Comme elle porte la tenue (jean évasé et sweat-shirt gris court) qu'elle avait préparée sur son lit et que j'ai aperçue avant de partir, j'en déduis que nous nous sommes loupées de peu.

— Tu t'es bien amusée ? je lui demande.

— Oui. Rien de spécial. Un film et un dîner chez Nicole. Elle est bonne cuisinière.

— Sympa.

Je souris, soulagée par sa réponse. Je me suis doutée qu'elle serait avec Nicole même si, sans notre rencontre fortuite d'hier matin à l'appartement, j'ignorerais sa relation avec elle. D'où ma crainte de me montrer trop intrusive.

— En effet, admet-elle d'un ton léger. Nicole est top, et je… Je tiens à te dire que si je ne t'ai pas parlé d'elle, c'est que je n'imaginais pas l'importance que notre relation prendrait. Après tout, je croyais ne rester ici qu'une semaine. Je ne cherchais pas à me faire des amis. Encore moins une petite amie. Sauf que me voilà affublée d'une amie et de ce qui n'est pas une petite amie mais commence à y ressembler.

— D'accord, je marmonne en lui cachant que mon cœur s'emballe quand elle me qualifie d'amie. C'est logique, et je suis ravie pour toi. Nicole a été très gentille avec moi, lors du défilé de Miranda Browning. Elle a l'air d'être quelqu'un de vraiment cool.

— Elle l'est, confirme Marika en inspectant le ciel, les traits radoucis. Quant à Ezra, il commence à m'apprécier, je crois. Et il t'aime énormément, c'est trop mignon.

— Euh… Je ne pense pas que ce soit le cas, je ris, embarrassée. Plus le cas, du moins.

— Tu n'as pas passé la nuit chez lui ?

— Juste parce que j'étais bourrée. J'ai gerbé, il m'a autorisée à me doucher et m'a prêté son lit pendant que lui dormait sur le canapé.

— Tu t'es remise ? sourcille-t-elle.

— Oui, oui. J'ai été trop loin, c'est tout. Rien de dramatique.

— Très galant de sa part, je suppose.

— N'est-ce pas ? Il est comme ça. Je crois.

— Mouais. Tu veux mon avis même si tu ne me l'as pas demandé ?

— Euh… D'accord.

Marika me fait face et me couve d'un regard sombre intense.

— Je me suis récemment rendu compte que la plupart des choses sont temporaires, dans la vie, lâche-t-elle avec gravité. Presque tout l'est, à la réflexion. Du coup, t'interdire quoi que ce soit sous prétexte que tu as peur de le perdre ? Si j'admets que c'est une réaction instinctive, je doute qu'elle soit utile.

Je n'ai absolument rien à répondre à ça. Marika se lève, s'étire et consulte sa montre.

— Il faut que je me sauve, annonce-t-elle d'un ton désinvolte. Je serai à l'appart ce soir. Si tu veux, on peut faire un truc ensemble.

— Ce serait super.

Après un bref sourire, elle remet ses lunettes et file. Je l'observe qui s'éloigne avec le sentiment que… Je ne sais pas trop définir ce que j'éprouve, là.

Des tonnes de trucs. De la reconnaissance, surtout.

Que Marika soit mon amie. Et qu'elle me laisse être la sienne.

27 - *Ezra*

Je découvre qu'il n'est pas facile de choisir ses fringues quand on a rendez-vous avec son ex.

J'envisage sérieusement de porter une veste et une cravate, rien que pour donner l'impression que *Je m'en sors, merci de poser la question, je ne fais que passer avant d'aller à une soirée autrement plus importante.* Je songe également à mettre un jean et un sweat-shirt, histoire qu'elle sache que *Oui, je me suis dit que ce serait sympa de rattraper le temps perdu, mais en réalité je me fous d'être ici, je me fous de toi.* Tout ça n'étant qu'un ramassis de conneries, je finis par opter pour un pantalon gris et un pull qu'elle a vus des centaines de fois. Inutile de donner le change. Pas avec Edie.

Je vide mon verre tout en pivotant sur mon tabouret pour examiner la salle. C'est un bar sympa, j'imagine, mais pas mon délire. Pas non plus celui d'Edie, a priori – trop tape-à-l'œil avec ses lumières aveuglantes, ses meubles tendus de velours, son papier peint à motifs tropicaux et ses accessoires de déco couleur or patiné. Il se peut qu'elle soit déjà venue ici et qu'elle ait constaté qu'ils n'exigent pas de pièce d'identité avant de vous servir de l'alcool. À moins que ce soit moi qui ne sache plus ce qu'elle aime ou pas.

Mon inspection terminée, je constate que mon verre vide a été remplacé par un plein. À la réflexion, cet endroit me plaît peut-être.

— Ezra.

Je reconnais la voix avant de reconnaître mon prénom. Mon cœur, en vrai traître, bondit en l'entendant.

— Edie, je réponds en me retournant.

C'est bien elle, tout à fait comme avant et complètement différente. Je suis déstabilisé.

Elle commande un verre de rosé avant de se percher avec grâce sur le tabouret voisin du mien et de coincer ses cheveux derrière son oreille. Ils sont plus clairs que dans mon souvenir, plus longs aussi. Son élégante robe bleue ressemble à celles que porte Maggie.

— Désolée pour le retard. Ça va ?

— Ça va, je dis, ahuri par la banalité de la question.

Edie et moi avons passé des années à nous manger des yeux pendant les cours et à échanger des baisers dans des placards à balais. Nous avons partagé une même bulle minuscule faite de mots doux et de gazon humide, d'arbres scarifiés de nos initiales et d'uniformes scolaires froissés. Maintenant, nous sommes à six mille kilomètres de chez nous, et nous sirotons nos boissons tout en mondanisant. C'est surréaliste. Détonnant.

— Comment as-tu appris que j'étais à New York ? demande-t-elle sans détour.

Il faut croire que c'en est fini des ronds de jambe.

— Ma sœur connaît ta boss, j'explique en me redressant un peu. Pourquoi ? Tu as cru que je t'épiais ?

Sa bouche se pince en une ligne dure, et elle détourne les yeux – un oui sans équivoque.

— De toute façon, tu aurais fini par me le dire, je reprends, moins offensé sans doute que je devrais l'être.

— Je tenais à m'installer d'abord.

— Et combien de temps ça t'a pris ?

— J'ai emménagé en août.

Il y a un mois déjà.

— Formidable. Si c'est vraiment ce que tu voulais, je me réjouis pour toi.

— Arrête d'être con, réplique-t-elle aussi sec.

Bien vu. De toutes les émotions qu'Edie m'a inspirées et que j'ai réprimées, c'est la rancœur qui domine. Le barman place son verre devant elle. Elle s'en empare et le repose aussitôt.

— Si ça t'ennuie que je sois là, tu n'as qu'à t'en prendre à Eleanor, lâche-t-elle, les lèvres pincées.

Je la dévisage d'un air hébété. Eleanor est sa sœur aînée. Elle jouit d'une petite célébrité depuis que, à l'âge de vingt et un ans, elle est sortie avec un acteur ultra connu… et marié. Ça s'est su quand ils ont été photographiés quittant un hôtel ensemble, alors qu'il se trouvait à Londres pour la première du dernier film de sa femme. Comme il fallait s'y attendre, les retombées ont été explosives. Edie, treize ans à l'époque, a perdu la vie à laquelle elle était habituée. Un de nos points communs. De même que la décision de ses parents de l'expédier en internat. Contrairement à moi, cependant, Edie a été contente de partir. Les paparazzis campaient devant chez eux en hurlant des obscénités à ceux qui entraient et sortaient, histoire d'obtenir des réactions. Leur intérêt était en partie alimenté par le fait que les parents d'Edie sont super riches et vaguement aristos – la came des tabloïds. Ce sont aussi des gens charmants, mais là n'est pas la question. Les ragots ont continué longtemps après que l'aventure extraconjugale s'était terminée, stade auquel Eleanor a transformé l'attention qu'on lui portait en un réseau social d'importance. Elle ne cesse d'en nourrir le contenu depuis.

Je suis carrément surpris qu'Edie ait prononcé son nom. Je me souviens d'avoir tenté d'en parler un jour. Elle m'avait renvoyé dans mes buts avec une efficacité impressionnante. C'était à nos débuts. Nous « sortions ensemble », ce qui se résumait pour l'essentiel à nous rendre en douce sur les courts de tennis après l'extinction des lumières, armés d'une bouteille de liqueur à la pêche. On était en automne, je lui avais passé mon sweat-shirt lorsqu'elle s'était mise à frissonner. Elle nageait dedans, bien sûr, mais la voir dans mes vêtements m'enchantait.

— Tu pourras le garder, avais-je dit. Il te va bien.

— Non, avait-elle maugréé. Ça fait un peu trop couple.

— Nous sommes en couple.

— Oui, mais on n'est pas obligés de le crier sur tous les toits. Ça ne regarde que nous.

— Tu rigoles ? Cet endroit est un bocal à poissons rouges. Tout le monde se mêle de tout.

— Je ne plaisante pas.

— Moi non plus. Je comprends que tu veuilles protéger ton intimité, mais…

— Qu'est-ce que tu sous-entends ?

— Eh bien… à cause de ce qui est arrivé avec ta sœur.

— Ma frangine n'a rien à voir là-dedans.

— D'accord, désolé…

— Je suis fatiguée.

Elle s'était relevée et s'était empressée d'ôter mon sweat-shirt, qu'elle m'avait lancé sur les genoux, avant de s'en aller à grands pas. J'étais resté figé sur place un instant, trop abasourdi pour être blessé. Puis, me rappelant qu'on était au milieu de la nuit, je m'étais précipité pour la suivre jusqu'aux dortoirs, à la traîne comme un chien qu'on vient de gronder. Le lendemain matin au petit déjeuner, elle m'avait souri et s'était comportée comme si de rien n'était.

Bref, « *tu n'as qu'à t'en prendre à Eleanor* » est susceptible de signifier tout et son contraire.

— Elle… Comment va-t-elle ? je marmonne, hésitant.

— Très bien. Elle a décidé de se lancer dans l'aventure de la téléréalité. Elle et d'autres « influenceurs » vont être payés des sommes astronomiques pour vivre sous l'œil de caméras.

— Oh !

Lentement, les conséquences s'imposent à moi. La ressemblance entre Edie et Eleanor est flippante. Elles portent le même nom de famille. Si cette émission devient tendance…

— Elle m'a avertie avant d'accepter, ajoute Edie. Je l'ai suppliée de refuser, ça va de soi. Je lui ai expliqué que ça m'empêcherait d'être prise au sérieux dans mon nouveau boulot, et…

Elle n'achève pas, secoue la tête et avale une gorgée de vin. Il est clair qu'elle est furibonde – ses narines qui palpitent la trahissent, un indice récurrent chez elle. Je ne doute pas qu'elle me poignarderait avec un pic à cocktail si je mentionnais ce détail.

— Et ? je l'encourage.

Elle part d'un petit rire sans joie.

— Elle m'a dit qu'elle devrait réussir à m'inscrire au casting. Dans un second rôle, comme par hasard.

Je grimace, imaginant sans peine la dispute homérique qui a forcément dû s'ensuivre.

— Heureusement, je travaille pour une grosse boîte, enchaîne Edie. Comme tout le monde se fout d'Eleanor en dehors du Royaume-Uni, j'ai demandé mon transfert ici. Ils ont le même système de stage à New York et en Angleterre.

— Tant mieux. Tu as eu de la chance.

— Pas vraiment. Ma mère était à la fac avec la directrice de mon département.

— Ha ! Le népotisme a encore frappé.

— C'est l'hôpital qui se moque de la charité, réplique-t-elle en levant les yeux au ciel. Tu bosses avec ton père, non ?

— Pas du tout. Qu'est-ce qui te fait croire ça ?

— C'était juste une supposition. Maggie t'a dégoté quelque chose ?

— Non. Caroline. Je suis serveur dans le restau de sa copine.

— Très drôle.

— Je ne plaisante pas, je réponds en buvant une gorgée.

— Tu es sérieux ? s'exclame-t-elle, ahurie.

— Oui. Ce n'est qu'un temps partiel, mais c'est tolérable.

— C'est ridicule. Ta famille a des relations longues comme le bras. Tu pourrais décrocher n'importe quel boulot.

— Je n'ai pas spécialement envie de travailler.

— Eh bien, inscris-toi à l'université. Tu n'as pas le droit de renier tes privilèges, si c'est bien ce que tu cherches à faire.

— Parce que, selon toi, je devrais m'y accrocher ? je me marre. Je me devrais d'occuper un poste que je ne mérite pas juste parce que j'en ai la possibilité ?

— Te fringuer comme un malpropre et gagner le salaire minimum ne changeront pas la réalité : tu n'as jamais manqué de rien. Rien de matériel, en tout cas.

— J'ai l'impression que tu essaies de justifier tes propres choix.

— Il est clair que mes parents m'ont aidée à obtenir ce stage. Et ils contribuent au loyer de mon appartement. Je ne le nie pas.

— Ce n'est pas parce que je refuse de m'emmerder avec des feuilles de calcul à longueur de journée que je suis dans le déni.

— Qu'est-ce que tu veux faire, alors ? s'enflamme-t-elle. C'est quoi, ton projet, Ezra ?

— Rester assis ici à t'écouter m'engueuler, je suppose. C'est super agréable.

— Je ne t'engueule pas. Je… Je veux être certaine que tu vas bien.

— Parce que tu t'en soucies, maintenant ?

— Évidemment que oui, bordel !

Nous nous toisons un moment dans un silence hargneux. Puis elle ajoute :

— Tu m'as manqué.

Son ton est réticent, comme si les mots avaient forcé leur passage à travers ses lèvres. Notre dispute s'éteint aussi vite qu'elle a démarré cependant, bien que je sois encore en colère qu'Edie ose revenir dans mon existence pour aussitôt la disséquer et la démolir. Je suis furax qu'elle ait l'air de croire que porter des fringues chics et trimballer un ordi portable dans son sac suffisent à nier la réalité, à savoir que son stage débile rapporte moins que mon boulot de larbin, pour peu qu'elle soit payée, d'ailleurs. Mais par-dessus tout, je suis furieux que…

— Toi aussi, tu m'as manqué.

Son soulagement est si évident que je suis obligé de détourner les yeux.

— Merci d'être passé, murmure-t-elle. Et de ne pas m'avoir jeté ton verre à la figure.

— Gaspiller de l'alcool ? Moi ? Jamais !

Elle rit, et ce son me rend tout bizarre. J'ai tant d'autres questions à lui poser encore, sauf que, honnêtement, je ne pense pas que mon orgueil m'y autorise. C'est sans doute mieux comme ça, finalement. Il est sûrement préférable que certains sujets entre nous restent informulés.

28 - *Audrey*

— Tu veux bien prendre une des pièces, Audrey ?

Obéissant à Julian, j'attrape un pion et le laisse pendre entre mes doigts.

— Excellent, approuve-t-il avant de lancer à une styliste : Et si on essayait avec les lunettes ?

Une assistante se précipite vers moi pour me remettre une paire de lunettes de soleil yeux de chat à monture dorée. Je les place sur le bout de mon nez, partant du principe que si la maquilleuse a passé quinze minutes à poser mes faux cils un à un, c'est pour qu'on les voie.

— Oui, oui, c'est super. Marika ? Joue avec ta boisson.

Marika soulève son verre à martini et agite le liquide rose qui s'y trouve. C'est censé être un Cosmopolitan, qui n'est que du jus de fruits en vérité.

— Génial ! commente Julian en s'accroupissant pour nous mitrailler.

Nous continuons à poser en essayant le plus possible d'ignorer les multiples curieux qui nous observent bouche bée. Comment le leur reprocher ? Nous sommes au milieu du parc de Washington Square, face à face, à une table d'échecs que nous avons réquisitionnée auprès de deux papis moyennant un pot-de-vin. Nous avons dérangé des gens toute la journée, mais il se trouve toujours un assistant équipé d'une grosse liasse de billets pour apaiser les choses. L'équipe est énorme et assez voyante pour attirer l'attention, quand bien même Marika et moi ne serions pas habillées en haute couture – robes ornées de perles ultra courtes et manteaux de fourrure aux couleurs acidulées. Jaune pour Marika, lilas pour moi. J'espère que les badauds se rendent compte que c'est de la fausse fourrure.

— Vous pourriez déplacer un peu les pièces ? reprend Julian. Qui sait jouer aux échecs, ici ?

— Moi, répond Marika, qui entreprend de bouger les pions.

— Je me débrouille ? je lui demande.

— Pas des masses. Ta reine est en danger.

— Merde !

— Tu as la possibilité de la reculer.

Le parc est la troisième étape de la journée. Tôt ce matin, nous étions dans un cinéma vide de Times Square, affublées de tailleurs en velours et de chaussures à plateforme en métal, brandissant des pots de pop-corn, les pieds sur les fauteuils devant nous, tandis que les projecteurs se baladaient sans bruit, histoire d'éclairer nos visages selon l'angle requis. Ensuite, nous nous sommes retrouvées dans un snack-bar vieillot, engoncées dans d'immenses robes en tulle, assises devant des monceaux de nourriture. Crêpes, gaufres, burgers et frites. Deux assistants ont pioché dedans avant la séance photo, afin de faire croire que Marika et moi nous étions gavées. En réalité, personne n'a avalé quoi que ce soit. Tout a été recraché et jeté.

— Un instant, dit Julian en consultant son portable, les sourcils froncés. Il faut que je prenne cet appel. On fait une pause.

— Cinq minutes de pause ! braille l'un des membres de l'équipe. Les mannequins, restez en place.

— Reste en place, mannequin, me murmure Marika en croisant mon regard.

Je souris. J'aimerais pouvoir lui dire combien je lui suis reconnaissante de sa présence. Sans elle, je crois que j'aurais craqué. Cette nuit, j'ai à peine dormi, consacrant mon insomnie à réfléchir et à contempler les lattes du lit d'en haut, celui de Marika. J'ai abandonné le combat aux premières lueurs de l'aube, enfilé un sweat-shirt par-dessus mon pyjama, attrapé mon blouson et je suis sortie errer dans les rues pendant ce qui m'a semblé durer des heures, jusqu'à ce que je finisse dans la supérette où m'avait emmenée Ezra, afin de m'acheter un sandwich œuf-bacon. C'était le même employé que la dernière fois, et il m'a offert un autre café. Sur le gobelet, il avait dessiné au feutre rouge un grand visage souriant et de travers. J'ai failli fondre en larmes.

Nous sommes arrivées au premier endroit peu après 7 heures. Julian était déjà sur place. Je craignais, en le voyant, de céder à cette panique qui me dépasse, mais non. Il était là, simplement, ainsi que Marika. Après avoir échangé les civilités d'usage (j'arborais un petit sourire figé), Marika et moi avons été jetées en pâture aux coiffeurs et maquilleuses. Depuis, Julian est trop débordé pour nous prêter une quelconque attention.

Je le regarde furtivement tourner en rond sur un carré de pelouse, téléphone coincé sous le menton, bras croisés sur la poitrine. Le voir en plein jour brouille mes souvenirs du studio et les rend incohérents. Comme s'ils n'étaient pas vrais. Mais la sensation de son souffle sur mon cou et de ses doigts effleurant ma peau resurgit dans ma mémoire, et…

— Ça se passe comment, à ton avis ? me demande Marika.

Je me tourne vers elle, qui continue de déplacer les pièces, jouant une partie contre elle-même.

— Bien, non ? Tu en penses quoi, toi ?

— Que ça roule. Nos tenues sont chouettes.

— Et Julian ?

Quand elle lève ses yeux inquisiteurs sur moi, je regrette aussitôt d'avoir abordé ce sujet.

— C'est une question piège.

— Pas du tout. Ce n'est pas toi qui m'as dit qu'il avait peu d'expérience ?

— Si. Il n'en a aucune, en vérité. C'est un fils à papa.

— Quoi ?

— Et le neveu de Miranda, précise-t-elle en arquant un sourcil fardé. Son vrai nom, c'est Jonah Browning.

— Tu plaisantes ? Comment tu l'as appris ?

— Internet est un outil formidable.

— Il a pris un pseudo pour cacher qui il est ?

— Non, je suis certaine que tout le monde ou presque est au courant. Mais ainsi, il peut tenter de faire croire qu'il a réussi par la seule force de son travail.

— Et Miranda ? Qu'est-ce que tu en penses ? je lance, prise d'une impulsion.

Je viens de me rappeler la réprobation affichée de mon amie pendant le discours de la créatrice, avant le défilé.

— Je n'ai pas grand-chose à en dire, vu que je ne la connais pas. Elle est sûrement très gentille, et tout. N'empêche, son laïus à la Fashion Week, c'était des conneries. Le côté *Toute femme mérite de se sentir courageuse, belle et c'est pour cette raison que je fais ce métier* ? Alors que le premier porte-clés à sa griffe se vend quatre-vingt-dix dollars et qu'elle ne conçoit pas de fringues au-dessus du 38 ? Tu parles !

— C'est vrai. Carrément ! Je n'y avais même pas réfléchi.

— Normal. Ce n'est pas ton problème.

— Je ne suis quand même pas nombriliste à ce point.

— La mode est une industrie dégueulasse. Nous sentir coupables ne mènerait à rien. Surtout que nous sommes encore au bas de l'échelle. Et mon opinion sur Miranda est hors de propos. Si elle se pointe ce soir, je lui lécherai le cul, comme il se doit.

— Ce soir ?

— Un pot pour fêter cette journée de photos. J'ai entendu des gars de l'équipe en parler tout à l'heure. Quand tu te faisais recoiffer, je crois.

— On est obligées d'y être ?

— Oui.

Mon cœur se serre. Il est logique que nous soyons présentes, sous peine de passer pour d'horribles petites ingrates trop gâtées. Les ragots circulent vite, et ma situation est trop précaire pour que je prenne ce risque. Je guette le moment où tout ça cessera, sauf que ça recommence toujours. Fait chier.

— Tenue décontractée, précise Marika. Tu pourrais inviter Ezra à t'accompagner. Comme Nicole et moi avions prévu quelque chose, je lui ai proposé de venir.

J'opine sans un mot. Marika semble sur le point d'ajouter quelque chose, quand…

— Fin de la pause ! On reprend, et que ça saute !

Je me redresse, soulève le menton et remets mes lunettes de soleil. *On reprend. Et que ça saute.*

29 - *Ezra*

— C'est un endroit ultra branché, trésor. Tu es sûr qu'ils te laisseront entrer ?

Mac n'a pas l'air de plaisanter, ce qui est assez inquiétant.

— Tu es sérieux ? Pour moi, c'est un bar comme un autre.

— Pas du tout. Plutôt le genre où un gars normal se rend quand il veut brancher une célébrité. Ce mois-ci, du moins.

— Ah bon ? je marmonne.

Je fourre une cigarette entre mes lèvres, et Mac en profite pour m'en piquer une. Assis sur nos caisses respectives derrière le restau, nous sommes en train de gaspiller notre pause déjeuner.

— C'est ce qu'on dit, rigole-t-il. Les boissons coûtent un bras, mais l'ambiance n'est pas mal. Évite les pulls en laine avachis ou les chemises à carreaux trop grandes.

— Parce qu'il faut être habillé, en plus ? je demande en me penchant pour allumer sa clope avant la mienne. On reconnaît un homme à ses manières, etc.

— Pas spécialement, en théorie, mais c'est recommandé. Tu rejoins Audrey là-bas, c'est ça ?

— Oui.

— OK. Tu devrais peut-être m'emprunter des fringues. Elle sera contente de voir que tu as fait un effort. Si ça se trouve, ça te donnera une ouverture.

— C'est elle qui bosse dans la mode, je riposte en ignorant sa dernière remarque. Moi, je suis d'un rustique adorable.

— Et un adorable célibataire. N'oublie pas qu'elle risque de s'en aller bientôt. Si tu rates le coche, elle n'aura aucune raison de se souvenir de toi, encore moins de garder le contact.

— Et que ferais-tu à ma place ? je m'emporte, agacé par ce rappel (très désagréable) que le temps m'est compté.

— Pour commencer, je n'aurais jamais laissé les choses s'enliser à ce point-là.

— Super conseil, merci.

— Tu peux encore rattraper le coup. Considère cette soirée comme l'occasion d'être franc avec elle. Vous serez nombreux, ça diminue les risques. Si tu te prends un vent, tu pourras t'éclipser sans avoir été trop humilié.

— Je suis ravi que nous envisagions le pire des scénarios.

— Et moi, je suis enchanté que tu considères cette éventualité comme le pire des scénarios.

— On peut compter sur toi pour les encouragements, c'est clair.

— Mais on peut compter sur moi pour soutenir tes piètres tentatives de séduction. Je suis même d'accord pour te prêter des vêtements. Pour moi, ce n'est pas rien.

— Bonne chance pour dégoter quelque chose à ma taille.

— On se débrouillera. J'ai plusieurs trucs dans mon casier qui seraient passables avec ton pantalon.

— Parce que tu gardes des vêtements dans ton casier ?

— Je garde *tout* dans mon casier. Je pourrais quasiment vivre ici. J'y ai d'ailleurs songé.

— Les temps sont durs ?

— Oui. C'est pour ça que je vais continuer à te piquer des clopes.

Je lève les yeux au ciel, mais lui tends mon paquet, qui ne contient plus ma carte de crédit ni mon liquide, maintenant qu'Audrey m'a offert un porte-monnaie.

— Ça alors ! se marre-t-il en empochant les cigarettes. Ce n'est même pas mon anniversaire !

— Ce serait un cadeau foireux, si c'était le cas. Et puis, je croyais que tu étais chanteur ?

— Ça m'arrive. Pourquoi ? Tu as peur que je me bousille la voix ?

— Ce n'est pas ce que tu fais ? Où en es-tu avec cette école dont tu me rebats les oreilles ? Tu es toujours sur les rangs ?

— Oui, acquiesce-t-il après un bref silence. J'attends qu'ils me recontactent.

— Mais tu pourrais être acteur-chanteur, ou ce que tu veux sans passer par eux, non ? Il suffirait que tu te présentes à une audition, et…

— Ce serait admettre que je suis un raté.

— Un raté, je m'esclaffe. À dix-neuf ans ?

— Exactement ! Dominic a intégré Julliard à sa *première* audition, et nous avons le même âge.

Son rancard de l'autre soir.

— Ça roule, entre vous, à propos ?

— C'est au point mort, lâche-t-il sans rien laisser paraître. Il est branché monogamie, pas moi. Pour l'instant. Juge-moi autant que tu veux.

— Pourquoi penses-tu que je te jugerais pour ça ? je me récrie.

— Parce que tu as sûrement eu une flopée délicieusement conventionnelle de petites copines conventionnellement délicieuses. Je ne critique pas. Ce n'est pas ma came, c'est tout.

Je rétablis la vérité :

— Je n'ai eu qu'une copine, et elle était tout sauf conformiste.

Il arque un sourcil.

— Je vois. Celle qui est partie ?

— Non. Euh… Elle va et vient à sa guise, j'imagine.

— Tu la vois toujours ?

— Juste une fois, l'autre soir. Elle s'est installée à New York.

— J'espère que ce n'est pas à cause d'elle que tu traînes les pieds avec Audrey.

— Cette remarque ne mérite même pas de réponse.

Mal à l'aise, je sens que cette conversation commence à ressembler un peu trop à celle que j'ai eue avec Caroline. Au passage, ma chère sœur manque à l'appel depuis sa dispute avec Maggie. Une de ses vieilles habitudes. Elle a tendance à filer du jour au lendemain sans explication. L'important, sans doute, c'est que Romy n'a pas l'air de s'inquiéter outre mesure. Raison pour laquelle ces deux-là s'entendent si bien. Caroline s'est toujours rebellée contre tout ce qui pouvait s'apparenter à de la dépendance.

Je crains d'avoir le problème inverse. D'avoir trop besoin qu'on ait besoin de moi.

— En tout cas, sache que si tu enfumes Audrey, je prendrai son parti, m'annonce Mac d'un ton serein. Devenir le parasite d'une vedette est mon plan de secours. Audrey et Marika sont mes deux meilleures chances d'y arriver si Julliard me refuse encore une fois.

— Est-ce que tout doit forcément se rapporter à cette école ? Tu n'as jamais songé à prendre un agent, ne serait-ce que pour voir ce que ça donnerait ?

— Si, parfois. Mais je crois que j'aurais alors l'impression d'avoir raté quelque chose. Julliard n'est pas seulement un gage de réussite. J'ai envie d'*apprendre* et je refuse que le rôle principal de ma carrière se résume à une pub pour du dentifrice.

— Il faut reconnaître que tu as des dents splendides.

— Ha, ha ! Un hot-dog, ça te tente ?

— Manœuvre intéressante.

— Parler de mon avenir me déprime, je préfère compenser en bouffant.

Il soupire tout en ébouriffant distraitement ses cheveux. Nous nous levons.

— Il y a un marchand ambulant assez correct au bout de la rue.

— Comment tu l'expliques ?

— Un coup de chance. En plus, il porte des gants.

— Je te parlais de la déprime, idiot. Tu sais, je vois déjà ton rêve d'ascension s'accomplir. Tu es comme ça. Tu ne peux qu'y arriver.

— Merci. J'avais vraiment besoin d'entendre ça.

Je lui souris, en évitant de l'informer que je n'ai pas d'argent sur moi, histoire de ne pas gâcher ce moment.

30 - *Audrey*

Ça peut paraître naïf, à la réflexion, mais j'ai vraiment cru, pendant un moment, que j'allais passer une bonne soirée.

Après la séance photo, la majorité de l'équipe a filé au bar. Marika et moi avons prétendu avoir laissé nos sacs à l'appartement pour nous octroyer un bref répit. Nous en avons profité pour manger à la va-vite des nouilles instantanées au beurre de cacahuète que nous avons avalées assises en tailleur par terre dans notre piaule, toujours outrageusement maquillées, échangeant parfois des coups d'œil et rigolant comme des collégiennes, étourdies de fatigue. Très sympa. Marika m'a prêté une autre de ses tenues, une robe courte à fleurs et manches à froufrous. Quand nous sommes montées à bord d'un énième taxi, je me sentais presque joyeuse. Nous n'avions aucune assurance qu'on nous laisserait entrer dans le bar prévu pour le pot. Au cas où on nous refoulerait, faute d'avoir nos cartes d'identité sur nous, nous aurions une bonne excuse pour sécher l'événement. Peut-être même que nous pourrions passer la soirée de notre côté, Marika, Nicole, Ezra et moi.

— Imogene vient de m'envoyer un texto, a marmonné Marika, penchée sur son portable. On oublie le bar, on est trop nombreux.

— Imogene y va ?

— Le simple pot semble avoir pris de l'ampleur. Julian a proposé d'aller chez lui. Ils s'y rendent tous.

Un grand froid m'a envahie.

— Oh !

C'est tout ce que j'ai réussi à dire.

— T'inquiète, a poursuivi Marika en pianotant sur son écran. Personne ne remarquera notre retard. Envoie l'adresse à Ezra. Je suis en train de prévenir Nicole.

Elle avait raison, bien sûr. Le grand appartement minimaliste et chic de Julian grouille de monde. Les gens sont dans un état d'ébriété plus ou moins avancé. Parmi eux, Ezra, super craquant dans un col roulé moulant gris anthracite et un pantalon noir. Il a souri en me voyant et m'a complimentée pour ma tenue. Je ne me rappelle pas ce que je lui ai répondu.

C'était il y a une heure environ. Là, je me tiens en marge d'une conversation qu'il mène avec quelques gars de l'équipe. Je ne sais pas trop de quoi ils parlent. Toute la soirée, je n'ai cessé de papillonner d'une discussion à une autre, sans vraiment y participer, réagissant quand on s'adressait à moi, mais guettant surtout le moment où je pourrais enfin m'en aller.

J'observe Ezra, les muscles de son cou qui s'agitent quand il prend la parole. Je ne regrette pas de l'avoir invité, je crois. Marika est en train de cultiver ses relations, et je suis contente d'avoir quelqu'un près de moi. En même temps, je n'aime pas qu'Ezra soit ici. Dans ce lieu. Je ne veux pas mélanger ces deux mondes.

Je me rends compte qu'il me dévisage.

— Pardon ? je lâche, prenant conscience, trop tard, qu'il m'a posé une question.

— Je te demandais si tu avais envie d'un verre, répète-t-il.

— Désolée, je marmonne en vérifiant d'un coup d'œil que Julian n'est pas dans la cuisine. D'accord.

Quittant les gars de l'équipe, nous traversons la foule. Dès que nous arrivons dans un coin plus tranquille de la pièce, Ezra se tourne vers moi.

— Excuse-moi, me dit-il avec raideur. On peut se parler cinq minutes ?

— Bien sûr, je réponds en dissimulant ma soudaine inquiétude. Il y a un souci ?

— Exactement la question que je voulais te poser, réplique-t-il en se pinçant l'arête du nez comme s'il avait la migraine. Tu as à peine prononcé deux mots, ce soir. Je n'arrive pas à déterminer si tu ne souhaites pas être ici, ou si tu ne souhaites pas être avec moi.

— Non, non, ce n'est pas ça, je proteste. C'est super que tu sois là.

— Donc, ça te saoule d'être ici ?

— Oui. La journée a été longue et dingue. J'ai hâte qu'elle se termine. Pardonne-moi.

— C'est tout ? Vraiment ?

Je croise ses yeux, déstabilisée par son insistance. Son regard me perturbe encore plus, sorte de lave en fusion lourde d'empathie. Ma bouche s'assèche.

— Oui, je chevrote. C'est tout.

Son expression et ses prunelles s'assombrissent. Il a deviné que je mens.

— Entendu, cède-t-il en commençant à s'éloigner.

— Excuse-moi.

Sans réfléchir, j'attrape sa main. Pour me rendre compte dans l'instant de la bêtise de mon geste. J'essaie de retirer mes doigts, mais il les retient entre les siens. Sa main, la mienne, entremêlées. À présent, il fixe mes lèvres. Le vacarme de la fête s'estompe. Le sang me monte à la tête, tandis que sa pomme d'Adam bouge, que sa bouche s'entrouvre…

— Audrey !

Lâchant Ezra, je virevolte sur moi-même et découvre Imogene. Robe portefeuille noire, pendants d'oreilles en écaille de tortue, souriante et belle. Vraiment pas la personne que j'ai envie de voir en cet instant.

— Imogene, bonsoir, je la salue en rougissant.

— Comment ça va ?

— Bien. Je vous présente Ezra. Imogene, mon agente.

— Ravie de vous rencontrer. Vous faites partie de l'équipe ?

— Il est photographe, je m'empresse de dire. Entre autres choses.

— Félicitations ! Désolée de vous interrompre, mais puis-je vous emprunter Audrey une seconde ? Je promets de vous la ramener !

— Je vous en prie, acquiesce Ezra d'une voix plus rauque que d'habitude. Je reste dans les parages.

Sur ce, Imogene m'entraîne. Je jette un coup d'œil par-dessus mon épaule. Ezra semble aussi hébété que moi, puis il se fond dans la cohue, tandis que je me retrouve devant une parfaite inconnue. Et Julian. Julian se tient près d'elle.

— Audrey, je te présente Sasha, dit Imogene, tout sourire.

— Bonsoir, me salue Sasha en me serrant la main.

Ses doigts sont chargés de grosses bagues, ses cheveux roses sont coupés court.

— Jolie robe, me complimente-t-elle.

— Merci, je souffle. Ravie de faire votre connaissance.

— Sasha organise des castings, m'informe mon agente. Julian lui a montré quelques-unes de tes photos prises aujourd'hui.

— En effet, acquiesce Sasha. Je crois que tu serais idéale pour le projet de série d'une de mes amis.

— Oh ! Formidable ! Désolée, je n'ai pas mes *comp cards* sur moi.

— J'ai les coordonnées d'Imogene, me rassure Sasha. Ne te bile pas pour ça.

— Je constate que tu n'as rien à boire, Audrey, intervient soudain Julian. Je manque vraiment à tous mes devoirs.

— Je n'ai pas soif, je murmure.

Une sensation de malaise me tord le ventre. Je n'aime pas entendre mon prénom dans sa bouche.

— Je prendrais volontiers une autre eau gazeuse, si vous le proposez, lâche Imogene. Sasha ?

— Une bière, Julian, si tu en as. Merci.

— C'est comme si c'était fait, mesdames. Tu m'aides, Audrey ?

Je me pétrifie, l'esprit en déroute, cherchant un prétexte pour lui annoncer que je dois partir. *Immédiatement.* Sauf que rien ne me vient. Comme Imogene et Sasha se sont lancées dans une nouvelle conversation et m'ont apparemment oubliée, j'emboîte le pas à notre hôte. Je lance des regards désespérés à travers la pièce. En vain. Nous atteignons la cuisine, ouverte sur le salon. Une chance ! « Je ne suis pas seule avec ce type », je songe en essayant de me rassurer. Il n'osera pas.

— Sasha est géniale, hein ? dit Julian en plaçant deux verres à fond épais sur le plan de travail. Elle est très influente.

— Elle a l'air très chouette, je marmonne.

Furtivement, je surveille la distance qui me sépare de lui. Je prends grand soin d'être le plus éloignée possible. S'il s'en rend compte, il ne le montre pas.

— Elle l'est, enchaîne-t-il. Elle a un œil incroyable quand il s'agit de repérer les talents. Un don que je partage. Du moins, j'aime à le croire.

Il s'empare d'une carafe, verse une dose de whisky dans chaque verre et en pousse un vers moi. Bien que je n'en aie aucune envie, je le prends et le porte à mes lèvres. Ça m'évite au moins de lui répondre. Le goût est abominable. En voyant ma grimace, il éclate de rire.

— Pas très portée sur le bourbon, hein ?

— Sur aucun alcool. Je n'ai pas l'âge.

Je n'en reviens pas qu'il l'ignore. S'emparant de sa boisson, il la fait tourner entre ses doigts.

— Tes cheveux, c'est vraiment top. Ce blond !

— Euh, oui. Sacré changement, j'opine, un peu paumée.

Il me fait face, à présent, et je me concentre sur son sourcil gauche pour éviter de le regarder.

— C'était mon idée.

— Quoi donc ?

— La décoloration, répond-il en posant son verre. Avant, tu étais un peu trop banale. J'ai donc suggéré à Imogene de remédier à ça.

Une chaleur me monte aux joues, comme si j'avais été giflée. Julian arbore toujours son sourire, un rictus presque, et je voudrais qu'il arrête.

— Je l'ignorais, je réussis à lâcher.

— Inutile de me remercier. Et je suis d'accord avec Sasha. Tu es ravissante, dans cette robe.

Avant que j'aie le temps de lui rétorquer que je ne l'ai pas remercié et que ce n'est pas ce que Sasha a dit, il tend la main et me touche. Je tressaille, submergée par le sentiment d'être prisonnière, comme dans son studio. Il se rapproche, s'empare de l'ourlet de mon vêtement. Puis il glisse ses doigts sous le tissu, les déplie et les plaque contre ma hanche. Je suis révulsée.

— Nous ne sommes pas seuls, je m'entends souffler.

— Je sais, murmure-t-il d'un ton complice. On pourrait nous voir.

Cette réflexion provoque un déclic. Je recule d'un bond, mais il a anticipé mon geste et l'a accompagné. Il m'agrippe fermement, maintenant, et j'ai la vague sensation d'une douleur que je n'éprouve pas vraiment, cependant. C'est plutôt une pression, une insistance, ses ongles qui s'enfoncent dans ma chair.

— Je vous en prie, lâchez-moi, je m'étrangle, espérant voir son sourire s'effacer.

Il s'agrandit encore, au contraire, et s'adoucit, comme si je venais de dire quelque chose de particulièrement mignon.

— Juste parce que c'est demandé gentiment, feule Julian.

Il me lâche. Des étoiles dansent devant mes yeux, j'ai dû cesser de respirer à l'instant où il a commencé à me tripoter.

— Finis ton verre, m'ordonne-t-il. Tes amis doivent te chercher.

D'une main tremblante, je porte le whisky à ma bouche. Cette fois, je l'avale sans en sentir la saveur, sous le regard scrutateur de Julian.

— Brave petite, commente-t-il.

Il se tourne vers le réfrigérateur. J'ai le souffle court, mais ma vision s'éclaircit. Lorsque je parcours la salle des yeux, je m'aperçois que les autres ne nous prêtent aucune attention. Personne n'a rien vu. Julian tire deux cannettes du frigo, qu'il referme sèchement avant de m'adresser un ultime sourire.

— Amuse-toi bien, me lance-t-il avec bonne humeur.

Il disparaît. L'impression, elle, s'attarde. La brûlure de ses doigts sur ma peau. Me rendant compte que je tiens toujours mon verre, je m'en débarrasse en me demandant ce qui se passerait si je me mettais à hurler. En me demandant si je serais capable de m'arrêter.

31 - *Ezra*

— C'est à ça que doit ressembler un mariage avec un homme ou une femme politique.

— Beurk !

— Parle pour toi. Je suis sûr que je m'épanouirais dans le rôle du mari brandi comme un trophée…

— Perso, je préférerais être l'ex-petite amie scandaleuse, réfléchit Nicole. Je vendrais mon histoire à des tabloïds, je participerais à des émissions de téléréalité, je lancerais peut-être une gamme de vodkas aromatisées.

— Tu n'es pas tentée de te créer un carnet d'adresses ? Tu travailles en free-lance, non ?

— Si, répond-elle après avoir bu une gorgée de sa bière. Je le ferais si cultiver ses relations n'était pas aussi chiant et ne me donnait pas des boutons.

— À ce point ?

— Oui. As-tu remarqué qu'entretenir son réseau, c'est presque comme un premier rancard foiré ?

— Ce n'est sans doute pas à moi qu'il faut poser la question.

— Crois-moi, c'est pareil. Regards forcés et questions intimes trop directes. Vive Internet !

— Pour les plans cul ?

— Pour les réseaux sociaux, sourit-elle. Je décroche la plupart de mes boulots en ligne. Je n'ai rien contre les applis de rencontre, mais je suis de la vieille école. Je préfère les rendez-vous en présentiel.

— Alors, on est deux.

Le sourire de Nicole s'élargit.

— Je sais. Marika m'a dit que tu avais fait la connaissance d'Audrey dans une ruelle.

— Dit comme ça, ça a l'air super miteux.

Nicole éclate de rire. Je résiste à l'envie de lui demander ce que Marika lui a raconté d'autre à mon propos. Je ne suis pas du tout convaincu que la coloc d'Audrey m'apprécie beaucoup. Mais vu sa complicité avec Audrey, j'aimerais mieux qu'elle ne me déteste pas trop.

Au moins, Nicole a l'air bien disposée à mon égard. Je suis tombé sur elle après qu'Audrey m'a lâché. Elle était en train de se gaver de mauvaises nouvelles sur son portable. Marika nous avait présentés l'un à l'autre auparavant, d'assez mauvaise grâce d'ailleurs. Nous avons sympathisé depuis, unis par notre désir commun de foutre le camp d'ici aussi vite que possible.

Il n'empêche, j'ai dû déployer bien des efforts de concentration pour papoter au lieu de partir en quête d'Audrey. Je n'arrête pas de repenser à ce moment étincelant tout à l'heure, où l'embrasser a paru être la chose raisonnable à faire. Pas raisonnable, non. La *meilleure* chose à faire. D'où ma hâte à reprendre et à terminer ce qui semblait vouloir – ou non – se produire. En même temps, si je la débusque, je me comporte comment ? Je m'approche d'elle en douce, comme un type chelou ? Je la bascule sur mon épaule et l'enlève ? Cette hypothèse est si tentante que j'en suis déstabilisé.

— Je sors fumer, j'annonce à Nicole. Tu m'accompagnes ?

— Non, merci. Je ne tiens pas à bousiller mon teint de rêve.

— Pigé. Euh… Si tu repères Audrey…

— Je te l'envoie aussi sec. Bon vent.

Je lui souris avant de me faufiler dehors. Sitôt sur le palier, je fonce vers la cage d'escalier. L'immeuble est suffisamment chic pour être équipé d'un ascenseur, mais j'ai besoin d'évacuer l'énergie que je refoule. Je stoppe net cependant quand je découvre une silhouette assise sur la marche du haut, les traits dissimulés sous une cascade de cheveux blonds.

— Quel heureux hasard ! je lâche. De tous les escaliers de la terre, pourquoi faut-il que…

J'interromps la blague stupide que j'allais sortir, lorsque Audrey relève la tête et offre à mon regard un visage marbré de larmes.

— Ezra, souffle-t-elle d'une voix enrouée en essuyant vivement ses joues.

Je m'accroupis aussitôt auprès d'elle.

— Tout va bien, ajoute-t-elle précipitamment.

C'est faux. Elle a les yeux rouges, son maquillage a coulé, ses bras sont couverts de chair de poule. Je m'apprête à retirer mon pull (celui de Mac), mais elle m'arrête d'un geste.

— Ça va. Je… Je veux seulement rentrer chez moi.

— Pas de souci. On va te trouver un taxi. Je te raccompagne.

De nouvelles larmes jaillissent, et elle secoue la tête en se décomposant.

— Non ! proteste-t-elle d'une voix brisée. Je veux rentrer à la maison. Je veux ma mère !

Sur ce, elle éclate en sanglots et se cache derrière ses paumes, comme s'il était honteux de pleurer. Puis elle se recroqueville sur elle-même, et je passe un bras autour de ses épaules. Bien que mon geste me donne l'impression d'être tiédasse et sans grand effet, elle se blottit contre moi en hoquetant. Je finis par la serrer sur mon torse, ce qui me permet de partager chacun de ses frissons, tandis qu'elle essaie de se calmer et de respirer normalement.

— Ça va aller, je la rassure, sans savoir si c'est vrai. Ça va s'arranger.

Elle ne souhaite pas réintégrer son appart. Elle n'a pas envie d'être seule non plus, d'après ce que j'en devine. Moi, je suis soulagé de ne pas devoir l'abandonner. Elle acquiesce quand je lui propose qu'on aille chez moi. Pendant le trajet en taxi, elle ne m'adresse pas la parole, se bornant à expédier un texto à Marika.

— Je peux utiliser la salle de bains ? s'enquiert-elle une fois sur place.

À présent que la crise est passée, elle s'exprime d'une voix atone qui me perturbe.

— Je t'en prie.

Pendant son absence, je prépare du café, lui verse un verre d'eau, vais chercher un sweat-shirt dans ma chambre. Je ne tiens pas à ce qu'elle soit obligée de demander quoi que ce soit. Je m'efforce donc d'anticiper ses besoins éventuels. Je suis en train de faire les mots croisés du *New Yorker* à la petite table de la cuisine, devant ma propre tasse de café, quand elle finit par réapparaître.

— Comment te sens-tu ? je risque.

— Crevée. La journée a été dure. Toute la semaine l'a été. J'ai le mal du pays. Je me suis laissé submerger.

Chacun de ses mots sonne faux, sous cette voix atone. Je résiste au désir de m'agenouiller devant elle, de lui prendre les mains et de la supplier de m'avouer la vérité.

— Je crois que je vais aller acheter à manger, je dis à la place. Dans le restau du coin. Tu as envie de quelque chose ? Ou pas ?

— Je n'ai pas faim.

— D'accord. J'en prendrai sûrement assez pour deux, et j'adore les restes.

— Tu n'as pas à veiller sur moi, souffle-t-elle. Je veux dire… Je te remercie et tout, mais tu n'as pas à te mettre en quatre pour moi.

— Ce n'est pas le cas. Il m'arrive de me nourrir, tu sais ? J'ai cette drôle de manie.

Elle ne se déride pas et se contente de me fixer de ses immenses prunelles sombres.

— T'inquiète, j'insiste. Ne va pas t'imaginer que je me décarcasse pour toi. Tout ça, c'est parfaitement normal, pour moi.

— Pas pour moi, murmure-t-elle. Ça ne me ressemble pas. Je ne pleure presque jamais.

— Rien ne m'oblige à te croire.

Cette fois, je réussis à lui arracher l'ombre d'un sourire et j'ai l'impression que le soleil vient de transpercer les nuages.

— Retour à l'envoyeur, commente-t-elle sans amertume. Bien joué.

Un silence s'installe, puis…

— Tu veux bien que je t'accompagne acheter à manger ?

— Évidemment. Tu as besoin d'une veste ?

— Non, ce machin suffira.

Elle enfile mon sweat-shirt. Quand sa tête resurgit du col, elle est toute décoiffée et, sans réfléchir, je lisse ses cheveux d'une paume. Puis je lui offre mon bras quand elle chancelle et manque de se casser la figure en voulant remettre ses chaussures à talons. C'est peut-être pour ça que je ne trouve pas étrange qu'elle glisse sa main dans la mienne et la serre doucement. Je serre la sienne à mon tour, en guise de réponse.

Cette fois, ni elle ni moi ne lâchons prise.

32 - *Audrey*

— Je me ferais moins de souci si tu pouvais nous en dire plus sur ce qui se passe.

— Je sais. Mais je ne peux pas, désolée.

— As-tu discuté avec Leanne ? C'est elle qui ne souhaite pas que tu reviennes à Londres ?

— L'agence là-bas touche une partie de ce que je gagne ici. Ils s'en fichent.

Le soupir maternel crachote dans le téléphone. Je suis sûre qu'elle est en train de tourner en rond, comme toujours lorsqu'elle est stressée. En général, ça a un rapport avec une expédition ou un fournisseur, pas avec sa fille qui est devenue évasive et qui, en ce moment, pieds nus, arpente le salon d'un appartement qui n'est pas le sien. Sauf que la situation n'a rien d'étrange. Peut-être parce que c'est celui d'Ezra, et parce que Ezra n'a jamais vraiment été un étranger à mes yeux.

— Je n'apprécie pas beaucoup ça, me répond ma mère. Nous ne savons rien de cette Isabelle…

— Imogene. Elle est adorable. Et c'est une excellente agente.

— Je ne supporte pas de t'imaginer loin d'ici, seule dans une ville inconnue, sans personne pour veiller sur toi.

— Imogene s'en charge. Mes amis aussi. Parce que j'en ai, ici, figure-toi.

Les mots m'ont échappé, et mon ton s'est fait acerbe. Mes regrets sont toutefois mitigés par le sentiment d'être dans mon bon droit. Ma mère n'est pas la seule à être blessée. Chacun de mes coups de fil à la maison me rend malade et me vide. J'ai du mal à tolérer les questions, les petites insinuations qui ressemblent fort à du chantage affectif. Si elle espère, de cette manière, me ramener plus vite en Angleterre, ça prouve qu'elle ne pige rien à ma vie actuelle.

— Ton père et moi avons besoin de comprendre ce qui t'arrive, finit-elle par reprendre après un silence qui a des allures d'éternité. Tu ne nous contactes presque plus…

— Je suis débordée.

— Ça m'inquiète, justement ! Tu n'es encore qu'une adolescente, Audrey !

— Qui a déjà une carrière. Peu de gens de mon âge pourraient en dire autant.

— Tu appelles ça une carrière ? Moi, j'appelle ça de l'exploitation.

— Je suis désolée de ne pas vous téléphoner plus souvent, je la coupe, prise d'une envie urgente de mettre un terme à cette conversation. Je vais faire des efforts. Il faut que je te laisse.

— Déjà ? Mais ton père…

— J'ai une réunion. Je t'enverrai un message plus tard. Bisous à papa.

Je raccroche et balance mon portable sur le canapé d'Ezra. Je m'y suis réveillée ce matin, le soleil dans les yeux, une couverture tirée sur moi. Pendant une seconde, je me suis demandé où j'étais, incapable de me souvenir de la soirée de la veille. Puis la réalité s'est imposée à moi, dans toute sa froideur et sa laideur et, soudain, je me suis sentie tellement triste, effrayée et débile, que j'ai juste pensé à maman qui, si elle avait été là, aurait tout arrangé.

Malheureusement, elle n'est pas là, et la distance qui nous sépare ne se résume pas au nombre de kilomètres. L'appeler a été une erreur. Elle a exigé de la clarté, des réponses, et l'assurance que je serais bientôt rentrée, alors que j'aspirais à me souvenir que ma vraie vie est ailleurs qu'ici. Histoire de relativiser ce qui s'est passé chez Julian.

En soupirant, je regarde autour de moi. J'ai besoin de m'agiter, sous peine de trop réfléchir et de me remettre à pleurer. J'ai entendu la douche couler il y a peu. Ezra est debout, il aura sûrement envie d'un café. C'est à ma portée. Je remplis la cafetière italienne et allume le gaz dessous. Puis j'entreprends de ranger. Je suis en train de trier les cartons de notre dîner, lorsqu'il émerge de la salle de bains, vêtu d'un tee-shirt rayé et d'un pantalon de survêtement, sa serviette autour du cou. De mon côté, je porte encore la robe de Marika sous le sweat-shirt qu'il m'a prêté.

— Bonjour ! je le salue d'une voix enjouée, avant de me tourner vers l'évier.

Je ne voulais pas filer en catimini comme l'autre fois, mais ça ne signifie pas que je suis moins gênée de me retrouver dans une situation à peu près identique.

— Bonjour, répond-il. Bien dormi ?

— Comme un loir aux émotions changeantes.

Il reste de marbre face à ma pauvre plaisanterie.

— Je t'aurais volontiers laissé le lit, mais tu avais déjà sombré.

— Ne t'inquiète pas. Tu en as assez fait comme ça. Je… Je te suis reconnaissante. Je me répète, je sais, mais…

Il s'est approché de moi et retire doucement du feu la cafetière, qui s'est mise à bouillonner. Je m'oblige à lever les yeux vers lui.

— Merci, je souffle.

Son regard croise le mien, très furtivement.

— Merci à toi, réplique-t-il. Tu es une invitée extrêmement attentionnée.

Je souris, étudie son profil. La courbe de son nez, le poids de sa lèvre inférieure… Puis la honte s'empare de moi, et je détourne les yeux.

— Je reviens dans une minute, je marmonne, avant de m'éclipser dans la salle de bains.

— Tu as faim ? me lance-t-il.

Sans répondre, je ferme la porte derrière moi et y appuie ma tête. Le désir idiot et pressant qui m'envahit ne m'a pas quittée. Ezra est si gentil, drôle, et beau, à sa façon, qu'en sa présence il m'est facile d'enfouir les outrages que j'ai subis au fond de ma mémoire. Sauf que m'autoriser à ressentir autre chose que l'horreur me pousse à me demander si cette horreur a été aussi horrible que ça. À penser qu'elle ne peut pas l'avoir été.

Hier soir, je me suis éclipsée dans une hébétude totale. Julian parti, une sorte de brouillard m'a enveloppée, à l'exception d'une voix intérieure qui m'ordonnait de partir, de décamper, de foutre le camp. Ce que j'ai fait. Ou plutôt, ce que j'ai essayé de faire. Je ne sais pas où j'aurais terminé si je n'avais pas trébuché et manqué de me casser la figure dans l'escalier. Je me suis donc assise sur une marche, mes cuisses frottant désagréablement sur le béton brut. Je me suis dit que ma robe était vraiment trop courte. Ce qui m'a amenée à imaginer la réaction de la personne à qui j'aurais éventuellement raconté ce qui venait de se produire. Une réaction abominable, des insinuations déplaisantes : *Pourquoi es-tu allée à une fête organisée dans son appartement si la séance photo avec lui a été atroce ? Pourquoi n'y a-t-il eu aucun témoin de son comportement puisque vous étiez dans une cuisine ouverte sur le salon ? Tu es certaine que ce n'était pas qu'un simple flirt ? Tu avais beaucoup bu ? Et ta robe, elle était courte comment ?*

Je sais, j'ai la certitude que je ne devrais pas réfléchir comme ça. Je crois d'ailleurs que je ne devrais pas du tout réfléchir, sous peine de me déliter complètement. Sauf que c'est trop difficile, surtout maintenant que mon putain de reflet me renvoie à Julian. Mes cheveux sont blonds parce qu'il l'a exigé, alors que nous ne nous connaissions même pas encore. La couleur n'a guère d'importance, à mon avis. Aurais-je été blonde, qu'il aurait voulu que je me teigne en rouge. Seul a compté le pouvoir qu'il avait de me transformer.

Je ne suis pas en mesure de justifier ses actes. Je ne crois pas réussir à l'éviter non plus. Je ne doute pas qu'il trouvera toujours un moyen de m'approcher s'il en a envie.

— Ta gueule !

J'ai crié ça tout fort. Je plaque mes paumes sur ma bouche en priant pour qu'Ezra ne m'ait pas entendue. C'est pour ce genre de réaction incontrôlée que je dois repousser mes pensées et m'agiter comme une cinglée.

À mon retour dans la cuisine, Ezra est aux fourneaux. Je le rejoins, visage et dents lavés. J'ai retrouvé la brosse que j'avais utilisée l'autre soir, dans un verre à côté de celle d'Ezra. Je me suis efforcée, sans résultat probant, de n'y voir aucun signe.

— Oh ! Des toasts à l'œuf !

Dans la poêle grésillent deux tranches de pain dont on a découpé le centre pour y casser un œuf.

— Tu en as déjà mangé ?

— Oui. Mon père en préparait le week-end.

— Le mien aussi. Étonnant.

— Il habite près d'ici ?

— À Tribeca.

— Tu le vois souvent ?

— Tu poses beaucoup de questions, pour un dimanche matin.

— Parce que deux, c'est beaucoup ?

— Non, admet-il après un silence, en déplaçant les toasts avec une spatule. J'esquive. Désolé.

— Non, c'est moi. Je me montre indiscrète.

— T'inquiète.

— Toi, tu ne me pousses jamais dans mes retranchements. Le moins que je puisse faire, c'est te rendre la pareille.

— Je ne suis pas sûr que ce soit vrai. Je t'ai poussée des tas de fois.

— Avec beaucoup de gentillesse.

Il tient la queue de la poêle avec aisance, et je suis bizarrement subjuguée par une veine qui saille sur sa main. La main que j'ai tenue hier soir quand nous sommes partis acheter à manger, à l'aller comme au retour. Ça paraît surréaliste, maintenant.

— Qu'est-ce que tu as de prévu, aujourd'hui ? me demande Ezra en retournant prestement un toast. Tu as envie de rester ici ?

Oui, je pense. *Pour toujours si tu es d'accord.*

— Il vaudrait mieux que je rentre, je réponds, craignant d'abuser de son hospitalité. Pour prendre des nouvelles de Marika, faire quelques courses, ce genre de trucs chiants.

— OK. Tu ne pars pas tout de suite, alors ?

— De New York ? Euh… Non. Pas que je sache.

— C'est seulement que… Maintenant que les photos pour la campagne de pub sont terminées, je me disais…

Ezra s'interrompt et hausse les épaules.

— Je n'en sais rien. Je me contente d'obéir aux ordres.

— Dans ce cas, j'espère qu'ils t'ordonneront de rester, répond-il, les yeux fixés sur les œufs. En bon égoïste que je suis.

Mon cœur se gonfle, mais la joie que me procurent les mots d'Ezra est tempérée par la vérité que contiennent les miens. Ma venue ici était censée me donner l'occasion d'affirmer mon indépendance, sauf que la seule chose que j'ai faite, c'est autoriser les autres à prendre des décisions à ma place. Je ne suis qu'une marionnette dont on tire les fils et qui dit oui à tout. Y compris quand elle n'est pas d'accord.

Julian a dû percer ce besoin désespéré que j'ai d'être aimée, félicitée, acceptée. D'être sage, quel que soit le prix à payer.

— Moi aussi, je réponds.

Ezra m'adresse un clin d'œil et un sourire. Je souris à mon tour en priant pour qu'il ne s'aperçoive pas que je ne réussis pas à le regarder en face.

33 - *Ezra*

— Je suis désolée qu'on n'ait pas pu se voir avant, soupire Maggie en remuant son matcha latte. Je suis débordée.

Je lui jette un coup d'œil. Nous sommes dans un petit café situé à côté de sa boîte, un lieu pour hipsters, murs de brique nus et plantes vertes suspendues au plafond. Presque tous les consommateurs tapent frénétiquement sur de jolis ordis portables, et le cliquetis constant des doigts sur le clavier est bizarrement relaxant. Mais comme mon café m'a coûté cinq dollars, je ne suis pas près de remettre les pieds ici.

— Ah oui ? je réponds. En bien, j'espère ?

— Je suppose. Plein de nouveaux clients, ce qui signifie que je vis quasiment au bureau.

Elle pousse un nouveau soupir tout en coinçant une de ses mèches derrière son oreille. Elle s'efforce d'avoir l'air stressé, sauf que je la connais trop bien. Maggie n'est jamais aussi heureuse qu'en cas de crise. Là, elle irradie la satisfaction. Je le détecte à son maintien, à l'éclat de son regard.

— Tant mieux si ça va, je dis.

Ça me vaut un bref sourire.

— Merci. Mais nous ne sommes pas ici pour parler de moi.

— Ah bon ? je feins.

Comme s'il n'était pas d'une évidence criante qu'elle avait des arrière-pensées quand elle m'a suggéré de « rattraper le temps perdu » devant un café. Nous n'avons plus donné là-dedans depuis… Depuis toujours, en fait.

— Non, répond-elle en posant délicatement sa cuillère sur sa soucoupe. Je voulais qu'on discute de ton anniversaire.

— Il se trouve que moi, non. Alors…

— Permets-moi au moins de te présenter mes excuses.

— Mags, tu n'as pas à…

— Si, insiste-t-elle. Caroline m'a délibérément provoquée, et je suis entrée dans son jeu. Nous avons gâché ta journée, et j'en suis vraiment, vraiment désolée.

— OK, je murmure, surpris qu'elle attaque par Caroline. Même si je ne dirais pas que Caro a *délibérément*…

— Inutile de la défendre, me coupe Maggie. C'était *ton* anniversaire, une fête pour *toi*. Caroline a eu tort d'essayer d'en faire autre chose.

— Ça a toujours été un jour bizarre. On n'y peut rien.

— Ce jour n'a rien de bizarre, s'emporte-t-elle. Que Caroline insinue le contraire n'est pas à son honneur. Elle n'accepte pas que nous vivions notre chagrin différemment d'elle, ce qui est égoïste. D'où son agressivité. Du pur égoïsme.

— D'accord. Euh… J'en déduis que tu ne lui as pas parlé, récemment ?

— Vu que c'est elle qui a commencé, j'estime que c'est à elle de me contacter la première.

Maggie sirote une gorgée de sa boisson. Je me tais, un peu dérouté à l'idée que cette dispute ne soit pas oubliée. Même s'il m'est arrivé d'être jaloux du lien privilégié qui les unit, il me déplairait qu'elles restent fâchées.

— Passons ! décrète vivement Maggie. Tu as des trucs de prévus cet après-midi ?

— Non. Juste toi.

— Mince ! s'exclame-t-elle, sourcils froncés. J'ai rendez-vous avec un client dans une demi-heure. Désolée.

— C'est bon, je me dépêche de la rassurer, gêné. J'ai bêtement cru… Ma faute.

— En revanche, j'ai un truc, ce soir. Et si tu venais ? S'il te plaît ?

— Tu ne tiens pas à ce que…

— Sois sympa ! Ce sera chouette. Une amie ouvre une galerie à SoHo. Ce serait l'occasion idéale de te faire des relations. Papa m'a dit que tu t'étais remis à la photo.

— Je n'apprécie pas trop que tout le monde parle de moi dans mon dos, dans cette famille ! je m'exclame, très agacé soudain. Si tu veux savoir ce qui se passe dans ma vie, il te suffit de me le demander.

— Première nouvelle, répond-elle avec une froideur que démentent les taches rouges qui marbrent ses joues. Tu ne te confies qu'à Caroline.

— Parce que nous nous voyons plus souvent. Toi et papa passez votre temps à travailler. De fait…

— Et ma fête de fiançailles ? Personne ne bossait, à ce moment-là.

— Arrête ! je ris. Tu n'avais même pas envie que j'y assiste.

— Ezra ! Tu ne peux pas me reprocher d'avoir été étonnée, alors que tu n'avais même pas confirmé ta présence !

— Eh bien, pardonne-moi si mes manières ne sont pas à la hauteur de tes exigences. Il faut croire que les pensions d'élite ne sont plus ce qu'elles étaient.

— Ne sois pas injuste, se crispe-t-elle.

Je l'ai réellement blessée, et ma colère cède vite la place à la honte.

— Tu as raison, ce n'est pas juste. Pardon…

— Laisse tomber.

— Non, je joue au con. Ton histoire de galerie est alléchante. Tomas sera là ?

— Oui. Amène quelqu'un aussi, si tu veux.

— Entendu. Je verrai.

Je n'ai pas revu Audrey depuis hier matin. Cette fois, elle est restée pour le petit déjeuner avant de s'en aller. J'ai préparé des œufs, elle du café. On a mangé et bu, on s'est souri et on a fait semblant de croire qu'un énorme non-dit n'était pas suspendu entre nous.

Si ça se trouve, ce qui la tracasse se résoudra tout seul. Ce n'est peut-être rien, comme elle ne cesse de le répéter, et je suis juste en train de projeter mes propres angoisses en me vautrant dans un petit fantasme où elle aurait besoin d'être sauvée et où je serais son chevalier blanc. Mes idées pitoyables sont un scénario infiniment meilleur que de véritables ennuis. Elles sont aussi bien plus probables.

Quoi qu'il en soit, j'ai décidé que la meilleure façon d'agir était d'être… présent. Disponible. Au cas où elle aurait besoin de moi. Ce qui me convient à merveille, dans la mesure où elle est ma chouchoute du moment.

— D'accord, dit Maggie, légèrement surprise. Je te fais envoyer une invitation pour deux.

— Merci.

Je lui adresse un sourire qu'elle me retourne tout en buvant une gorgée de matcha. Quand elle lève la main, sa bague étincelle. La pierre est si grosse qu'elle doit exercer sa propre force de gravité. D'habitude, Maggie ne jure que par la discrétion. Qu'elle arbore à son doigt l'équivalent d'une corne de brume m'a échappé jusqu'au jour où j'ai appris qu'il s'agissait d'un héritage familial légué par la mère de Tomas. Chaque fois qu'elle contemple le bijou, c'est avec ce sourire doux et rêveur qu'elle ne réserve qu'à Tomas. C'est sans doute ça, l'amour. Une puissance telle qu'elle est capable de saper tous les principes esthétiques inébranlables de ma sœur.

— Et les projets de mariage, ça avance ? je demande, saisi d'une impulsion.

Maggie incline la tête, décontenancée par mon empressement à causer plans de table et quartet à cordes.

— Très bien, répond-elle. Ça te dirait d'être garçon d'honneur ? ajoute-t-elle après une pause.

— Waouh ! C'est une demande officielle ?

— Tu as le droit de refuser.

— Au contraire. J'en serais très honoré.

Elle s'esclaffe, et un grand sourire étire mes lèvres. Je prends conscience, tout à coup, que le rire de ma frangine est un bruit rare. Depuis toujours, même dans notre enfance. Ça explique peut-être pourquoi je me sens si heureux d'être celui qui l'a déclenché.

34 - *Audrey*

— Quand tu as mentionné l'inauguration d'une galerie, j'ai pensé à des murs blancs et à du vin servi dans des gobelets en plastique.

— Et à des artistes qui errent en te reluquant avec de grands yeux tristes.

— Oui, je rigole. Mais ça...

Je suis à court de mots. Ezra et moi sommes perdus dans un endroit caverneux tout en verre et béton ciré. Il y a foule. Les personnes présentes sont élégantes et prêtent peu d'intérêt à l'art exposé, préférant s'intéresser les unes aux autres. Nous avons réussi à nous réfugier dans un coin relativement calme, où nous sirotons le champagne qu'on nous a fourré entre les mains dès notre arrivée. Comme les lieux sont bruyants et que l'espace renvoie les échos, nous sommes plus près l'un de l'autre que d'ordinaire. Ezra est nonchalamment appuyé sur un bras contre le mur qui est derrière moi, et l'idée qu'un étranger passant par là nous prenne pour un couple refuse de quitter mon cerveau.

— Maggie a minimisé l'événement, grimace-t-il, inconscient des fantasmes que je nourris. Je ne suis carrément pas assez habillé pour l'occasion.

— Tu es superbe, j'objecte spontanément.

Il porte une chemise sous un blazer en velours côtelé, ce qui lui donne des allures d'universitaire qui prend du bon temps. Ça me plaît un peu trop.

— C'est toi, qui es superbe, contre-t-il d'une voix ferme. Moi, on dirait que je me suis incrusté pour profiter du buffet gratos.

— Sache que c'est seulement du maquillage de pro, je réplique en rougissant.

J'arrive d'une séance photo. Mes cheveux ont été coiffés en une énorme masse bouclée, et mes paupières croulent sous le poids des faux-cils. J'espère que l'ensemble avec ma robe noire toute simple passe pour une tenue chic et discrète, et non pour ce qu'elle est, une fringue miteuse et déplacée.

Ma journée a été irréelle du début à la fin. Imogene m'a contactée tôt ce matin pour m'ordonner de lâcher ce que j'étais en train de faire et de me rendre dans les locaux d'un des magazines de mode les plus prestigieux du monde, pour lequel je devais participer à un édito. J'ai laissé éclater ma joie, et je l'ai remerciée avec profusion avant de me ruer dans un taxi. Ce n'est qu'au moment de mon arrivée à destination qu'il m'a traversé l'esprit que cette série était sans doute celle pour laquelle l'amie de Julian, Sasha, a décrété que je serais « parfaite ». Du coup, je n'ai plus su trop quoi penser. Par miracle, la séance s'est déroulée de façon tellement incroyable que j'ai presque réussi à oublier Julian.

Je n'avais encore rien vécu de tel. L'édito porte sur de la joaillerie, tendance années 1960 – d'où les cheveux choucroutés et le maquillage outrancier. Pour moi, ce travail était une nouveauté. Cependant, les gens m'ont tellement complimentée, que je me suis rapidement sentie à l'aise. Je me suis même amusée. J'étais le seul mannequin en lice, ce qui m'a épatée. L'équipe a été charmante. On m'a même apporté un déjeuner qu'on m'a laissé le temps d'avaler.

Un peu de cet entrain me colle encore à la peau, et je ne me suis pas sentie aussi légère depuis des semaines.

— Tu as travaillé, aujourd'hui ? me demande Ezra. C'était comment ?

— Bien, très bien, je jubile.

— Est-ce que ces nouveaux contrats signifient que tu vas rester ici ?

— Pour l'instant, je n'en ai eu qu'un.

— Auquel cas, je suis prêt à pratiquer le manifesting pour qu'ils se multiplient.

— C'est nouveau, ça ! je m'esclaffe. Tu as essayé pour toi-même ?

— Je te tiendrai au courant des résultats, me confie-t-il à voix basse avec un sourire.

En rougissant, j'avale un peu de champagne.

— Il y a une Fashion Week en février, je me dépêche de préciser. Je reviendrai au moins pour ça.

— OK. Il y en a deux par an, c'est ça ?

J'opine, tout en essayant d'imaginer quatre mois de séparation entre nous. Aura-t-il envie de garder le contact ? D'expérience, je sais combien les amitiés longue distance se délitent aisément. À mon avis, lui aussi, car il ne mentionne jamais de copains du lycée. Nous sommes sans doute conscients, tous les deux, que la vie a tendance à contrecarrer les meilleures intentions. Que le doute finit par s'installer et que, à partir du moment où on commence à se demander si on a laissé passer trop de temps sans se parler, il est impossible de ne pas se convaincre que l'autre se fiche d'avoir de vos nouvelles.

Alors, l'idée de renouer devient pressante. Pressante au point d'en être désespérée.

— Ezra !

Je sursaute, tandis qu'une jeune femme mince et brune vêtue d'une magnifique robe noire à col montant et ourlet à volants s'approche de nous. La sœur aînée d'Ezra. Argh ! J'aimerais lui faire bonne impression, sauf que j'ai oublié tout ce qu'Ezra m'a dit d'elle, à part son prénom et le fait qu'elle a un fiancé. Le grand mec à lunettes qui l'accompagne, je suppose. Enfin, elle est tout sourire, ce qui est encourageant. Malheureusement, quand elle me voit, son expression se modifie. Son fiancé avance et me tend la main.

— Vous devez être Edie, décrète-t-il avec enthousiasme. Je suis Tomas. Ravi de vous rencontrer.

Affable, il s'exprime avec un accent que je n'identifie pas. Je lui serre la main, subjuguée par sa solennité.

— Moi aussi, je réponds. Je m'appelle Audrey.

— Audrey, répète-t-il, l'air paumé. Désolé.

— Ne vous inquiétez pas, j'ai tendance à confondre les prénoms également. Et puis, Audrey, Edie, ça se ressemble.

— Maggie, se présente la sœur d'Ezra. Très heureuse de faire votre connaissance. Très heureuse de faire la connaissance de n'importe quel ami ou amie d'Ezra.

Elle jette un coup d'œil à son frère. Je l'imite, histoire de me réconforter. Peine perdue. La mâchoire crispée, il fixe ses pieds. Un truc cloche. Est-ce ma faute ? Ai-je dit une ânerie, alors que j'ai à peine ouvert la bouche ?

— Vous avez fréquenté la même école qu'Ezra, c'est ça ? s'aventure Tomas.

Il est bienvenu qu'il brise le silence. Je m'apprête à répondre, quand Ezra prend la parole :

— Audrey est ici pour le boulot, lâche-t-il d'un ton sec. Écoutez, on allait sortir respirer un peu. On se revoit plus tard ?

— Pas de souci, acquiesce Maggie, qui paraît aussi déstabilisée que moi.

— À toute.

Une main dans le creux de mes reins, Ezra me pousse vers la sortie. Un coup d'œil par-dessus mon épaule m'apprend que Maggie et Tomas nous suivent des yeux. Le front plissé, elle lui chuchote quelque chose à l'oreille.

Ezra ne pipe mot, jusqu'à ce que nous ayons descendu un escalier en colimaçon qui nous conduit dans un jardinet arboré. J'ai l'estomac noué. Tandis qu'il cherche une cigarette, je contemple le ciel noir en pinçant les lèvres.

— Pardon, marmonne-t-il. Ça n'a aucun rapport avec toi.

— Je n'ai rien compris, j'avoue.

Se pinçant le nez, il serre les paupières. J'ai remarqué que c'était un tic, chez lui, en cas de stress.

— Pardon, répète-t-il. Tu es d'accord pour qu'on n'en parle pas ? Pas tout de suite, du moins ?

— OK.

Il fiche une cigarette entre ses lèvres. Tout en grommelant des mots incompréhensibles entre ses dents, il se débat en vain avec son briquet. Bien que je sois extrêmement blessée, je le lui prends avec douceur et l'allume pour lui. Il se penche vers la flamme, paraît hésiter, retire sa clope incandescente de sa bouche sans avoir tiré dessus et l'enfonce dans un pot avec une vigueur inutile.

— Je t'aime vraiment beaucoup, lâche-t-il tout à coup. Tu t'en rends compte, n'est-ce pas ?

Je le contemple en clignant des yeux et baisse ma main qui tenait le briquet. Mon cœur profite de l'occasion pour se rappeler à mon bon souvenir en battant la chamade. Je refuse d'acquiescer à ses paroles. J'attends qu'il développe. Qu'il me détaille avec exactitude combien il m'aime. Et comment.

— J'ai peur que tu te volatilises, enchaîne-t-il. J'ai peur qu'un jour je t'envoie un message pour qu'on sorte, et que tu me répondes : *Pas possible, suis en Angleterre.*

— Ce n'est pas mon genre, je proteste en m'efforçant d'adopter un ton mesuré. Pour commencer, j'ai encore tes vêtements.

— Ah oui, murmure-t-il avec un petit sourire. Et mes serviettes. Que leur est-il arrivé ?

— Je les ai lavées et rangées. Je voulais te les rapporter, mais je débarque toujours chez toi de façon impromptue.

Autrement dit, lorsque je pleure comme une madeleine. Ezra est cependant assez sympa pour ne pas enfoncer le clou.

— Débarque quand tu voudras, souffle-t-il. Débarque toujours.

Il a l'air sérieux. L'est-il ? J'ouvre la bouche, la referme aussitôt, frappée par l'impression que je suis en train de laisser filer ce moment entre mes doigts. Ezra vient de prononcer les mots que j'espère entendre depuis quasiment notre première rencontre, et j'ai réussi à détourner la conversation pour parler de *serviettes*. Pourquoi ? Pourquoi, alors que je ne lui ai pas dit la seule chose que je souhaite qu'il…

— Je t'aime vraiment beaucoup, moi aussi. Tu… Tu t'en es rendu compte, n'est-ce pas ?

Merde ! Je voulais avouer ça avec décontraction, avec détachement, même, comme si je me bornais à rebondir sur ses propres mots, comme si je ne livrais pas les secrets de mon cœur. Malheureusement, c'est sorti dans une sorte de cafouillis inintelligible. Je m'attends à ce qu'Ezra éclate de rire, qu'il se moque de moi. Au lieu de quoi, il se contente de me fixer.

Son regard est sombre, ses lèvres sont entrouvertes, il n'a jamais semblé aussi vulnérable. Puis il déglutit et avance d'un pas, soudain très près de moi. Je lève la tête, crains de tituber en arrière, ce qui n'arrive pas, car il a enlacé ma taille.

— Non, chuchote-t-il, mais je l'espérais.

Nous nous dévisageons, son regard est inquisiteur. *Je t'en prie…* C'est ma dernière pensée cohérente, car sa bouche se plaque contre la mienne. Le monde disparaît.

Très vite, je n'ai plus conscience de rien, si ce n'est de la proximité de nos corps. J'entends vaguement son briquet m'échapper et se fracasser par terre. J'avais oublié que je le tenais encore, trop occupée à nouer mes bras autour d'Ezra, tandis que, de son côté, il raffermit sa prise sur mes hanches et me plaque contre lui. Mes jambes ne me portent plus, à moins que ce soit la terre qui se soit ouverte sous nos pieds. Ça n'a aucune importance, car il me tient, ma joue tendrement lovée sur son torse. Sa langue s'insinue entre mes lèvres…

Pour le coup, mes genoux se dérobent sous moi, et je m'écarte en poussant un petit cri. Je crie et j'en suis si mortifiée que j'enfouis mon visage dans sa poitrine. Les vibrations de son rire me secouent… sauf que non. Ce n'est pas son rire, mais de vraies vibrations.

— Euh… C'est ton téléphone ? je demande.

Ça l'est. Baissant les yeux, je constate que la lumière de l'écran éclaire la poche de son pantalon.

— Oublie, feule-t-il en jouant avec mes cheveux. Ça n'est pas important.

— Qu'est-ce que tu en sais ?

— Disons que ce n'est pas aussi important que ça.

Sur ce, l'appareil cesse de se manifester.

— Tu vois ? ajoute-t-il, les yeux luisants.

Ses joues ont rosi, il est décoiffé. Il est d'une beauté sans égale, et je n'en reviens pas que…

Son portable sonne.

— Décroche, je souffle. Je… je vais boire un verre d'eau.

— Non, objecte-t-il. Je veux dire… je viens avec toi.

— Prends cet appel, j'insiste en reculant, un peu étourdie. On se retrouve à l'intérieur.

— Tu es sûre ?

Je hoche la tête, lui souris et m'éloigne. C'est une bonne décision. Il faudrait sans doute que je reprenne le contrôle de moi-même, sous peine de sortir une énormité mais, prise d'une impulsion, je me retourne pour… Je ne sais pas trop pourquoi. Le regarder encore une fois, peut-être. Sauf qu'il s'est écarté, son téléphone à la main. Lorsqu'il le porte à son oreille, je vois que c'est Edie qui l'a contacté. *Edie*. Durant un instant, ça ne me dit rien. Puis ça me revient, et je baisse les yeux, en proie à une brusque nausée.

J'ai cru que Tomas n'avait pas retenu mon prénom. Quand il m'a demandé si j'étais une camarade de lycée d'Ezra, je me suis dit que c'était parce que nous sommes tous deux anglais. Edie existe bel et bien, cependant, et Ezra est en train de discuter avec elle.

Pas étonnant que Maggie m'ait regardée avec des yeux ronds. Elle et Tomas s'attendaient à voir quelqu'un d'autre que moi.

35 - *Ezra*

— Tu es sûre que tu vas bien ?

— Mais oui, putain ! gronde Edie. Pourquoi est-ce que tu te comportes comme si t'inviter à prendre un pot avec moi équivalait à un pétage de plombs ?

— Du calme. C'est juste que… Je suis occupé, là.

— J'adore ta façon d'esquiver. Sache que j'ai dû ravaler mon orgueil pour t'appeler. Tu ne m'as pas contactée, depuis l'autre jour.

— Désolé. Aussi improbable que ça puisse paraître, j'ai été pas mal occupé.

Je passe une main dans mes cheveux, inspecte les alentours. Audrey a déjà disparu. Logique, vu qu'elle a quasiment pris ses jambes à son cou.

— Si tu changes d'avis, j'envisage de te pardonner, claironne Edie. On est dans Meatpacking.

— On ?

— Moi et des collègues. Mais on peut changer de crèmerie, si tu préfères.

— Je ne peux pas, Edie. Amuse-toi bien.

— OK. Merci de m'envoyer chier de façon aussi polie.

— Je ne…

— Si. Pas grave. Je suis libre lundi, si tu daignes me voir.

— D'accord, je cède en réprimant un soupir. Fais gaffe à toi, hein ? Genre, va pas tomber dans une bouche d'égout.

— Comme si tu en avais quelque chose à foutre, crache-t-elle.

Sur ce, elle raccroche. Je réfrène une envie féroce de me taper sur le crâne avec mon téléphone. L'exaltation dans laquelle je baignais il y a une minute est à présent gâchée par une culpabilité à vomir. Quand elle est vexée, Edie se transforme en être hautain et sarcastique – tout plutôt qu'on croie qu'elle est capable d'émotions humaines.

J'inspire profondément et secoue la tête. Ce n'est pas le moment de m'inquiéter de ça. Il faut que je rejoigne Audrey. Plus exactement, il faut que je me ressaisisse avant de rejoindre Audrey. Parce que, là, je suis tellement paumé que je risque de faire ou de dire n'importe quoi. Je m'empare de mes clopes. Une fois que je m'en suis fourré une entre les lèvres, je me ravise. Mieux vaut que je m'abstienne de fumer si je veux reprendre le cours des choses avec Audrey, ce que je veux en effet.

— Vous en auriez une pour moi ?

Je me retourne. Une femme de l'âge de Caroline environ se tient près de moi. Sa peau brune a des reflets dorés et des taches de rousseur, ses cheveux sont noirs coiffés en tresses fines.

— Je suis en train d'arrêter, m'explique-t-elle, mais mon corps ne l'a pas encore compris.

— Bien sûr.

Je lui donne mon paquet tout en cherchant à tâtons mon briquet dans mes poches.

— Pas de feu ? s'enquiert l'inconnue.

Comme je secoue la tête, elle sort un briquet du petit sac à main en forme de poire suspendu à sa hanche. Elle allume sa cigarette avant de me le tendre.

— Gardez-le.

— Merci.

Après une brève hésitation, j'allume finalement une clope. Déjà, je suis plus calme.

— Merci à vous. Je m'appelle Demi.

Je serre rapidement la main qu'elle me tend. Cette rencontre est sûrement ce que Maggie avait en tête quand elle a parlé de nouer des relations.

— Ezra.

— Que faites-vous dans la vie, Ezra ? Non, laissez-moi deviner.

— Je vous en prie.

— Vous êtes un créatif. Manager de talents ? Photographe ?

Je suis décontenancé par sa perspicacité.

— Euh... La photo, oui. En quelque sorte. C'est plus un hobby qu'autre chose. Qu'est-ce qui vous a mis sur la voie ?

— Votre allure bohème et décalée. Et puis, votre copine est mannequin, non ?

Mon cœur tressaute quand elle dit qu'Audrey est ma copine. Elle a dû nous voir nous embrasser. Je suis heureux qu'elle me rappelle que ce baiser a vraiment eu lieu et qu'il n'est pas seulement le fruit de mon imagination débridée. Nous nous sommes embrassés. J'ai embrassé Audrey, qui m'a rendu mon baiser, et maintenant... Maintenant, je ne sais pas ce qui va se passer.

— Vous avez raison dans les deux cas, je lâche d'un ton brusque. Très impressionnant.

— C'est mon boulot, rigole-t-elle, dévoilant des dents du bonheur. Je suis journaliste.

— Je penchais pour détective privé, mais journaliste est presque aussi cool.

— Quand on me paie.

— Vous êtes free-lance ?

— Oui. Mais je bosse beaucoup pour le même média en ligne. *Soil.*

— Je connais. Branché politique et pop culture, c'est ça ? Ma sœur m'a déjà transféré un ou deux articles. Peut-être pas les vôtres spécifiquement, mais ils étaient bons.

Demi me remercie avec un vague sourire puis me demande :

— Et vous ?

— Je bosse comme serveur dans un restaurant.

— J'ai travaillé derrière un bar pendant quatre ans. Un petit boulot pour le salaire minimum est un rite de passage pour quiconque aspire à devenir créatif.

— Je tâcherai de m'en souvenir.

— Et votre compagne ? Elle galère aussi ?

Je regarde autour de moi, comme si j'étais soudain en mesure de faire resurgir l'intéressée.

— Euh… Non. Elle se débrouille très bien. Elle vient de décrocher une campagne de pub assez dingue.

— Super. Pour qui ?

— Euh… Miranda quelque chose. Brown ?

— Miranda Browning.

— C'est ça. Vous en avez entendu parler ?

— Malheureusement, oui, marmonne-t-elle en exhalant la fumée de sa cigarette. Tant mieux pour votre amie, mais cette société est toxique. Une de mes connaissances y a fait un stage il y a quelques années, c'était horrible.

— Ah bon ?

— Elle n'a pas arrêtée d'être harcelée, là-bas. Le directeur artistique adjoint était un type chelou notoire, et personne n'a mis un stop à ses agissements.

— Merde ! Même pas la DRH ?

— Le pervers en question est le neveu de Miranda. Intouchable, autrement dit. Par ailleurs, il a été super sympa, au début, toujours prêt à dispenser des conseils avisés à ma copine pour lui faciliter la tâche. Très vite, il est devenu clair qu'il voulait seulement qu'elle se sente redevable.

Je grimace, et Demi acquiesce en tapotant sa cigarette pour faire tomber la cendre.

— Quand le mec l'a pelotée lors de la fête de Noël de la boîte, elle en a parlé à son responsable, qui lui a suggéré de la boucler si elle souhaitait obtenir de bonnes références.

— Putain ! Et ce con bosse toujours là-bas ?

— Non. Il s'est converti à la photo, d'après ce qu'on raconte. Sans vouloir vous offenser, ce métier attire les sales types, les trouducs et les fils à papa. Il se trouve que ce type combine les trois.

— Le tiercé gagnant, je marmonne d'une voix distraite.

Ma clope, sur laquelle je n'ai pas tiré, me brûle les doigts. Une pensée vient de me traverser l'esprit. Idiote, sans doute, mais…

— Comment s'appelle-t-il ? Pas Julian, si ?

Demi me dévisage, l'air surpris.

— Jonah. Sauf qu'il a changé de nom. Maintenant, c'est Julian. Julian Mars.

Un grand froid me submerge, au point que j'en ai la chair de poule. Demi continue de me regarder intensément, et je baisse les yeux, vaguement conscient que je tremble quand j'aspire enfin une bouffée de ma cigarette. J'ai beau essayer de ne pas tirer de conclusions hâtives, le souvenir d'Audrey en larmes et glacée dans l'escalier chez Julian me hante.

— A-t-il… commence Demi.

Secouant la tête, je jette ma clope.

— Il faut que je file, je balbutie, saisi par l'urgence de foutre le camp d'ici. Bonne soirée. J'ai été ravi de vous rencontrer.

— Je n'en suis pas si sûre, souffle-t-elle.

Sans prendre la peine de la contredire, je m'éloigne.

36 - Audrey

Ezra est resté au téléphone pendant des siècles, hier soir. Je l'ai attendu en tournant en rond dans la galerie, incertaine de ce que je devais faire. Fallait-il que je sorte et lui demande de but en blanc qui était Edie ? Auquel cas, comprendrait-il que j'avais regardé l'écran de son portable ? Et puis, ne valait-il pas mieux rester dans l'ignorance ? Plus spécifiquement, ne pas savoir ce qu'elle était pour lui ? À force d'hésitations, j'ai fini par ne rien apprendre du tout. Quand Ezra est enfin réapparu, blême, il m'a annoncé qu'il avait mal au crâne et qu'il souhaitait s'en aller, si j'étais d'accord, avant que j'aie eu le temps de prononcer un mot.

Dans le taxi nous ramenant chez moi, nous n'avons pas reparlé du baiser. Nous n'avons pas parlé du tout, en fait. Ezra avait l'air en si piteux état que j'ai commencé à m'inquiéter. J'ai posé une main hésitante sur son front. En souriant, il l'a prise dans la sienne et a noué ses doigts autour des miens. Ça s'est arrêté là. Une fois à l'appartement, il m'a escortée jusqu'à la porte, m'a souhaité bonne nuit et s'est sauvé. Du coup, j'ai super mal dormi, ce que j'ai réussi à cacher sous mon maquillage. Je tenais à être jolie aujourd'hui, que notre rendez-vous soit un rancard ou pas.

— Un pop-corn salé, un ! clame Ezra en poussant le pot vers moi. Tu veux du beurre dessus ?

— Pardon ?

— Une manie américaine.

— Fondu, le beurre ? Ça ne rend pas le pop-corn tout gras ?

— Si. Ça a beau être dégueu, j'adorais ça, quand j'étais gosse.

— Euh…

— Je prends ça pour un non.

— Et tu as raison, je confirme.

Il se marre, et le son de ce rire me détend. Aussi soulagée que je sois qu'il ait proposé qu'on se revoie aussi vite, la façon dont nous nous sommes quittés hier me ronge. La fille derrière le comptoir lui tend le gobelet de Coca à partager grand comme un seau, il attrape deux pailles, et nous gagnons notre salle. Je me dévisse le cou, m'émerveillant devant la désuétude des lieux. Des néons sont accrochés aux murs rouges, la moquette est criarde et, bizarrement, les plafonds sont couverts de miroirs. On a l'impression que rien n'a changé depuis les années 1990. Bien que je sois presque certaine que ce n'est pas ici qu'Ezra avait l'habitude de venir avec sa mère, ce cinéma me plaît beaucoup.

Nous nous installons au fond de la salle. Qui est presque vide. Guère étonnant, dans la mesure où c'est le milieu de l'après-midi, et que le film, *La Garçonnière*, est projeté à New York depuis une bonne soixantaine d'années. Ezra coince le seau de Coca dans le porte-gobelet entre nos deux fauteuils avant de planter les pailles dans le couvercle. Je l'observe en mâchonnant lentement un morceau de pop-corn. Il est encore pâle et a les yeux légèrement injectés de sang.

— Comment te sens-tu ? je demande. Mieux qu'hier soir ?

Il se trémousse et fronce les sourcils.

— Rongé de remords, répond-il. Je te dois des excuses, j'en suis conscient.

— Des excuses pour quoi ?

J'espère bien qu'il ne va pas remettre en cause notre baiser. Sinon, je risque de fondre en larmes. Ou de vomir. Ou les deux.

— Le malentendu avec Maggie, déjà, dit-il en se tournant vers moi. Sérieux, je me faisais une joie à l'idée de vous présenter, puis j'ai rendu les choses compliquées.

— Oh ! Quand son fiancé m'a appelée Edie, tu veux dire ?

— C'est ça. Quand elle a indiqué que je pouvais venir accompagné, je n'ai pas précisé que je pensais à toi. Et d'une, elle ne te connaît pas. Et de deux, je ne savais pas si tu serais libre. Malheureusement, elle est partie du principe que j'amènerai une autre fille que toi.

— Cette autre fille étant Edie, je souffle.

Il hoche la tête.

— Mon ex. On a fréquenté le même lycée, et elle s'est récemment installée à New York. Maggie étant au courant…

— Et… Vous vous voyez, elle et toi ?

Ezra se renfrogne, et je regrette aussitôt mes paroles.

— Ce serait bien naturel, je me dépêche d'ajouter. Ça ne me regarde pas. Je ne suis pas jalouse.

Et merde ! Cette dernière phrase est sortie toute seule. Rouge comme une tomate, je détourne les yeux. Ezra va croire que je suis obsédée par lui et méga collante, maintenant. Ce n'est peut-être pas entièrement faux, après tout…

— Une seule fois depuis son arrivée. Hier soir, elle a appelé pour savoir si j'étais dispo. Je ne l'étais pas.

— C'est chouette que vous soyez amis, je marmonne en mordillant un de mes ongles.

— Oui. Enfin, on y travaille. Notre histoire s'est mal terminée.

— Vous travaillez à quoi ? À devenir amis ?

— Oui. Amis et rien de plus.

J'opine, honteuse de l'avoir forcé à le formuler. Ce qui ne m'empêche pas d'être immensément soulagée.

— Je n'ai pas essayé de te cacher ça délibérément, enchaîne-t-il. Je ne tenais pas à ce que cette conversation se déroule devant Maggie et Tomas, mais je suis content qu'elle ait lieu maintenant. Pour moi, il est très important que tu saches que nous pouvons être francs l'un envers l'autre. Ce qui n'est pas forcément facile, dans cette ville. Dans ton domaine aussi, j'imagine. Si jamais tu as envie d'en parler, je suis là. Où tu veux, quand tu veux. Ça marche ?

— Ça marche, je répète, un peu déstabilisée par sa perspicacité.

— Donc… Tout va bien ? Tu n'es perturbée par rien de particulier ?

— Si c'est une allusion à l'autre soir, c'est juste que je ne sais pas picoler sans devenir triste et débile, je lâche avec lenteur.

Hochant la tête, il se renfonce dans son siège.

— Compris, commente-t-il, avant d'ajouter : Juste pour confirmation, tu n'es pas jalouse ?

Zut ! J'aurais dû me douter qu'il ne laisserait pas passer ça.

— C'est ce que j'ai dit.

J'attrape le Coca pour en boire une gorgée. Quand je veux le reposer dans son support, Ezra me le prend des mains. Ses yeux plongent dans les miens lorsque nos doigts s'effleurent.

— D'ailleurs, si je l'étais, je me garderais bien de l'admettre, je précise en soutenant son regard.

— Ah oui ?

— C'est une émotion peu flatteuse.

— C'est bien la première fois que j'entends quelqu'un qualifier une émotion de « flatteuse ». Ou pas, en l'occurrence.

— Ça jouerait en ma défaveur.

— Mais la jalousie n'est-elle pas une réaction involontaire ?

— Tu préférerais que je sois jalouse ?

Un silence, puis :

— Peut-être, marmonne-t-il avec un sourire en coin. Ce qui joue sûrement en ma défaveur.

À cet instant, de la musique résonne, et les lumières s'estompent. Je fais face à l'écran qui s'allume, luttant pour rester impassible et sourde à mon cœur qui bat follement et m'incite à me tourner vers Ezra. Je réussis à résister. Raide comme la justice, je lève le menton et joue à celle qui n'a pas remarqué que son voisin continuait à la fixer avec une intensité dérangeante.

— Pourquoi es-tu partie en courant, hier soir ? souffle-t-il.

— Je ne me souviens pas d'avoir couru. Tu dois te tromper.

— Je ne pense pas. Tu as déguerpi plutôt vite.

— Ça ne me dit rien. De quel moment parles-tu ?

— Oups ! Ce n'était donc pas si mémorable que ça.

— Il faut croire que non, en effet.

— Une séance de rattrapage s'impose, dans ce cas.

— Ben voyons.

J'ai beau essayer de sembler désapprobatrice, le sourire que je m'efforce de cacher doit gâcher tous mes effets. En vérité, je brûle d'impatience. Aux craquements du bras de son siège, je devine qu'Ezra se rapproche.

— Ce n'était pas un non, commente-t-il d'un ton léger.

Exact. Ce qui explique pourquoi le sang martèle mes tympans quand il écarte doucement une mèche de mes cheveux de devant mes yeux. Et pourquoi je me tortille pour plaquer une paume sur son torse, caresser du bout des doigts le coton de son tee-shirt, et le humer tout entier – l'odeur de son shampooing, de son dentifrice, de sa peau…

Hier soir, son baiser était une question. Aujourd'hui, il est une réponse.

37 - *Ezra*

— Tu sais, dans un monde meilleur, le secteur de l'hôtellerie serait égalitaire.

— Ne serait-ce pas le cas de tout, dans un monde meilleur ?

— Si, soupire Mac. Mais je pensais plus spécifiquement au pied d'égalité sur lequel devraient être un serveur et son client.

— Ils t'ont méchamment agacé, hein, à cette table de douze ?

Je fais tourner mon saké dans ma tasse. Mac et moi sommes installés dans un bar à sushis douillet d'Uptown. Mac et Marika y ont rendez-vous pour un « déjeuner tardif » chic. Comme nous étions du premier service, il m'a aimablement proposé de venir « chauffer la place » de Marika en attendant. Étant un pauvre type, j'ai accepté. M'interdire d'envoyer des textos à Audrey à chacune de mes minutes de liberté étant récemment devenu un sport de haut niveau, j'ai été heureux d'accepter cette distraction.

— À ton avis ? L'un d'eux a eu le culot de m'emmerder à cause de mon anneau dans le nez. Comme si ça remettait en cause mon aptitude à jouer les larbins.

— Je me suis contenté de débarrasser leurs assiettes. Étonnamment vides, quand on songe qu'ils ont affirmé avoir détesté la nourriture.

— J'estime que les serveurs devraient avoir le droit de cogner un client au moins une fois par mois, déclare-t-il avec gravité. Je te les aurais tous envoyés au tapis, ces cons.

— Tu es trop mignon pour te battre. À moins que tu veuilles finir comme moi.

— Parce que c'est comme ça que tu t'es pété le nez ? s'exclame-t-il, incrédule. En te bagarrant ?

— Plus ou moins.

— La vache ! Je suis scotché.

— Je m'étonne moi-même. Il est évident que j'aurais mieux fait de me défiler.

— Qui a commencé ?

— Tout dépend du narrateur de l'histoire.

Je gigote. Je n'aime pas en parler, et je commence à regretter d'avoir lancé cette conversation.

— Qui serait toi ou…

— Mon ancien coloc.

— Ah. Je condamne la violence en toute circonstance, mais voilà qui ne me surprend pas.

— Tu viens juste de dire que tu voulais cogner les clients !

— Façon de parler. Je pensais à des joutes verbales sans pitié.

— Alors, c'est le principe de la colocation qui te pose un problème ?

— Ma foi… Est-ce que rentrer chez toi et découvrir que la plupart des meubles sont sur le trottoir serait un problème ?

— Quoi ?

— Tous sauf la télé, en gros. Parce que, je cite, « le vide incite à la créativité ».

— Conneries !

— On est d'accord. Enfin, comme aucun de ces meubles n'était à moi…

En soupirant, il promène son index sur le rebord de sa tasse vide.

— Pour couronner le tout, ils augmentent le loyer, reprend-il d'une voix morose. Je vais être obligé de faire des heures sup.

— Tu ne travailles pas déjà à plein temps ?

— C'est ça, le capitalisme, trésor.

— J'ignorais que nous serions trois.

Mac et moi nous retournons sur Marika, en pantalon couleur brique et tee-shirt blanc trop grand. Elle n'a jamais été aussi peu sophistiquée et, pourtant, la moitié des clients du restaurant la reluquent. Qu'elle ne le remarque pas ou qu'elle s'en foute, elle jette son manteau sur le dossier d'une chaise et s'installe à côté de Mac.

— Un verre d'après-boulot ? demande-t-elle en contemplant la table.

— Quelque chose comme ça, je réponds. Je ne reste pas.

— Il me tenait compagnie, précise Mac en se levant. Et il va te tenir compagnie pendant que je vais aux toilettes.

— La chance, marmonne Marika en me toisant, tandis que Mac s'éclipse. Bonne journée ?

— On a fait pire. Et toi ?

— Oui. Pas mal de taf. Comment va Audrey ?

— Ce ne serait pas plutôt à moi de te poser la question ?

— Va savoir, sourit-elle. J'ai comme l'impression que tu la vois plus souvent que moi.

— Pas depuis hier.

Je suis sur la défensive, et ça ne me plaît pas. Les oreilles me chauffent, soudain. Le truc, c'est que j'ignore comment la jouer cool. Il est possible qu'Audrey ait tout raconté à Marika, sauf qu'elle m'a également dit que cette dernière passait le plus clair de son temps avec Nicole.

Ce qui voudrait dire qu'elle ne sait pas que notre relation a... s'est intensifiée.

— Ah oui ? La fameuse galerie ?

— Le ciné. La galerie, c'était avant-hier.

Je souris malgré le léger malaise que je ressens. Ça peut sembler étrange, mais je n'aime pas me rappeler cet épisode de la galerie. Comme c'est la première fois que j'ai embrassé Audrey, ça devrait être la plus belle soirée de ma vie. Cependant, je n'arrive pas à oublier la conversation que j'ai eue avec cette fille. Ni à me débarrasser de ma certitude paranoïaque et dingue que Julian, Jonah, peu importe le nom de cet enfoiré, a fait quelque chose à Audrey.

Certes, ce type est chelou, c'est apparemment prouvé. Elle l'a vu au moins deux fois, lors de la séance photo et à la fête chez lui, dont elle est ressortie bouleversée. Je n'ai aucune certitude qu'ils se soient parlé ce soir-là, cependant. J'ai à peine croisé ce mec, n'ai appris qu'on était chez lui que quand un invité me l'a montré du doigt, et que j'ai découvert un type à l'air blasé, attifé d'une salopette de peintre et de baskets à mille dollars. Mais je me souviens maintenant de son sourire déplaisant et de sa façon de scruter la pièce. Je projette, j'en ai conscience, il n'empêche...

— À propos, lors de ce vernissage, j'ai causé avec une nana de la marque pour laquelle vous bossez toutes les deux, je m'entends dire.

— Ah bon ?

Le regard sombre de Marika dément la légèreté de son ton. Ma transition ne l'a pas trompée, et elle a deviné que je noyais le poisson. Le doute m'effleure, sauf qu'il est trop tard pour reculer. De plus, je n'ai nulle intention de dévoiler ma petite théorie conspiratrice. Seulement, si elle a travaillé avec ce gars, elle mérite de savoir qui il est.

— Oui, j'enchaîne, l'air de rien. Une de ses copines y a bossé à une époque. En même temps que le photographe qui vous shoote. Julian. Sauf qu'à l'époque, il s'appelait…

— Jonah. Il a changé de nom.

Moi qui pensais détenir un scoop, j'en suis pour mes frais.

— Et ? insiste Marika. Une nana connaît une nana qui a connu Julian ?

— J'ai comme l'impression que ce type est un taré, je lâche en baissant les yeux sur ma tasse vide. Du moins, il semble. Comme toi et Audrey l'avez côtoyé, j'ai jugé bon de t'avertir.

— Taré comment ?

— Il a harcelé cette fille pendant son stage. Il l'a même pelotée à une fête. Il y en a peut-être d'autres. On dirait que c'est une manie, chez lui, même si je ne suis pas en mesure de l'affirmer catégoriquement.

Elle ne commente pas. Bien que je n'ose pas lui faire face, je la garde dans mon champ de vision.

— Je tenais à m'assurer que vous ne le reverriez plus. La campagne de pub est terminée, non ?

— Les photos, oui, répond-elle d'une voix neutre. Tu en as parlé à Audrey, j'imagine ?

— Non. Pas encore.

— Pourquoi ?

Cette fois, son ton est si âpre que je tressaille. J'éprouve la sensation irrationnelle qu'elle lit en moi très clairement et nourrit un dédain marqué pour les machinations pathétiques de mon cerveau.

— Je n'en sais rien.

— Tu n'en sais rien, répète-t-elle sans chaleur.

— Disons que j'hésite, je me défends. Elle paraît un peu déprimée, ces derniers temps, et je ne voudrais pas aggraver les choses.

— Qu'est-ce que tu sous-entends, là ?

Je la regarde enfin et suis pris de panique. À partir de quand cet échange s'est-il transformé en interrogatoire ?

— Rien. Oublie.

— Il s'est passé quelque chose, à la fête chez Julian ?

— Aucune idée. J'ai perdu Audrey de vue pendant un moment. Quand je l'ai retrouvée, elle pleurait.

— Une explication ?

— Le mal du pays, selon elle.

— Et à ton anniversaire ? insiste Marika.

Interloqué, je la dévisage.

— La fois où elle a dormi chez toi. D'après elle, parce qu'elle avait trop picolé, ce qui l'avait rendue larmoyante.

Me revient en mémoire la scène où Audrey était dans la salle de bains, du mascara plein les joues.

— C'est vrai. Quel rapport ?

— La veille, elle était malade et elle est restée au lit, murmure Marika d'un air absent en pliant et dépliant ses doigts. C'était juste après la séance photo.

— Pardon ?

— Une séance dans le studio de Julian. Un test avant la véritable campagne.

— Vous étiez ensemble ?

— Non. Séparées. Seules.

Je ferme les paupières. Une douleur se propage dans mon crâne. Une brusque migraine. J'espérais tant me tromper. Que Marika me prouverait que j'avais tort.

— Merde ! s'exclame Mac joyeusement en se laissant tomber sur sa chaise. Quelqu'un est mort pendant que j'étais aux chiottes ?

— Ma patience, lâche Marika en examinant le menu. Qu'est-ce qu'on mange ?

— Ah ! rigole Mac. Une femme comme je les aime. Tu restes, Ezra, hein ? Je n'étais pas sérieux, tout à l'heure.

— Je ne peux pas, je réponds.

Je me lève, attrape mon porte-monnaie, en tire quelques billets froissés, puis je décampe comme si j'avais le diable à mes trousses. J'aurais dû la boucler. Je refuse qu'il y ait une once de vérité dans tout ça. Ou alors, je n'ai pas envie d'être au courant. Malheureusement, je suis accablé par la certitude écrasante qu'il est trop tard, que j'ai mis le feu aux poudres, que j'ai déclenché un truc qui me dépasse.

Dans la rue, j'accélère le pas. Je fonce tête baissée, ne songeant qu'à rentrer chez moi, allumer la télé avec le son à fond et m'enfiler une bouteille de quelque chose d'un peu plus costaud que le saké. D'accord, j'ai un putain de problème d'alcool, mais c'est peut-être ce qui arrive quand un collègue bienveillant de votre mère vous passe son whisky soda après l'enterrement, parce que vous n'avez cessé de trembler comme une feuille depuis le service religieux sans avoir réussi à le cacher.

À mon avis, personne n'aurait été en droit de me reprocher de vouloir m'anesthésier. Ni ce jour-là, ni aucun de tous ceux qui ont suivi depuis.

38 - Audrey

— Audrey ?

— Bonjour !

Je me lève précipitamment. L'homme qui m'a appelée me toise de la tête aux pieds avant de consulter sa tablette. Voilà plus d'une heure que je poireaute dans ce couloir mal éclairé, en compagnie d'une trentaine d'autres filles. S'il m'envoie balader, je sens que je vais piquer une crise.

— C'est bon. Suis-moi, finit-il par décréter en tournant les talons.

Attrapant une *comp card* dans mon sac, je trottine derrière lui jusqu'à une vaste pièce blanche, un studio de danse, d'après moi. Devant un mur de miroirs, il y a un long bureau auquel sont assis un homme et une femme, et une autre nana, un Polaroïd suspendu à l'épaule, est adossée à une barre de danse. Tous les trois ont le nez dans leur portable.

— Bonjour, je dis en souriant.

J'avance et pose ma *comp card* sur le bureau.

— Bonjour, répond la femme du bureau en relevant les yeux. Tu veux bien marcher, s'il te plaît ?

J'opine, retire ma veste et la place sur mon sac, par terre. Seule elle me regarde, tandis que je traverse la pièce avant de prendre la pose. Ramassant ma carte, elle la retourne.

— Je ne suis pas sûre que ces mensurations soient à jour, lâche-t-elle avant de la passer à son voisin.

Ce dernier la consulte puis me contemple.

— Je vois, acquiesce-t-il. Les hanches…

— Exact. C'est embêtant ?

— Tout dépendra de la ligne. Que Dana fasse un cliché quand même.

— Dana va te photographier, me lance la femme en m'indiquant de m'écarter.

— Place-toi devant le mur, m'ordonne la Dana en question.

J'obtempère et redresse le menton en essayant de ne pas cligner des yeux tandis que le flash m'agresse.

— Merci, lâche la femme.

J'en déduis que je suis congédiée.

— Merci à vous ! je m'exclame avec un enthousiasme feint.

Gardant la tête haute, je sors. J'emprunte le couloir sous le regard de quelques-unes de mes concurrentes qui, certainement, tentent de calculer leurs chances en jaugeant mon expression. J'ai fait comme elles des dizaines de fois. Voilà pourquoi j'attends d'être dans l'escalier pour céder au découragement.

J'ai foiré ce casting. Par-dessus le marché, je vais vite devoir déterminer ce qui déconne ou pas du côté de mes hanches. Les commentaires déplaisants durant les essais me tourmentent toujours. Un jour, on m'a reproché d'avoir le menton « un peu carré » et, durant des semaines, je n'ai plus vu que ça dans la glace. Ça me tue. Je déteste consacrer autant d'énergie mentale à m'inquiéter en me demandant si je suis ou pas jolie, jolie dans le bon sens du terme, plus jolie que les autres mannequins.

Je sais pertinemment que le seul édito que j'ai décroché jusqu'à présent à New York, je le dois sans doute à Julian. Non seulement ça me donne envie de vomir, mais Imogene pourrait me renvoyer chez moi si je tarde trop à décrocher un autre boulot. Or je n'ai pas envie de rentrer. Je crois. Mes relations avec Ezra sont encore délicates, et je suis plus amoureuse de lui que je devrais l'être. Attendre jusqu'à ce que je sois prête à lui dire au revoir n'est sûrement pas une bonne idée. Je risque de ne jamais partir.

Sur un coup de tête, je décide de le contacter. Nous avons passé l'essentiel de la soirée ensemble, hier. La nuit tombait quand nous avons quitté le cinéma, un peu hébétés et affamés. Nous avons acheté des kebabs à un marchand ambulant et les avons mangés sur le trajet jusqu'à mon appartement. Ezra m'a embrassée sur le seuil et m'a poussée à l'intérieur, de crainte que je n'aie froid. J'espérais un peu qu'il me proposerait d'aller chez lui. Ça n'a pas été le cas. De son côté, il s'est peut-être demandé pourquoi je ne l'invitais pas à monter, ce qui aurait été possible. J'y ai même songé. Sauf que je n'ai pas de chouette salon où me poser. Juste ma chambre, et la perspective de l'y amener était… trop pour moi.

— Allô ?

— Salut. Comment vas-tu ?

Un bref silence, puis :

— Bien. Et toi ?

Il a une drôle de voix, légèrement distante. Est-ce que j'aurais merdé ? Des tas de gens n'aiment pas parler au téléphone. Il en fait peut-être partie.

— Ça va, je réponds, hésitante. Je tombe mal ?

— Non, c'est bon. Euh… Quoi de neuf ?

— Pas grand-chose, je marmonne en observant le ciel. La journée a été un peu naze, et…

— Naze comment ?

Sa voix a pris des accents si inquiets, soudain, que je suis déroutée.

— Juste des castings chiants. Rien de grave. Je me demandais si tu avais envie qu'on se voie. Je suis dans le coin, alors…

— Oh ! Euh… Je ne vais pas pouvoir, là tout de suite. Désolé.

— Pas de souci. Plus tard ce soir ?

— Ce soir, je suis pris. Désolé.

— Je comprends. Je débarque comme ça à l'improviste…

— Tu n'es pas loin du MoMA.

— Quoi ?

— Si tu es dans Midtown, le MoMA n'est pas loin. Le musée. Tu m'as dit que tu n'avais pas eu le temps de visiter New York.

— C'est vrai. Ce musée, il est bien ?

— Ultra bien. Ma mère y passait sa vie.

— Ah bon ?

Je suis plus que surprise qu'il mentionne sa mère.

— Oui. Sa toile préférée, là-bas, c'est… *Christina's World*. De Wyeth.

Est-ce qu'il dormait quand je l'ai dérangé ? Sa voix traîne. En vérité, il a l'air ivre. Sauf que ce n'est pas possible, on est en plein après-midi. À moins que… Je me rappelle son anniversaire, sa façon d'ingurgiter le whisky comme si c'était de l'eau.

— Il faut je le voie, dans ce cas, je réponds.

— Elle aimait ce genre de trucs tristes et vaguement réalistes. Hopper, aussi. Ils en ont également, je crois.

— Et toi ? Quel est ton tableau préféré ?

— J'aime ce qu'elle aimait.

Il s'interrompt, change de sujet :

— Tu retrouves Marika ce soir, hein ?

Je suis tellement déstabilisée que je mets un moment à réagir.

— Euh… Aucune idée. Elle m'a parlé d'un déjeuner avec Mac, mais je ne sais pas ce qu'elle a prévu ensuite. Peut-être qu'elle a rendez-vous avec Nicole.

— OK… Bon, si tu veux qu'on se voie demain, appelle-moi.

— D'accord, compte sur moi.

Je me débats toujours pour tenter de piger ce que Marika vient faire là-dedans.

— Et tu me jures que tu vas bien ?

— Oui. Mais toi ?

— Parfaitement bien. À très vite, OK ?

Sur ce, il raccroche. Une sorte de vide écœurant s'abat sur moi, comme si j'avais tendu la main vers quelque chose qui n'existe pas.

Suivant le conseil d'Ezra, je me rends au MoMA. Je vais jusqu'à demander à une gardienne de m'indiquer où est exposé le tableau qu'il a mentionné. L'après-midi est plutôt calme et, une fois dans la bonne salle, je me retrouve seule devant la toile. Ezra disait vrai, elle est triste. Elle m'a toujours donné cette impression, à moi qui la connais depuis très longtemps, parce que ma grand-mère en avait une reproduction encadrée au-dessus de sa cheminée. Je suis à deux doigts d'envoyer un message à Ezra pour le lui dire – un énième petit lien étrange entre nous deux – mais je n'arrive pas à me débarrasser du sentiment qu'il ne tient pas du tout à m'avoir dans ses pattes aujourd'hui. Alors, je me contente d'observer le tableau.

Une jeune femme mince et brune se traîne au milieu d'un champ et regarde une maison au loin sur une colline. À sa posture, à la manière dont ses mains sont placées, on dirait qu'elle est irrésistiblement attirée par cette maison, qu'elle essaie de l'atteindre de toutes ses forces. Enfant, je m'imaginais que sa famille l'attendait là-haut, qu'elle voulait rentrer chez elle. À présent, je me demande si elle est vraiment seule dans ce champ. Si elle n'essaie pas plutôt de fuir quelque chose. Quelqu'un.

Qu'est-ce que la mère d'Ezra voyait dans cette peinture ? Je tente de me la représenter à ma place. En vain. Ezra n'a aucune photo d'elle dans son appartement. Aucune photo de rien ni de personne.

39 - *Ezra*

— Oh ! marmonne Edie en fixant la plante verte que je tiens dans le creux de mon coude. C'est pour moi ?

— Une succulente, j'explique en la brandissant. Le fleuriste m'a assuré qu'elle demandait peu d'entretien.

— Je vais tâcher de ne pas prendre ça personnellement. Entre.

J'obtempère, et elle ferme derrière moi. À l'intérieur, ayant remarqué qu'elle est en pantoufles, je retire mes chaussures. Elle a enfilé un gilet de grosse laine rose sur ce qui doit être sa tenue de boulot, un col roulé noir douillet et une jupe en tweed.

— Je suis en train de préparer le dîner, m'annonce-t-elle en rejoignant la cuisine. Tu as mangé ?

— Non.

J'inspecte les lieux avec grand intérêt. L'appartement, plus petit que le mien, est un studio débordant de babioles et de bibelots. Couleurs et matières se disputent la place. Plaids sur le canapé, affiches aux murs, coussins, objets déco, bougies et j'en passe. Au lycée, sa chambre était aussi encombrée. Je m'approche d'un rayonnage et y attrape un vieil exemplaire du *Cœur est un chasseur solitaire*. Je crois qu'il était à moi, à une époque.

— Pose la plante où tu veux, me lance Edie, qui remue le contenu d'une casserole. Merci, à propos. C'est gentil.

— Je me suis dit qu'un cadeau de crémaillère était le minimum, je réponds en plaçant la succulente à côté du livre que je range. Prévenu un peu plus tôt, j'aurais sûrement trouvé mieux.

J'ai cru mentir à Audrey lorsque je lui ai dit que je n'étais pas libre. Mais j'avais à peine raccroché que j'ai reçu un message d'Edie :

On se voit toujours ce soir ?

Je me suis rendu compte alors que j'avais juste oublié que j'étais censé passer la soirée avec mon ex. De mieux en mieux.

Je pensais la rejoindre dans un bar, argument qui m'a en grande partie poussé à me tirer de mon divan et à abandonner mon visionnage marathon de *La Quatrième Dimension* et une bouteille à moitié vide de vermouth en vue d'une conversation glacée et vieux jeu avec une fille qui n'a jamais entendu le putain de nom de Julian Mars. Il va de soi que ça ne s'est pas déroulé comme prévu. À ma question pour savoir où on se retrouvait, Edie m'a envoyé son adresse perso.

— Désolée, reprend-elle. J'ai eu une grosse journée. Je ne me sentais pas de sortir. Il y a de quoi boire, si c'est ça qui t'inquiète.

— Très drôle.

A-t-elle deviné que je suis déchiré ? Il me semble qu'Audrey l'a perçu, au téléphone tout à l'heure. Pourtant, j'ai décroché, conscient qu'il était possible que ce soit la dernière fois que j'entendrais sa voix. Ce soir, elle verra Marika, qui lui confiera ce que je lui ai raconté à propos de Julian. Ça suffira peut-être à dévoiler la vérité, quelle qu'elle soit. Du coup, Audrey ne sera plus la seule à porter ce fardeau. C'est bien. C'est ce qu'il faut. Je suis convaincu cependant que Marika ira plus loin que ça et qu'elle ne cachera pas, notamment, la manière étrange et détournée que j'ai eue d'aborder cette histoire.

— Les verres sont au-dessus de l'évier, enchaîne Edie. Le vin est au frais.

— Merci.

Je décide que ça me conviendra. Le réfrigérateur d'Edie est immaculé, et le bac à légumes contient de vrais légumes. Je m'empare du vin et des verres, prends grand soin de ne pas en verser une goutte à côté, pendant qu'Edie râpe du fromage dans sa casserole. J'ai l'impression qu'elle prépare un risotto. L'odeur est assez alléchante pour me rappeler que je n'ai rien avalé depuis hier. Je m'inquiète toutefois un peu de constater qu'elle se donne autant de mal. Pour être gentille ? Pour me prouver qu'elle va beaucoup mieux que moi ?

— Tu as bossé, aujourd'hui ? s'enquiert-elle avant de baisser le feu et de se tourner vers moi.

— Le premier service, je réponds en lui tendant son verre. Et toi ?

— J'ai fait mes huit heures comme tout le monde.

— Quelle drôle de façon de gagner ta vie !

Elle sourit, joue avec son verre, ne dit rien, puis :

— Excuse-moi d'avoir été brutale, l'autre fois. À propos de ton boulot. Ce n'est pas à moi de juger.

— C'est bon…

— Non.

— Eh bien, tu as de la chance que je ne sois pas du genre rancunier.

— Je sais. Sinon, tu ne serais pas ici.

— Ha !

— Je ne plaisante pas, murmure-t-elle. Notre séparation… Je regrette vraiment d'avoir agi comme ça.

Moi aussi, ma vieille. Je me dépêche d'avaler une gorgée de vin. La semaine qui a précédé notre rupture est un souvenir cruel. On avait terminé le lycée, et les parents d'Edie avaient (très aimablement) accepté de m'accueillir quelques jours afin qu'elle et moi passions un peu de temps ensemble avant mon départ pour New York. Comme ils vivaient à la campagne, je m'étais imaginé de longs après-midi ensoleillés à marcher avec elle dans les champs, à paresser sur de l'herbe tiède, à s'embrasser, à bavarder et à lire à voix haute. Avec le recul, du romantisme à deux balles. Un peu d'indulgence, j'étais amoureux.

La réalité a été moins romantique. Apparemment, Edie n'avait qu'une envie : s'isoler dans cette baraque et bouquiner en silence. Ou regarder des films. En silence aussi. D'ailleurs, elle a à peine ouvert la bouche durant tout le séjour, à part pour s'adresser à ses parents, pendant les repas. J'ai eu beau fantasmer qu'elle me rejoindrait un soir dans ma chambre, elle ne l'a pas fait. Elle ne m'a pas embrassé non plus. Sur le moment, naïf que j'étais, j'ai mis sa froideur sur le compte de mon nez récemment cassé.

Le matin où son père m'a déposé à l'aéroport, elle m'a accompagné dans le hall des départs afin de me dire au revoir. Encore dans l'illusion que nous ne serions pas séparés très longtemps, je me souviens d'avoir été ému par la grande tristesse qu'elle affichait.

— À plus, ai-je lancé pour ne pas sombrer dans le pathos.

— Ezra, il faut que je te dise quelque chose, a-t-elle répondu, hésitante, fermée. Au sujet de New York. Je ne vais pas… J'aurais dû t'en parler plus tôt.

— D'accord… ai-je marmonné, la peur au ventre. Pour des raisons logistiques ou personnelles ?

— Personnelles, a-t-elle soufflé en se tordant les mains. Je ne… Je ne sais pas comment te l'annoncer.

— Tu me largues ?

J'avais lancé ça sans réfléchir, dans l'espoir qu'elle nierait et que je pourrais enfin respirer. Malheureusement, elle n'a pas nié. Elle s'est bornée à pousser un soupir qui m'a transpercé comme un poignard.

— Oh ! me suis-je entendu lâcher.

— Je suis désolée.

J'ai eu l'impression que le sol se dérobait sous mes pieds, et que je sombrais. Je me rappelle vaguement avoir agrippé de ma paume moite de sueur la poignée de ma valise comme je me serais accroché à une ancre pour ne pas couler.

— Compris, ai-je réussi à marmonner.

Je n'ai pas bougé, toutefois. Je suis resté planté là, attendant qu'elle se contredise, qu'elle se jette à mon cou et qu'elle s'excuse de m'avoir joué le plus mauvais tour qui soit.

— Je suis désolée, a-t-elle juste répété. J'y vais.

Je l'ai regardée s'éloigner et monter dans la voiture, stoïque jusqu'au bout, jusqu'à ce qu'elle ait disparu. Puis je me suis mis à pleurer.

Passons. À la réflexion, la scène est plutôt marrante.

— Ça aurait pu être pire, je lâche d'un ton léger. Tu aurais pu rompre dans la voiture, par exemple.

— Ne plaisante pas avec ça, s'il te plaît, me rabroue-t-elle, sourcils froncés. Je sais que la décision me revient, mais tu n'as pas été le seul à souffrir.

— Je te pardonne, si c'est ce que tu veux entendre.

Visiblement, non. Elle retourne à sa casserole et se remet à touiller, les traits tendus.

— Bon, puisque tu refuses qu'on en discute… finit-elle par lâcher.

— Mais que veux-tu que je te dise ! je m'exclame. Tu m'as plaqué. C'était pourri. J'étais malheureux !

— Moi aussi, riposte-t-elle avec vigueur. Puis Eleanor a décidé de bousiller une nouvelle fois mon existence, et je n'avais personne à qui me confier…

— Tu ne m'as jamais parlé d'elle ! je réplique, incrédule. Et ces nanas avec qui tu traînais au lycée ? Julie, Ella… les autres.

— Tu ne te souviens même plus du nom de mes amies ? Sérieux ?

— À ma décharge, ça fait un bail…

— Moins de six mois, Ezra. Bon sang, tu les détestais. J'en étais sûre !

— Je n'avais rien contre elles. J'étais seulement un idiot qui te voulait pour lui tout seul.

Elle me regarde en cillant, sa repartie mourant sur ses lèvres. Elle s'en est doutée pendant des années, mais je ne pense pas qu'elle s'attendait à m'entendre le confesser.

— Bon, d'accord, admet-elle, j'avais d'autres personnes auprès de qui m'épancher, sauf que c'était avec toi que je souhaitais discuter. C'était impossible, et j'en ai bavé.

— Je suis ici, maintenant.

— Ce n'est pas pareil.

— Tu as raison, j'imagine, je reconnais en repensant à tout ce qui s'est passé depuis.

Je projette peut-être, mais il me semble qu'Edie est peinée. Comme si elle avait espéré que je protesterais.

— C'est prêt, annonce-t-elle sans cesser de remuer sa tambouille. Tu peux prendre les assiettes creuses, s'il te plaît ? Dans le placard au-dessus de l'évier.

J'obéis, avec la vague impression d'avoir été transporté dans une réalité alternative, une réalité où Edie n'aurait pas cassé avec moi. Cette scène du quotidien est tellement similaire à ce que je m'étais représenté de nos vies. Sauf que, désormais, elle sonne faux. Comme si nous étions deux gosses jouant à la dînette.

Je lui tends les assiettes. Elle me sourit, je lui souris. Au moins une chose que je suis en mesure de lui offrir.

40 - Audrey

Je suis assise au bord de mon lit, pieds bien plantés dans le sol, une main sur la poitrine, et je m'efforce de respirer. On dirait que mes poumons ont rétréci de moitié, et que l'air que j'aspire ne m'oxygène pas, quelles que soient les quantités que j'ingurgite. Ma vision se trouble. Pour un peu, j'aurais l'impression de mourir. D'une main tremblante, je récupère mon portable. Le message n'a pas disparu. Je venais de me réveiller quand je l'ai trouvé. L'appartement était si froid à mon retour du MoMA, que je me suis couchée pour me réchauffer. Je ne me souviens pas de m'être assoupie, mais quand j'ai repris conscience, la nuit était tombée. Désorientée, j'ai attrapé mon téléphone pour vérifier l'heure, et le texto m'a sauté aux yeux. Je me force à le relire :

Bonjour Audrey,

Je m'appelle Demi et je suis journaliste pour le média en ligne *Soil*. Si vous ne connaissez pas, le lien du site est dans ma bio. Je me permets de vous contacter, car je travaille en ce moment sur un papier concernant Julian Mars, avec lequel vous avez collaboré il y a peu, sauf erreur de ma part. Votre point de vue m'intéresse. Nous pouvons en parler à votre convenance, par téléphone, mail ou lors d'un rendez-vous. À bientôt j'espère.

Demi

J'essaie de me convaincre que ce n'est pas grand-chose. Que quelqu'un veuille écrire un article sur Julian s'explique pour des tas de raisons. Il faut seulement que je découvre pourquoi cette fille me contacte, alors que je suis un mannequin complètement inconnu et que je ne vis pas ici. Je ne vois pas ce que j'aurais à dire d'intéressant. Rien, à part que Julian m'a…

Prise de nausée, je me rue aux toilettes et m'agenouille devant la cuvette. Un haut-le-cœur me secoue, mais je ne vomis que de la bile. Après, je m'adosse au mur, le visage couvert de larmes et de morve. Je prie pour me réveiller, parce que… comment cela peut-il arriver ? Je n'ai parlé à personne et, même si faire semblant d'aller bien n'est pas comme aller bien, j'avais le contrôle de la situation. Or voici que…

Je tousse et m'essuie la bouche avec mon tee-shirt. Ma seule certitude, à présent, c'est qu'il m'est impossible de rester ici, alors que Marika va bientôt rentrer. Elle m'a envoyé un long message détaillé alors que j'étais encore au musée pour m'annoncer qu'une séance photo de dernière minute la retenait et me demander si j'étais libre ce soir et si je serais à la maison. Elle terminait même avec un bisou, ce qui ne lui ressemble pas plus que tous les détails précédents. Je comprends mieux, maintenant. Elle a dû être contactée par cette journaliste avant moi. Elle va débouler et vouloir en discuter. Si ça se trouve, elle soupçonne quelque chose. Je n'ai pas envie de lui mentir, mais je ne peux pas en parler avec elle. Je ne peux pas. Il faut que je file.

Je tremble toujours lorsque je sonne à l'interphone d'Ezra. Comme il m'a prévenue qu'il avait un truc de prévu, je doute fort qu'il soit chez lui. De plus, je n'ai pas pris la peine de lui envoyer un texto pour lui demander s'il acceptait que je passe.

— Oui ?

L'interphone crachote, et les intonations sont incertaines. Mais c'est bien Ezra, et le seul son de sa voix me soulage.

— Salut, c'est Audrey. Je sais que c'est abusé et que tu m'as dit ne pas être libre…

— Monte.

Il déverrouille la serrure. Le cœur battant, j'entre et je grimpe les marches. Quand je parviens à son étage, il est en train d'arpenter le palier, en chaussures et manteau, devant sa porte entrebâillée. Soit il vient de rentrer, soit il s'apprête à sortir.

— Tu tombes à pic, me lance-t-il. Deux minutes plus tôt, et on se serait ratés.

— Excuse-moi. Si je te dérange, je peux…

— T'inquiète, me coupe-t-il en me poussant doucement à l'intérieur.

Il referme derrière moi, se débarrasse de ses bottines et de son manteau, qu'il laisse tomber par terre. Je l'imite, abandonnant mon portable dans la poche de mon bomber. Marika sait où je suis, je lui ai envoyé une excuse bidon, prétextant qu'il faisait trop froid chez nous. Sauf que c'est encore pire ici. Les fenêtres sont ouvertes, et on dirait que toute la vaisselle que possède Ezra est empilée dans l'évier. La table basse est jonchée de verres à moitié vides et d'emballages de bouffe à emporter. L'unique source de lumière, c'est l'écran de la télé qui beugle. Bizarrement, ça me rassérène. Ezra est aussi mal en point que moi.

— Désolé pour le bordel, s'excuse-t-il. Tu veux un thé ?

— Je préférerais ça, je réponds en désignant une petite bouteille de vodka posée sur le sol. Je peux ?

Soudain, je n'ai qu'une envie, avaler une boisson dégoûtante et m'en sentir mieux.

— Oui, acquiesce-t-il au bout d'un instant. Mais je ne pense pas avoir de quoi concocter un mélange.

Sans répondre, je ramasse la vodka et en ingurgite une bonne gorgée. Comme prévu, c'est affreux. Je me force à déglutir. Une fois, deux... Jusqu'à ce qu'Ezra approche comme s'il allait me prendre la bouteille des mains. Les lèvres en feu, je cesse de picoler devant l'inquiétude qui noie son regard.

— Il fallait que je sorte, je balbutie avant qu'il dise quoi que ce soit. Je n'ai pas trouvé mieux que venir chez toi.

— Qu'est-ce qui se passe ? demande-t-il, soucieux. Tu vas...

— Bien, très bien. C'est juste que Marika est en train de rentrer et qu'elle voulait discuter d'un sujet dont je n'ai pas envie de parler, alors...

Je m'interromps, rebois un coup et tends la bouteille à Ezra. Il s'en empare, mais ne la porte pas à sa bouche.

— Marika est au courant de ta présence ici ?

— Oui.

Le brusque changement d'atmosphère me contrarie. Ezra paraissait très détendu, au début, vaguement endormi ou ivre. Ou les deux. Il semble que mon arrivée inattendue l'ait dégrisé. Pas du tout ce que j'espérais.

— OK, finit-il par marmonner. Je te prépare le lit.

— Je ne veux pas me coucher ! je proteste, me rendant compte trop tard que j'ai carrément l'air d'une enfant capricieuse. Je veux juste ça.

Il me dévisage sans comprendre.

— Ça ? répète-t-il.

— Ça, je confirme en montrant la bouteille qu'il tient. Et ça, j'ajoute avec un geste de la main sur la pièce.

— Autrement dit, tu veux juste te saouler dans mon appartement répugnant ?

— Oui. Ça t'embête ?

— Non, concède-t-il, tandis que ses épaules s'affaissent un peu. Si c'est pour ça que tu es venue.

Je me rends compte que je l'ai blessé. J'ignore comment. La vodka m'est déjà montée à la tête, et je plane.

— Non, j'objecte rapidement. Ce n'est pas du tout… Désolée si je me suis mal exprimée.

Une expression confuse passe sur son visage, puis il jette un coup d'œil à la bouteille comme s'il avait oublié qu'il la tient.

— Ah, j'ai pigé.

— Non, Ezra…

— C'est bon, m'interrompt-il sèchement avant d'afficher un sourire forcé. Je bois trop. Je ne le nie pas.

J'ai la nausée, et la vodka n'y est pour rien, même si j'ai l'estomac vide. Je suis un monstre, à débarquer ici sans crier gare et à vouloir qu'il boive avec moi alors que je sais pertinemment qu'il a un problème d'alcool. Je suis égoïste, insensible et stupide.

— Pardonne-moi, je murmure, trop honteuse pour le regarder. Ce n'est pas… Je voulais seulement que tu saches que tu n'as pas besoin de faire quoi que ce soit pour moi.

Le silence s'installe lentement entre nous. J'ai conscience, tout à coup, que mon nez est rose et qu'il coule, à la fois à cause du froid et parce que j'ai pleuré. Je renifle. Sans un mot, Ezra pose la bouteille et va fermer les fenêtres. *Tu n'as pas besoin de faire quoi que ce soit pour moi.* Quelles conneries !

Je me sens épuisée, alors que je viens d'affirmer que je n'avais pas envie de me coucher.

— Tu as raison, je dis. Mieux vaut dormir. Désolée.

— C'est moi qui suis désolé, soupire-t-il en se frottant les yeux et en revenant vers moi. Je suis fatigué, à côté de la plaque. Sers-toi dans les tiroirs.

Il se tait, parce que je viens de lui attraper la main. Elle est chaude, alors que je m'attendais à ce qu'elle soit glacée. La mienne doit l'être.

— On peut partager le lit, je m'entends déclarer en contemplant nos pieds en chaussettes. Il caille trop pour que tu dormes dans le salon, j'ajoute, des fois qu'il se fasse des idées.

Il semble que j'aie laissé derrière moi les ultimes vestiges de mon instinct de survie, et mes paroles sont accueillies par un mutisme humiliant. Je me prépare à un rejet amené avec une immense douceur, quand Ezra serre mes doigts entre les siens.

— D'accord, faisons ça, souffle-t-il si bas que je devine que nous sommes sur la même longueur d'ondes.

Je n'ai encore jamais dormi dans le même lit qu'un garçon. Je n'en ai partagé un qu'avec mes parents, petite, suite à des cauchemars. Pourtant, ça paraît simple et naturel de me glisser sous la couette près d'Ezra. Plongé dans ses réflexions, il me tourne le dos, mais je capte la chaleur de son corps qui imprègne le matelas. Ça ne me suffit pas, cependant. Je voudrais qu'il m'en enveloppe, qu'il m'attire jusqu'aux tréfonds du feu qui l'habite.

La lampe est encore allumée, et la chambre baigne dans une douce lumière dorée. Je sais qu'Ezra ne dort pas. Sa respiration me l'indique, trop douce, même pour lui qui n'est que douceur. Comment réagirait-il si je lui demandais de me serrer entre ses bras ?

— Merci pour tout, je souffle.

Comme il ne répond pas, je songe que, finalement, il a peut-être sombré dans le sommeil, puis :

— Inutile de me remercier. Je regrette de ne pas pouvoir tout arranger.

— Tu l'as fait. Tu le fais.

— Je ne crois pas que nous parlions de la même chose.

Il se retourne, affichant une candeur identique à celle que je lui ai vue, le soir du vernissage. Une bouffée de culpabilité m'envahit à l'idée des secrets que je lui ai cachés.

— Peut-être pas, j'acquiesce, mais ça n'a pas d'importance.

— Ah bon ?

— Tu es ici, et ça suffit pour tout arranger.

Il pousse un gros soupir et serre fort les paupières.

— Si tu savais comme j'ai envie de le croire ! murmure-t-il.

S'il savait combien j'ai envie de lui. Les mots m'ayant trop souvent manqué, je me glisse vers lui, coince ma tête contre son épaule et place une paume sur son torse. Il caresse ma nuque, joue distraitement avec l'extrémité de mes cheveux, dépose un baiser sur ma tempe, d'une tendresse telle que les larmes me montent aux yeux.

Bien qu'il existe tout un monde en dehors de cette chambre, je n'ai pas – plus – cette impression et, quelque part au fond de moi, je souhaite ne plus jamais la ressentir.

41 - Ezra

— Non ! Tu plaisantes ?

— Absolument pas ! s'esclaffe Audrey. *La Mélodie du bonheur* était mon film préféré, quand j'étais gosse.

— Parce que tu ne regardais pas de films pour enfants ?

— Ce n'est pas un film réservé aux adultes.

— Mais toute la famille doit fuir le pays et laisser sa vie derrière elle à cause des nazis !

— Ils s'aiment et restent ensemble. Une fin heureuse.

— Si tu le dis. De toute façon, savoir pourquoi tu as jugé que le capitaine von Trapp méritait qu'on tombe amoureuse de lui m'intéresse plus.

— Je refuse de m'expliquer. Tant que tu ne m'avoueras pas qui a été ton premier crush.

— Tu as vu *Dix bonnes raisons de te larguer* ?

— C'est pas vrai ! Julia Stiles ?

— Qui joue Kat, oui. Jolie et méchante. J'étais accro.

— Très révélateur.

— Ne te gêne pas pour m'analyser, j'adore ça aussi.

Audrey me flanque un coup de coude dans les côtes, et je roule légèrement sur le flanc en riant. Je ne me rappelle pas du tout comment nous en sommes venus à parler de nos béguins de cinéma. Avant, on a détaillé ce qu'on voudrait avoir pour ultime repas avant de mourir. J'ai oublié le sujet précédent. La musique ? Il est très tôt et, mis à part un début de gueule de bois, je baigne dans un brouillard béat. Mieux encore, Audrey est dans mon lit. Je ne comprends toujours pas très bien pourquoi.

— Ne me dis pas que tu es blessé ? me lance-t-elle avec un coup d'œil.

— Si, je réponds en me frappant la poitrine. Tu entends ce bruit de cœur brisé ? C'est normal, à ton avis ?

— Très drôle.

Son sourire est si adorable que, d'instinct, je détourne les yeux. Vu les circonstances, la joie que j'éprouve en sa présence me semble peu morale. Sauf qu'elle est si proche, si chouette et si *belle*, avec ses cheveux ébouriffés et la trace d'oreiller imprimée sur sa joue rose. Elle sent la menthe aussi. Je l'ai entendue bouger et, croyant que je dormais, se rendre à pas de loup jusqu'à la salle de bains avant de revenir, les dents lavées. Je ne l'ai pas imitée. Mieux vaut que j'aie une excuse concrète pour garder mes distances. La soirée d'hier a été assez pénible comme ça, quand je me suis obligé à rester de marbre, alors qu'elle gigotait et soupirait à seulement quelques centimètres de moi.

— À quoi penses-tu ? me demande-t-elle. Tu as l'air super sérieux.

— Je suis un type sérieux, je riposte en risquant un coup d'œil de son côté. Je me disais juste que ce moment est sympa.

— Ah oui ?

— Oui. Désolé si tout ça a l'air cinglé.

— Tu me trouves cinglée ?

— Non, je me dépêche d'objecter. L'es-tu ?

— J'ai été plus équilibrée, avoue-t-elle avec un mince sourire. Pour autant, ça ne justifie pas que je te colle du matin au soir.

— Colle, je répète, hilare. Un peu fort, non ?

— Non. Je passe mon temps à pleurer devant toi. À taper l'incruste, à te piquer tes fringues, à manger tes provisions.

— Pique tout ce que tu veux, mange à satiété et vide l'appart de toutes ses serviettes de toilette.

— Je te les rapporterai !

— Je m'en fiche. Je te le répète, tu peux rester ici pour toujours. Je déteste vivre seul.

— Ah oui ?

— Oui. J'ai pris l'habitude de la collectivité, en pension. J'ai eu un premier coloc, Dev, puis un second, Hugo.

— Oh ! J'ai connu un Hugo, moi aussi.

— Ah oui ! Était-il le pire monstre que la terre ait porté ?

— Non, rigole-t-elle. Il était charmant.

— Alors, ce n'est pas le même que le mien. C'était ton mec ?

— Certainement pas.

Elle rougit cependant, et j'en déduis qu'elle ne dit pas toute la vérité. J'insiste :

— Était-ce de l'amour ? Ressemblait-il au capitaine von Trapp ?

— On a échangé un seul baiser, et il ne ressemblait à personne. Et puis, est-ce que c'est important ?

— Non, je mens, comme si je n'étais pas dévoré par une haine intense envers ce parfait inconnu. Simple curiosité.

— Ça date. Du moins, ça donne l'impression de remonter à très loin.

— Tout est relatif, j'imagine. Moi, j'ai l'impression que tu es à New York depuis des siècles.

— Oui, acquiesce-t-elle, pensive. Et ça a été génial. Il y a tant d'aspects de cette ville que j'apprécie.

— Dont moi.

— Exact. Je suis contente que tu l'aies dit à ma place.

— Je devine qu'un « mais » va suivre.

— Mais… soupire-t-elle, je sais que ma vraie vie n'est pas ici. Et puis, il y a mes parents. Je leur ai à peine parlé depuis mon arrivée ici. Je me sens super mal sauf que, c'est paradoxal, quand je les contacte, je me sens encore plus mal. Surtout avec ma mère. Elle…

Elle n'achève pas sa pensée, se contente de serrer les lèvres comme si elle venait de prononcer des mots abominables.

— Elle quoi ? je l'encourage, intéressé par la suite.

Elle me dévisage avec de grands yeux soucieux.

— Oublie. Je ne… Excuse-moi, passons à un autre sujet.

J'ai été plusieurs fois confronté au malentendu suivant : parce que ma mère est morte, les gens ont tendance à croire que j'éprouve une douleur inexorable chaque fois que quelqu'un évoque le concept, fort large, de la maternité. Je ne fonctionne pas comme ça. C'est plus compliqué. Ma mère l'était, plus compliquée. Ce qui, à la réflexion, est sûrement vrai de tout parent.

— Détends-toi, je lance d'un ton léger. Ce n'est pas parce que je n'ai plus ma mère que celles des autres n'ont pas le droit d'être critiquées.

— Quand même. Ça doit être très dur. Et ne pas s'arranger avec le temps.

— En effet, je concède. Le temps n'y change pas grand-chose.

— Est-ce que… Tu arrives à en discuter ?

— Parfois, oui. Ce n'est pas facile. Y compris du seul point de vue sémantique. Ils sont innombrables, ceux qui nourrissent des opinions bien arrêtées sur la bonne ou la mauvaise façon de formuler ses ressentis. Du coup, ça complique les échanges.

Je délire ou quoi ? *Formuler ses ressentis ?* Je m'exprime comme un coach en développement personnel. Par-dessus le marché, j'ai réussi à éviter ce que j'essayais de dire avec cette péroraison sans fin. Audrey a certainement compris mes allusions, il n'empêche…

— Elle… Elle a été malade longtemps ? tente-t-elle.

Je déglutis. Je me rends compte que j'ai plus de mal que je pensais avec cette conversation. Edie et moi n'avons jamais parlé de ça. Elle était au courant, bien sûr, mais dès le début de notre relation, je l'ai informée que c'était plus ou moins tabou. Par la suite, lorsque j'ai commencé à me demander si, à la réflexion, je n'avais pas envie d'aborder le sujet, ça m'a paru trop tard.

— Euh… oui, j'admets, de plus en plus mal à l'aise. Ça a commencé quand elle était encore assez jeune. Je crois que ça date de la période post-partum. Je n'en suis pas sûr. Il y a eu des hauts et des bas. Elle a consulté des tas de médecins différents, a pris des tonnes de médocs. Elle avait de longues périodes de rémission. Mais…

Le souffle court, je ne trouve plus mes mots. Je me redresse brutalement, saisi par l'affolement qui me gagne.

— Désolée, murmure Audrey en s'asseyant à son tour. On n'est pas obligés de discuter de ça. Pardon d'avoir été insistante.

— C'est bon.

J'enfonce mes phalanges dans mon sternum. La légère douleur qui s'ensuit est agréable, très différente de celle qui vient de se manifester.

— Tu veux un verre d'eau ?

— Non, merci. Je devrais arriver à en parler, merde !

Je suis gêné, à présent. Audrey se mordille les lèvres.

— C'est bon, je répète. Ne t'inquiète pas.

En vérité, ce n'est pas bon. Je me sens nauséeux. On dirait que, avec mes mots, j'ai ravivé un événement qui a eu lieu il y a plus de six ans. Quel hypocrite je fais ! Je désire connaître le moindre détail de la vie d'Audrey, et à l'instant où je tente de partager quelque chose de la mienne avec elle, je me répands comme une merde. J'ignore pourquoi je tiens tant à ce qu'elle sache ces choses, mais je le veux vraiment.

Quand je me rallonge, j'ai la sale impression d'être étendu sur le divan d'un psy. Dieu merci, Audrey s'allonge à son tour et se tourne vers moi. Je l'imite. Nous sommes face à face, plus proches que jamais. Encore trop embarrassé, je n'ose croiser son regard. Puis elle pose une paume sur mon torse.

— Ça ne t'embête pas ? souffle-t-elle en écartant les doigts sur ma cage thoracique, comme hier soir.

— Non, je croasse. Ça fait du bien.

C'est une litote. Une sorte de paix s'empare de mon cerveau, et ce contact m'incite à me concentrer sur ma respiration.

— Je n'ai jamais abordé ce sujet avec qui que ce soit, j'avoue. Ni avec ma famille, ni avec mes amis, ni même avec un spécialiste.

— Même Caroline ? Je vous croyais proches.

— Pas tant que ça. Nous sommes très différents. J'ai d'ailleurs failli ne pas revenir après la pension.

— Ça te manque ?

— L'internat ?

— L'Angleterre.

— Oui. Tu ne me mettrais pas dans ta valise cabine, par hasard ?

— Tu es trop grand.

— Je suis sérieux.

— Tu ne l'es pas. Trop de choses te retiennent ici.

— Sans doute. Pour l'instant. Ce n'est pas un obstacle.

— Vraiment ?

— Pas pour moi, en tout cas.

— À ta manière de t'exprimer, on dirait que l'Atlantique est un détail sans importance.

Elle me regarde. Ses pupilles sont si dilatées que je distingue à peine ses iris. Mes mots prennent alors toute leur réalité dans mon esprit. Grosso modo, alors que je n'arrête pas de la harceler avec son départ, je viens d'avouer pour la première fois que, lorsqu'il se produira, ça sera un détail. Certes, je préférerais qu'elle reste. Mais s'envolerait-elle pour une colonie sur la Lune que je continuerais à suggérer une relation à distance. Je serais prêt à embarquer sur la prochaine fusée pour la rejoindre.

— Ma foi, reprend-elle, il se peut que l'Atlantique n'ait pas à entrer dans l'équation, murmure-t-elle d'une voix incertaine. Marika m'a dit qu'elle avait envie de rester ici. Au début, ça m'a paru fou. Je n'en suis plus aussi convaincue, maintenant.

Une vague de peur me submerge quand elle mentionne son amie. C'est insensé. J'aime bien Marika, et cette dernière ne me déteste pas trop. Sauf que je me souviens de ce qu'elle sait, à présent. Parce que je le lui ai dit. Et qu'elle le rapportera à Audrey dès qu'elle la verra.

Audrey, couchée près de moi, si proche que je pourrais compter ses taches de rousseur. J'ai été bête de croire que je serais capable de la protéger. Il est désormais clair, douloureusement clair, que je n'ai fait que trahir sa confiance. Je le sais, je l'ai toujours su, et pourtant je m'autorise à l'oublier pendant ces petits instants de joie. Il faut que ça cesse. Il faut que je me confesse.

Faute de quoi, chaque minute partagée sera empoisonnée.

Elle me contemple de ses grands yeux, lèvres entrouvertes. Mon cœur, qui bat fort, semble vouloir me propulser vers celles-ci.

— Tu veux manger un bout ? je lâche tout à coup.

Elle tressaille, et l'expression de son regard donne l'impression de s'affadir.

— Pourquoi pas ? répond-elle.

Elle m'offre un petit sourire pincé et récupère sa main. Je l'ai blessée, et j'en appelle à toute ma volonté pour ne pas la prendre dans mes bras, l'embrasser et la supplier d'accepter mes excuses.

Elle s'est détournée de moi et fixe le plafond. Gardant le silence, j'étudie son profil et espère avoir pris la bonne décision en décidant de tout lui avouer.

En priant pour que, dans le cas contraire, elle arrivera à me pardonner.

42 - *Audrey*

Ezra nous refait des toasts à l'œuf. Le jaune parfait laisse échapper des rigoles dorées lorsque je le transperce avec mon couteau. J'engloutis le tout en l'accompagnant d'une pleine tasse d'un café noir fort. J'ai envie que tous les matins de mon existence ressemblent à celui-ci, que ma *vie* ressemble à celle-ci. Je veux que les plaques de cuisson cabossées soient les nôtres, que les assiettes rouges ébréchées soient les nôtres. Je refuse de réintégrer le minuscule appartement qui transpire l'humidité et le désespoir. Je refuse d'affronter Marika et d'évoquer ce que je préférerais oublier. Je désire être l'Audrey qui habite ici.

Il me serait plus aisé de me perdre dans mes fantasmes, si Ezra ne contemplait pas le vide depuis cinq minutes, sourcils froncés.

— C'était délicieux, je dis en essuyant ma bouche avec la serviette en papier froissée d'un restaurant. Merci.

— De rien, répond-il, de moins sombre humeur, avec un sourire.

Se rappelle-t-il que, cette nuit, nous nous sommes enlacés ? Je me suis réveillée très tôt, des cheveux dans la figure. Ce n'est qu'en les écartant et en goûtant leur douceur que je me suis aperçue que ce n'étaient pas les miens. J'étais quasiment vautrée sur lui, en chien de fusil contre son torse, tandis que son bras enlaçait ma taille tout naturellement. Comme j'étais dans les vapes, rien dans cette posture ne m'a paru étrange, et j'ai replongé dans l'inconscience avec béatitude, bercée par le souffle régulier d'Ezra.

En revanche, il n'a aucune envie de m'embrasser, ce matin. Il était sur le point de le faire, puis il s'est ravisé sans que je comprenne pourquoi.

— Ça te dit que je te raccompagne chez toi ? me demande-t-il soudain.

— Euh... Pourquoi pas ? je réplique, piquée au vif. Quand souhaites-tu que je parte ?

— Je ne souhaite rien de tel. Mais tu as sûrement des choses à faire.

J'acquiesce. Il sait que je fuis Marika. Il est possible qu'il me prenne pour un électron libre et qu'il tente d'échapper à la situation aussi délicatement que possible. Et s'il considérait notre relation comme une simple passade, et que je l'avais effrayé en sous-entendant que je souhaitais rester à New York ?

— Sûrement, oui.

Il pianote sur la table.

— On pourrait y aller à pied, marmonne-t-il comme s'il se parlait à lui-même. Il fait beau. On prendrait le chemin des écoliers. Pour admirer la ville. Marcher, bavarder.

— Avec plaisir, j'acquiesce, un peu déroutée. Est-ce que tu te souviens d'avoir vu mon téléphone, hier ?

Le message de la journaliste continue de me hanter, et la perspective de devoir régler ça me rend nauséeuse.

— Non. Tu veux que je le cherche ?

— Il est sans doute dans la chambre.

Je me lève, regrettant qu'Ezra raccourcisse ainsi mon séjour dans l'irréalité. Je me montre injuste, j'en suis consciente. Il est tellement généreux que, la plupart du temps, je ne sais comment réagir.

Aucune trace de mon portable dans la chambre. Je retourne la couette, finis par le repérer sous un oreiller. Sauf que ce n'est pas le mien, mais celui d'Ezra. Lorsque je m'en empare, il s'allume et une flopée de notifications s'affiche. Je m'apprête à le reposer sur le lit, quand je distingue mon prénom.

Je me fige et, instinctivement, jette un coup d'œil en direction de la porte. Ezra est en train de laver la vaisselle. *Non !* je me dis. Trop tard. Je commence à lire.

Mac

22 h 42

Marika m'a demandé ton numéro. Je le lui ai donné. C'est OK ?

Inconnu

22 h 45

Il faut que je parle à Audrey. Elle ne décroche pas. Je sais qu'elle est avec toi. Dis-lui de m'appeler, s'il te plaît.

Inconnu

22 h 49

Appel manqué

Inconnu

22 h 51

Réponds, s'il te plaît. C'est à propos de Julian.

— Tu as trouvé ? lance Ezra depuis la cuisine.

Sursautant, je lâche l'appareil, qui rebondit sur les montants du lit et s'écrase par terre. Je devrais le ramasser, mais j'en suis incapable. J'entends déjà les pas d'Ezra.

— Tout va bien ? me demande-t-il en s'encadrant sur le seuil.

Je suis muette. Je n'arrive même pas à réfléchir, en cet instant. De là à formuler une pensée… Je suis peut-être encore endormie, et je vis un rêve incroyablement réel…

— Audrey ?

Ezra avance. Découvrant le téléphone, il le fixe. Puis il me fixe. Ensuite, il se baisse pour ramasser son portable. À son contact, l'appareil prend vie comme il l'a fait avec moi. Cheveux devant les yeux, Ezra en examine l'écran sans un mot.

— Que se passe-t-il ? je demande.

Le calme de ma voix m'étonne moi-même. Il faut que je reste calme, d'ailleurs, parce qu'il est impossible qu'il sache quoi que ce soit avec certitude. Marika et lui ont peut-être des doutes, mais je ne me suis confiée à personne. Donc…

— Je suis navré, marmonne-t-il d'une voix rauque et tendue. Je ne… Je comptais t'en parler.

Il se tait et me regarde, pâle comme la mort, presque hébété. Je soutiens son regard en m'efforçant d'avoir l'air paumée.

— J'ai croisé quelqu'un qui m'a appris quel genre de personne est Julian, reprend-il avec raideur. Je ne t'ai rien dit, parce que je ne voulais pas te bouleverser. J'ai songé… À cause de cette fameuse soirée, chez lui…

Je trouve la force de répliquer :

— Je ne comprends rien à ce que tu racontes.

— J'ai discuté avec Marika, murmure-t-il. Elle a mentionné une séance photo, dans le studio de Julian…

Je recule comme s'il m'avait giflée. Ma vision se trouble. Quand elle s'éclaircit, je ne vois plus que le teint cendreux d'Ezra, et les veines qui palpitent sur son cou. Je le croirais en colère si ses yeux n'étaient aussi doux, liquéfiés par la compassion. Je comprends alors que mon silence n'a servi à rien. Il a deviné. Il m'a vue pleurer, apeurée, écœurée. Quant à Marika… Elle aussi a senti que ça clochait. Après tout, elle vit avec moi. S'ils en ont parlé ensemble, ils ont fait le lien entre les jours et les événements.

Mon déni patiemment élaboré s'écroule comme un château de cartes. Ils savent. Ezra sait, et j'aurai beau m'acharner à mentir, il ne me croira pas.

— Je suis navré, répète-t-il, si bas que je distingue à peine ses mots. Je suis tellement navré.

Une larme roule sur ma joue. Elle me surprend, car je ne suis pas triste. J'ignore ce que je suis, en cet instant.

— Ce n'est sûrement pas aussi grave que…

Je n'achève pas ma phrase parce que, tout à coup, je suis plaquée contre son torse, entre ses bras. Il me serre si fort contre lui que je pourrais relever les jambes sans pour autant tomber. Il a le souffle court. Je capte son pouls aussi affolé que le mien. Encore plus, même. Je n'ai pas envie qu'il me lâche, tant je redoute, alors, que les émotions me submergent. Pour le moment, je suis sourde à tout, sauf à la chaleur et à la présence implacable de son corps. Il sait, il a deviné, et il est ici. Ces choses sont-elles disparates ou liées les unes aux autres ? Je suis incapable de le déterminer. Je ne suis pas sûre que ce soit nécessaire, d'ailleurs.

Il sait. Marika également.

— Je dois encore retrouver mon portable, je m'entends dire d'une voix étouffée. Marika va s'inquiéter.

Ezra relâche sa prise, et je regrette aussitôt mes paroles.

— D'accord, feule-t-il. Bien sûr.

— C'est important. Il y a cette journaliste… Elle m'a envoyé un texto, elle a dû contacter Marika aussi.

— Une journaliste ?

— Oui. Pour un papier en rapport avec Julian.

— Quelle journaliste ?

Je tressaille, étonnée par sa question bizarre. L'expression qu'il affiche l'est encore plus.

— C'est que… C'est une journaliste qui m'a parlé de Julian. Et il est possible, je ne me rappelle plus, que je t'ai mentionnée en passant.

Sa voix me semble déformée, soudain. Il continue de s'exprimer, ses lèvres bougent, mais je ne saisis plus rien. Comme si tout le sang de mon corps m'était monté au cerveau. Le flou qui me soulageait jusqu'à présent se transforme en profond dégoût. Au fur et à mesure que je recule en titubant, Ezra avance, sûrement pour me retenir.

— Tu as parlé de moi à une journaliste ? je m'étrangle en l'arrêtant d'un bras tendu.

— Non ! Enfin, pas exprès…

— Est-ce que toi et Marika auriez… fomenté ce truc ? Sans même me consulter ?

— Audrey, non ! Ce n'est pas ça du tout. C'était accidentel…

Mais, pareille à une tornade, je sors de la pièce et gagne le vestibule à grandes enjambées. Je ne peux pas rester ici. Je ne supporte pas d'entendre ces conneries. Ezra me suit, s'acharne à tenter de s'expliquer. Sauf que… Qu'y a-t-il à expliquer ? Rien ne justifie son comportement.

— Audrey ! Audrey ! Je comptais te raconter tout ça. Je te jure que, dès que nous serions partis d'ici, j'allais te dire ce qui s'était passé.

— Mais qui es-tu, toi, pour me dire quoi que ce soit ? je crie, en virevoltant sur moi-même. Tu ne sais rien, merde ! Rien de rien !

Je hurle. Je lui hurle dessus, et je voudrais qu'il m'engueule de son côté, de façon à ce que, provoquée, je puisse libérer toutes les foutues émotions que j'ai refoulées. Malheureusement, il se borne à me fixer avec des yeux immenses, humides et blessés, ce pour quoi je le hais. Je le hais à tel point que je m'imagine le frapper pour que la pitié qu'il affiche cède la place à la stupeur. Les mains me démangent…

— Pardon, hoquette-t-il.

Immédiatement, une honte hideuse m'envahit, pire que la rage. Du coup, je tourne les talons, enfonce mes pieds dans mes baskets, attrape mon blouson – un poids dans la poche m'indique qu'il s'agit de mon portable. J'avais oublié que je l'y avais laissé, comme j'ai oublié que ceci n'est pas ma vie. Comme j'ai oublié qu'Ezra n'est pas un étranger.

J'agrippe la poignée de la porte et je décampe.

43 - *Ezra*

— Salut !

La brune qui m'a ouvert la porte tient un joint froissé entre ses doigts et me sourit de sous sa nuisette rose et son blazer trop grand, une tenue assez comique.

— Salut, je réponds d'une voix hésitante. Je suis bien chez Mac ?

— Ça alors ! jubile-t-elle avec un accent américain à couper au couteau. Tu es british ?

— La plupart du temps.

Elle s'esclaffe comme si j'avais sorti une blague hilarante.

— Mac a parlé d'un invité, enchaîne-t-elle avec un regard enjôleur. Ça doit être toi. Tu es acteur ?

— Il bosse avec moi au restau, intervient l'intéressé, qui a surgi de nulle part. Et arrête d'agiter ton shit sur le palier ! On va encore avoir droit à des plaintes.

Lui arrachant son pétard des doigts, il nous tire à l'intérieur et referme la porte. La fille s'y adosse avec un sourire serein.

— Il s'inquiète trop, m'explique-t-elle en rejetant ses cheveux en arrière. Je m'appelle Courtney, au fait.

— Ezra.

J'ai répondu distraitement, mon attention attirée par un petit poste de télévision installé dans le salon exigu et vide de meubles. Elle est allumée, et un film que personne ne regarde y passe. Les dialogues sont inaudibles, tant la musique ambiante est forte. Mais j'ai reconnu *La Garçonnière*, la scène de la fête de Noël. Je l'adore. C'est ma mère qui me l'a fait découvrir. Puis j'y ai emmené

Audrey. Puis… Puis, rien. Si ça se trouve, la télé ne fonctionne même pas, c'est juste moi qui finis par péter un boulon.

— Ezra ! crie Mac.

Je sursaute.

— Pardon ?

Il me dévisage d'un air incrédule. Il doit me parler depuis un moment.

— Ta *main*, lâche-t-il. Qu'est-ce qui t'est arrivé ?

Courtney baisse les yeux, et sa bouche s'arrondit en un O surpris.

— Un accident idiot, je réponds en faisant bouger mes doigts.

Ils sont raides, d'un aspect assez repoussant. Mes jointures explosées ont pris une couleur qui oscille entre le rougeâtre et le violet, du sang séché les recouvre. Après le départ d'Audrey, que je suis persuadé de ne jamais revoir, j'ai croisé mon reflet sur la surface luisante du réfrigérateur. Ma tronche de crétin que déformaient la honte et l'affolement. J'ai aussitôt été envahi par une détestation de moi-même si intense, que je ne me souviens même pas d'avoir cogné la porte.

Idiot, donc, mais pas accidentel.

— Il faut qu'on te soigne, décrète Mac avec gravité.

— Inutile. J'ai déjà nettoyé.

Traduction : j'ai versé de la vodka dessus. Avant de terminer la bouteille d'une traite. Évidemment. Toute la journée, j'ai enchaîné picole et somnolence, paralysé par la foutue réalité – je n'avais rien de mieux à faire. Puis Mac m'a envoyé un texto, et j'ai été pris d'une envie féroce de ne pas rester seul. Alors, j'ai sauté dans un taxi pour venir ici.

— Si, chéri, objecte-t-il d'une voix sans appel. On va devoir bander ces plaies.

D'une main dans mon dos, il m'entraîne, malgré le petit cri de protestation de Courtney. Mac me fait traverser une assemblée de fêtards, trop nombreux pour la taille de l'appart. Qui est plutôt sordide, bas de plafond, les murs peints dans un vert olive répugnant. La chambre de Mac est située au bout d'un couloir étroit. Je m'affale sur son lit, tandis qu'il ferme derrière nous. La pièce est propre et ordonnée, mais aveugle. Les bougies parfumées ne parviennent pas à masquer l'odeur d'humidité.

— C'est l'anniversaire de Courtney ? je lâche, les yeux rivés sur une tache suspecte au plafond.

— Oui, répond Mac en fouillant un tiroir. Quel traquenard, putain ! Je me suis tapé deux services aujourd'hui. Je n'avais qu'une envie, rentrer à la maison, me gaver de glucides et regarder un épisode de *Gilmore Girls*.

— Tes potes ont organisé une fête sans t'avertir ?

— Qu'ils qualifient d'entraînement à l'impro qui aurait dérapé. Assieds-toi.

J'obéis, il s'installe à côté de moi et déchire un paquet de lingettes stériles.

— Ça va piquer, prévient-il.

Il entreprend de tamponner mes jointures enflées pour en essuyer le sang séché. Ça pique en effet, mais très peu. Je suis vaguement embarrassé de prendre conscience seulement maintenant que j'ai de la chance de l'avoir pour ami.

— Que s'est-il passé ? demande-t-il sur un ton neutre.

— Rien. Une bêtise. Et je n'ai pas du tout envie d'en parler.

— Tu devrais, pourtant. Tu as du mal à gérer ta colère, c'est clair.

Je me renfrogne. Il me dévisage avec sérieux.

— Je te signale que tu as eu le nez brisé lors d'une bagarre, ajoute-t-il.

— Exact. Mon nez. Il m'a frappé.

— Qui a tapé le premier ?

Malheureusement, je ne suis pas en position de lui opposer quoi que ce soit.

— Puisque tu as mauvais caractère, tu dois apprendre à te contrôler, continue-t-il. Découvrir quelles sont tes émotions et cesser de les refouler. Fais-moi confiance, je suis un expert en la matière.

— Toi ? Tu déconnes ?

— Pas moi. Mon frère.

— Parce que tu en as un ?

— Oui.

Il attrape une bande de gaze et me fabrique un pansement avec dextérité. Je devine que ce n'est pas une première, pour lui.

— Et ce frangin, il…

— Pas question d'aborder ce sujet, me coupe-t-il. Merci quand même.

On cogne à la porte. Mac lève les yeux au ciel.

— Courtney, je te le donne en mille. Elle frappe mais n'attend jamais que…

Le battant s'entrouvre, et la tête de Courtney surgit.

— Désolée de vous déranger, s'exclame-t-elle, pas du tout désolée apparemment. J'ai une copine qui passe une audition la semaine prochaine et elle a vraiment du mal avec l'accent anglais. On dirait plutôt Eliza Doolittle dans *My Fair Lady* que Mary Poppins, pour vous donner une idée. Tu penses pouvoir l'aider ?

Un silence tendu tombe, puis je pige que c'est à moi que la question s'adresse.

— Oh ! Euh… Je peux essayer, en tout cas.

— C'est vrai ? Génial !

— C'est ça, intervient Mac. Tu veux bien nous foutre la paix ?

Avant de s'éclipser, Courtney réussit l'exploit de fusiller Mac d'un regard noir sans cependant cesser de sourire.

— C'est tout elle, ça, lâche Mac sans émotion. Juste un prétexte pour s'asseoir sur les genoux des mecs et leur caresser les cheveux.

— J'aimerais pouvoir affirmer que tu me dois une fière chandelle, mais…

Je soulève mes doigts bandés.

— Alors, que t'est-il arrivé ? répète-t-il. Tu débarques avec une main bousillée et, sans vouloir t'offenser, tu as une sale gueule.

— Tu ne m'offenses pas.

— Sans compter que tu es fin bourré. C'est le bordel avec Audrey ?

Audrey. J'aurais beau vider toutes les bouteilles de cet appart que ça ne suffirait pas à effacer le souvenir de son expression quand elle a compris ce que j'avais fait.

— Non, je braille, agacé par la clairvoyance de Mac. Ça n'a rien à voir.

— Ça a à voir avec quoi, dans ce cas ?

— Rien. J'ai trop picolé, du coup j'ai boxé le frigo. Ces choses-là arrivent.

— Mais oui, bien sûr ! ricane-t-il. D'accord, je n'insiste pas.

Bien qu'il tienne assez à moi pour en avoir envie. Je voudrais lui expliquer que je ne le mérite pas. Je ne mérite ni son inquiétude, ni sa gentillesse, ni le temps qu'il sacrifie pour moi. Sauf que j'ai besoin de compagnie. De bruit.

— Rien à taper de cette fête, décrète-t-il soudain. Allons acheter une pizza, puis on s'enfermera ici et on regardera *Gilmore Girls* ensemble. Tu vas détester, ça sera marrant.

— Tes amis vont croire qu'on est amoureux.

Il éclate de rire, ce qui est agréable. Si j'étais un être humain normal, j'accepterais son offre. Mais je ne suis pas venu ici pour une soirée pizza-série peinarde. Dès que nous sortirons de la chambre, je m'arrangerai pour croiser le regard de Courtney et la laisserai m'entraîner dans sa bande d'amis. Qu'ils imitent mon accent britannique, qu'ils me sautent dessus, je n'en ai rien à cirer, tant que je peux m'enivrer. Je finirai par tomber dans les pommes quelque part, peu importe où, l'essentiel étant que je n'aie pas à rentrer chez moi tout à l'heure. Dans l'obscurité, le silence et les draps qui gardent le parfum d'Audrey.

Il me semble que je l'aimais, aussi ridicule que ça paraisse. J'ai essayé de me le cacher, comme j'ai tenté de considérer l'alchimie entre nous comme des plus ordinaires. Nos rencontres fortuites, toutes ces petites concomitances, je les ai réduites à de simples coïncidences. Sinon, force m'aurait été d'admettre que le destin n'est pas juste un conte de fées rassurant dont les gens se servent pour tolérer leur vie merdique. Je n'ai jamais accepté ces foutues appréhensions du monde susceptibles de rendre inévitable la mort de maman. Mais si ça ne relevait pas d'une dimension aussi immense ? Si c'était aussi modeste, simple et miraculeux qu'un bout de ficelle ?

De toute façon, ça n'a plus d'importance. Les paroles d'Audrey et, pire encore, son regard… Ce sont moins son sentiment de trahison et sa colère qui m'ont frappé que sa perplexité douloureuse et palpable. Comme si, pour la première fois, elle me *voyait* vraiment et qu'elle haïssait le spectacle.

Elle m'a vu, m'a détesté et s'est tirée.

44 - *Audrey*

Cette nuit, j'ai rêvé que je nageais dans New York. Les immeubles étaient les mêmes, mais les rues étaient pleines d'eau sombre et trouble. Le ciel était noir également, Ezra me précédait, j'apercevais sa tête flottant à la surface, au loin. Je m'efforçais de le rattraper, sans succès. Je ne cessais de l'appeler. Il ne m'entendait pas, cependant, ma voix étant trop faiblarde, il ignorait que j'étais derrière lui. Je me suis réveillée en larmes. Mon rêve paraissait si réel qu'il m'a fallu quelques secondes pour comprendre où j'étais.

En l'occurrence, à l'hôtel. Parce que tout s'est délité. J'en ai choisi un chic et j'ai demandé une chambre avec vue, le plus haut possible. Sans doute pour avoir l'impression que rien n'était en mesure de m'atteindre. Ce n'est pas le cas mais, au moins, le spectacle est beau. Hier soir, le soleil couchant a nimbé la pièce d'orange, pendant que je mangeais des frites (room service), vêtue d'un peignoir pelucheux, encore toute rose après un long bain. Rien de tout ça n'a comblé le vide qui m'a envahie.

Quand le crépuscule est tombé, j'ai allumé la télé. Une chaîne rediffusait des classiques, et le générique de *La Garçonnière* a défilé. Je me suis rendu compte avec surprise que c'était celui que j'avais vu avec Ezra, et j'ai voulu zapper. Je ne l'ai pas fait. À la place, j'ai augmenté le volume et rivé mes yeux sur l'écran, réfugiée dans le cocon immense et blanc du lit, sur lequel je suis toujours allongée à cette heure. Je n'aurais pas réussi à m'endormir dans le silence. Tel est le prétexte que je me suis inventé pour ne pas éteindre la télé.

J'aimerais pouvoir justifier une seconde nuit dans cet hôtel, mais c'est impossible. La chambre que je partage avec Marika est tout à moi, maintenant. Elle était à l'appartement, lorsque je suis rentrée de chez Ezra. Assise en tailleur devant le miroir, elle se maquillait. Elle a marqué un temps d'arrêt quand elle m'a vue dans l'encadrement de la porte et, lentement, elle a baissé la main qui tenait sa brosse à mascara.

— Qu'est-ce que t'a dit Ezra ? ai-je lancé de but en blanc.

Un préambule aurait été ridicule.

— Ce qu'il aurait dû te dire à toi, a-t-elle répondu à voix basse avant de se tourner vers moi. Audrey…

— Sauf qu'il ne m'a rien dit. Ni toi, d'ailleurs.

— Tu ne m'en as pas laissé l'occasion. Il…

— Il a parlé de moi à une journaliste. Tu étais au courant ?

Elle cligne des paupières. J'en déduis que non.

— C'est elle qui lui a raconté ces trucs à propos de Julian, ai-je continué. Ensuite, il te les a confiés.

— Une erreur, a-t-elle asséné. Venir me trouver avant toi était nul.

— Jouer les pipelettes aussi. Il se trompe. Et ce qu'il imagine, ce que *tu* imagines, ce sont des conneries.

Je flottais encore dans une drôle de réalité. Sans être entièrement insensible au monde, j'étais détachée de ce qui se passait. Je m'étais même inventé une version plus acceptable des choses sur le trajet du retour. Je comptais expliquer à Marika que, *Oui, il m'a draguée, c'est vrai, mais ça n'est pas allé plus loin. Il a sans doute l'habitude que toutes les filles se traînent à ses pieds.*

Sauf qu'elle s'est détournée de moi et s'est approchée de nos lits. Se baissant, elle a tendu un bras sous le mien. Je me suis aussitôt pétrifiée.

— J'ai trouvé ça hier, m'a-t-elle annoncé en brandissant le caraco froissé. Tu le portais lors de la séance. J'ai vu les photos.

— Oui. Il était à disposition, parmi d'autres vêtements.

— Tu m'as pourtant assuré qu'il ne t'avait pas demandé d'enfiler quoi que ce soit.

— Je… J'ai oublié de le lui rendre. J'étais si embêtée que je n'ai pas osé t'avouer la vérité.

— Tu mens très mal, a-t-elle lâché d'une voix douce.

La pitié emplissait ses yeux et s'inscrivait sur ses traits. À cet instant, je me suis mise à la haïr, comme j'avais haï Ezra. Parce qu'elle lisait en moi comme dans un livre ouvert, parce qu'elle était toujours futée, forte et parfaite. Julian avait dû s'en rendre compte, ce qui expliquait peut-être pourquoi il n'avait pas…

La seconde d'après, j'attrapais mon sac de voyage.

— Ne pars pas, m'a lancé Marika. S'il te plaît, parlons…

— Parle à Ezra si ça te chante, je l'ai coupée avec une sécheresse telle que j'en ai été scotchée.

Puis j'ai filé.

Peu après mon arrivée à l'hôtel, elle m'a envoyé un message m'annonçant que, dorénavant, elle s'installait chez Nicole. C'est seulement alors que j'ai songé que, sans moi, elle y aurait sans doute passé sa vie. Au lieu de quoi, elle avait accepté de dormir la moitié du temps sur un lit en ferraille qui grince, dans une petite chambre humide. Histoire de ne pas me laisser seule.

Pourquoi a-t-il fallu que je me montre aussi cruelle ? Soutenir que Marika m'a fait du tort ne m'a pas rassérénée. Elle a toujours été gentille avec moi. Ce que je ressens envers Ezra est plus complexe. Il n'a pas appelé ni envoyé de texto. Je ne suis pas sûre de le souhaiter, mais, quelque part au fond de moi, je me demande si je n'aurais pas dû écouter ses explications ou, du moins, lui rendre une infime partie de la patience dont il a fait preuve à mon égard. Depuis, j'ai eu le temps de réfléchir et, malgré mes efforts, je n'imagine pas un scénario dans lequel il aurait agi comme il l'a fait par malveillance.

D'après lui, ça a été accidentel. Certes. Ça ne change rien au fait que je voulais lui cacher la réalité, et que je suis furieuse qu'il soit au courant. Je suis furieuse que ça ait changé les choses. J'ai compris à présent que j'étais magique, quand on s'est rencontrés. Je portais des robes étincelantes ; telle une apparition enchantée, je fréquentais des endroits magnifiques. Or il n'a pas été nécessaire que je perde une pantoufle ou que je sème des bouts de pain pour qu'Ezra me retrouve. Parce que lui aussi était magique. Il n'a cessé de me contempler comme si j'étais une créature rare et spéciale. Jusqu'à ce qu'il apprenne ce qui était arrivé, et que je devienne l'objet de sa commisération. Un lièvre pris au collet d'un chasseur.

Par la fenêtre, je regarde les toits. Je ne sais plus où aller. Je ne pense pas pouvoir rester à New York. Mais même si Imogene m'autorisait à retourner en Angleterre, je ne suis plus celle que mes parents ont accompagnée à l'aéroport. Je ne pense pas réussir à me glisser de nouveau dans sa peau ; je ne crois pas le souhaiter non plus. Ces deux derniers mois, j'ai eu l'impression d'exister comme jamais. Tout a été trop rapide pour que j'aie le temps de m'adapter, de m'organiser. J'ai seulement… J'ai été.

J'ai été, j'ai vécu, j'ai existé. Les bonnes choses se conjuguent désormais au passé.

45 - *Ezra*

— Tu as une mine épouvantable, constate Edie en sautant sur le tabouret de bar voisin du mien avant de se débarrasser de son manteau.

— Merci. Je t'ai commandé un rosé.

Je pousse le verre dans sa direction. À l'inverse de moi, en robe de laine grise et avec ses lèvres peintes en rouge (une couleur que j'ai dit aimer un jour, mais je doute qu'elle s'en souvienne), elle est radieuse.

Aujourd'hui, j'étais censé bosser, mais je me suis réveillé sur le plancher de la chambre de Mac avec une gueule de bois aux proportions bibliques et aucune envie particulière de vivre. J'ai envoyé par texto une excuse bidon à Romy, puis me suis levé pour aller avaler mes incontournables raviolis et thé, que j'ai réussi à garder dans l'estomac une vingtaine de minutes pour mieux les vomir dans une ruelle adjacente. Après, je me suis traîné jusqu'à chez moi et j'ai réussi à dormir quelques heures avant que cette sensation de démangeaison infernale me reprenne. À présent, je suis dans le bar où Edie et moi avons renoué. J'avais deux verres dans le nez quand je lui ai téléphoné. Je n'étais pas certain qu'elle décroche, mais elle l'a fait. À présent, elle est là, et je ne sais lequel de nous deux en est le plus surpris.

— Comment vas-tu ? je m'enquiers. Le boulot ?

— Comme si ça t'intéressait.

— Ça m'intéresse.

— Ça t'intéresse de m'écouter déblatérer contre des emplois du temps à compiler et des fleurs à commander ?

— Quel genre de fleurs ?

— Qu'est-ce que tu peux raconter comme conneries ! ricane-t-elle avant de siroter une gorgée. Et si on parlait plutôt des raisons de ma présence ici ?

— Parce qu'on a besoin de raisons pour passer du temps ensemble ?

— Disons seulement que je suis étonnée.

— Que j'aie eu envie d'un verre ?

— Que tu en aies eu envie en ma compagnie.

J'hésite, incapable de me rappeler si je l'ai recontactée après notre dîner chez elle. Je ne me souviens plus de quand ça date. D'il y a quelques jours ? Plus ?

— Eh bien, c'est le cas, je finis par lâcher. J'apprécie d'être avec toi. En ai-je le droit ?

— Pas de souci, répond-elle avant de marquer une pause pour avaler une deuxième gorgée. Mais reconnais que tu m'apprécies moins qu'avant.

À court de mots, je laisse un silence s'installer. Je finis par le rompre :

— À ton avis, est-ce que j'ai un problème de gestion de ma colère ?

Edie me dévisage un moment puis baisse les yeux sur ma main, celle qui s'est battue avec ce bon vieux frigo. J'ai perdu mon pansement depuis belle lurette, et le spectacle n'est pas joli-joli.

— Tu parles d'une digression.

— Réponds-moi.

Edie me connaissant depuis plus longtemps que tout le monde, je veux croire que si elle assure que non, je n'aurai plus à y penser.

— Non, lâche-t-elle. Je ne pense pas que tu sois fondamentalement en colère. Il t'arrive de t'emporter. Parce que tu as une fâcheuse tendance à réprimer ce que tu ressens.

— Donc, je n'ai pas de vrai problème ? je souffle, un peu inquiet de son analyse. Je n'ai jamais fait de mal à personne, comme tu le sais.

— À Hugo, si.

— Oh, je t'en prie. Ce n'est pas comme s'il ne l'avait pas cherché.

— Il était ton ami.

— *Tu* étais mon amie. Il n'était qu'un type avec qui je partageais une chambre.

— Tu le connaissais. Tu savais qu'il avait un humour à la con.

— Tu aurais préféré que je ricane avec la meute ? je m'offusque.

Ce que je regrette aussi sec en la voyant grimacer et fixer le fond de son verre. Mes souvenirs de cette soirée sont trop vifs à mon goût. Peut-être parce qu'elle a été super, jusqu'au moment où elle a cessé de l'être.

Notre établissement organisait un bal pour les élèves de dernière année qui s'apprêtaient à le quitter plutôt qu'un bal de promotion. L'événement avait la triste réputation de s'achever en carnage. Le système d'internat signifiait que la majorité d'entre nous avait passé des mois dans ce drôle d'espace-temps limité entre la fin des cours et la liberté promise. Autrement dit, tout le monde débordait d'une sacrée dose d'énergie refoulée. Par ailleurs, l'essentiel des élèves venaient de familles riches à crever, et n'avaient que peu côtoyé le mot non. Bref, malgré les avertissements sévères de la direction, l'alcool coulait à flots. Rares étaient ceux qui n'étaient pas bourrés, qui ne hurlaient pas, ne tanguaient pas sur leurs pieds, ne riaient pas un peu trop fort tandis que les profs se mettaient la tête dans le sac.

Les costards et les robes du soir étaient arrivés par la poste longtemps à l'avance, mais Edie et moi avions décidé de faire une razzia dans les placards de la section d'art dramatique. J'arborais un costume en velours usé et une cravate à impression cachemire. Edie s'était affublée d'une combinaison en mousseline de soie ornée de perles qu'elle avait complétée par des chaussons de danse. Avec ses cheveux ondulés, le résultat hésitait entre Zelda Fitzgerald et une fée de conte. J'ai passé presque toute la soirée à la dévorer des yeux. Hugo aussi.

— C'est une tenue rigolote, a-t-il fini par dire en pinçant une des bretelles de la robe d'Edie.

Il était comme ça, si tactile et décontracté qu'il arrivait à vous faire passer pour bizarre si vous dénonciez son attitude. Rouquin, grand et costaud, il était friqué comme personne mais pouvait se montrer pingre. Il pétait un câble si je commettais un crime aussi insignifiant que lui emprunter son shampooing. Nous étions colocs depuis un an. Parfois, dans son dos, Edie le surnommait Bunny, en référence à un livre que je n'avais pas eu l'occasion de lire.

— Merci, lui a-t-elle répondu avec un sourire pincé.

Nous étions plusieurs à l'entrée du hall principal transformé en salle de bal. La nuit était tiède, presque douce. J'étais adossé à un mur de brique. Le son métallique d'une guitare nous parvenait par les portes ouvertes.

— Elle est à ta sœur ? a poursuivi Hugo.

— Non, a tressailli Edie, perdue. Pourquoi cette question ?

— Parce que ta robe a un côté sexy, genre briseuse de ménage. Elle me plaît.

— Ah bon, a marmonné Edie en se détournant.

Hugo s'est marré, visiblement inconscient qu'elle le jetait et que, de mon côté, je le foudroyais des yeux.

— Qu'est-ce qu'elle fabrique, maintenant ? a-t-il insisté. À part se taper les maris des autres ?

Des rires idiots ont commencé à se répandre dans le groupe. Ayant décidé que ça suffisait, je me suis approché, prêt à l'envoyer balader à l'aide d'une remarque cinglante sur sa propre famille – entre des accusations pour détournement de fonds et des procès en diffamation, j'avais de la matière. Sauf qu'Edie m'a imposé le silence en glissant sa main fraîche et douce dans la mienne.

— J'adore ce morceau, a-t-elle dit. Rentrons.

Je n'ai pas bougé. Le sourire béat qui s'étalait sur la sale gueule d'Hugo était à gerber, et j'avais très envie de le lui effacer des lèvres.

— Ezra, a soufflé Edie, avec des intonations suppliantes.

Je l'ai regardée, et j'ai découvert qu'elle était bouleversée.

— D'accord, ai-je cédé. Allons-y.

— Alors, les tourtereaux, on se tire en douce pour une petite partie de jambes en l'air ? s'est gondolé Hugo.

Je me suis retourné d'un coup.

— Tu n'es qu'un putain de poivrot, ai-je craché. Tu pourras présenter tes excuses quand tu auras dessoûlé.

— Merci pour ta magnanimité.

— Évite d'employer des mots que tu ne sais pas écrire, Hughie.

Il ne s'est pas départi de son sourire, mais son regard s'est durci. Edie m'a de nouveau tiré par la main, je ne lui ai pas prêté attention.

— Et si je m'excusais maintenant ? a suggéré Hugo. Edie, je suis désolé d'avoir insulté ta sœur.

Comme elle ne réagissait pas, Hugo m'a regardé.

— Et toi, Ezra, a-t-il enchaîné à voix basse, je suis désolé qu'Edie ne t'ait pas baisé, depuis tout ce temps, ne serait-ce que par pitié. Tu as essayé de jouer la carte de la maman défunte ?

À partir de cet instant, mes souvenirs se brouillent. J'ai dû lui sauter dessus parce que, quand ma vision s'est éclaircie, je l'écrasais contre le mur par le col de sa chemise. Je crois que, autour de nous, les témoins braillaient, sauf que j'entendais à peine leurs cris, incapable de percevoir autre chose que son visage qui s'empourprait et la grimace rageuse qui dévoilait ses dents. J'ai vite recouvré ma lucidité. Le lâchant, j'ai reculé. La seconde d'après, une douleur atroce a fait exploser mon visage. En titubant, je me suis pris le nez entre les paumes, qui ont tout de suite été rouges de sang. Puis Hugo a viré au gris et s'est affalé par terre, dans les vapes. Plus tard, on a appris qu'il s'était cassé le pouce en le fourrant dans son poing avant de me frapper. C'est à peu près tout ce que je me rappelle, jusqu'à l'hôpital.

— C'est ça qui a marqué le début de la fin ? je demande à Edie.

— La fin de quoi ? répond-elle, interloquée.

— De nous. C'est pour ça que tu m'as largué ?

— J'étais furieuse, admet-elle lentement. Cette confrontation était minable, macho et vulgaire.

— Tu es dure.

— Non. Ce qu'il t'a dit était abominable, et j'en suis navrée. Ça ne justifie pas pour autant ta réaction.

— Sauf que je ne l'ai pas agressé à cause de ça, mais à cause de ce qu'il t'avait balancé à toi.

— On se fout de ce qui a déclenché l'incident. Ce qui compte, c'est qu'il s'est terminé par deux fractures des os, dont tu es *entièrement* responsable, Ezra. Je t'interdis de rejeter la faute sur moi.

Se détournant, elle boit une nouvelle gorgée. Elle s'est empourprée. Déconfit, je me frotte le visage sans rien dire. Si, dans le fond, elle a raison, je n'arrive pas à céder sur ce point.

— Je crois que c'est du cartilage qui a été cassé, dans mon nez, pas de l'os, je finis par marmonner.

— C'est tellement mieux, ironise-t-elle.

Je souris, soulagé que sa colère ne soit pas dirigée contre moi. Dans le cas contraire, elle n'aurait pas daigné me répondre.

— Alors ? je reprends. C'était pour ça ? Ma virilité toxique t'a débectée ?

— Ce n'est pas drôle. Et puis, franchement, je ne comprends pas que tu continues à t'interroger là-dessus.

— Parce que tu continues à être importante à mes yeux.

Cette fois, elle me regarde bien en face de ses prunelles vertes et intenses, la première chose qui m'a attiré, chez elle.

— C'est comme ça, lâche-t-elle. C'est tout.

Sur ce, elle m'embrasse.

Il se trouve que ce baiser produit chez moi un effet identique à ceux qui l'ont précédé, la différence étant que rien n'est plus pareil, surtout moi. La contradiction de cet imbroglio m'échappe. Edie est partie et revenue, elle ne voulait plus de moi et a changé d'avis, à moins qu'elle m'ait toujours désiré mais que…

Je la sens sourire contre mes lèvres, me demande si cet instant était écrit. Si elle et moi, on était voués à être. Si Audrey… Je m'écarte brusquement, rompant le baiser. Edie a les yeux vitreux, son rouge à lèvres a bavé et, bourrelé de remords, je suis obligé de regarder ailleurs.

— Excuse-moi, je chuchote. Je… J'ai besoin d'un moment de réflexion.

— Pardon ?

Elle est estomaquée. Moi également, car j'ai désiré ça pendant si longtemps. J'ai tant aimé Edie.

— Tu as une copine ?

Elle s'est exprimée si doucement que je mets une minute à comprendre sa question. Une question pourtant simple, et la réponse est non. Audrey et moi ne sommes pas allés aussi loin et ce qui a pu nous unir, quoi que ce soit, n'existe plus. Je ne la reverrai probablement pas. Ça devrait rendre les choses plus faciles. Une histoire courte qui se termine mal.

— Non, je bégaie. Non, elle n'est pas ma…

Durant un instant, les traits d'Edie sont déformés par une émotion qui ressemble à de la souffrance, puis elle dissimule son visage derrière ses cheveux, se lève, attrape son manteau. Le temps a soudain adopté un rythme trop rapide pour moi, je tente de la retenir par le bras. Elle se dégage vivement et, tête haute, s'en va à toutes jambes, trop orgueilleuse pour courir. Je me lève à mon tour. Je pourrais la suivre. Il n'est pas trop tard. Mais je la connais. Si je la pourchasse et provoque une scène, elle ne m'en détestera que plus. Car il est clair qu'elle me déteste, là tout de suite. Logique. Ce n'était qu'une question de temps. Ce n'est jamais qu'une question de temps. Toujours.

Je me réinstalle au bar et m'empare du verre d'Edie. Mes doigts tremblent. Bien que j'aie conscience que ça ne m'apaisera pas, je le vide. Quand je m'essuie du revers de la main, celle-ci en resurgit humide et rouge.

46 - *Audrey*

Parfois, quand je suis nerveuse, c'est comme si mes mains étaient incapables de rester immobiles. J'ai déchiré nombre de serviettes dans ma vie, mais ce restaurant est trop huppé pour en avoir des en papier. Du coup, je me suis rabattue sur une innocente fleur, que j'ai réduite en pièces. Je ne m'en suis rendu compte que trop tard. J'ai replacé la tige nue dans son soliflore et suis en train de fourrer les pétales défunts dans ma poche, quand…

— Audrey ?

Je me lève d'un bond. Les pieds de ma chaise raclent le sol, tandis que j'essuie sur mon jean mes paumes moites et imprégnées du parfum de ma victime.

— Ne vous donnez pas cette peine ! s'esclaffe Miranda. Je vous en prie, rasseyez-vous. Laissez-moi une minute pour me débarrasser de ce manteau.

J'obtempère tandis qu'elle déboutonne une splendide peau de mouton avec ses longs doigts couverts de bagues. Elle a l'air beaucoup plus jeune qu'elle ne l'est en réalité. Les cheveux auburn qui tombent sur ses épaules sont épais. Il émane d'elle une odeur de cuir et de bois de santal, et ses yeux sont d'un bleu clair pur derrière ses immenses lunettes en écaille de tortue.

— L'hiver commence à se faire sentir, n'est-ce pas ? dit-elle en laissant le manteau tomber sur son fauteuil. Merci d'être venue à l'improviste.

— Euh… Pas de souci. Ça allait de soi.

Elle sourit et s'installe. Je m'oblige à sourire moi aussi. Je suis dépassée, et il est peut-être préférable que cette rencontre soit totalement inopinée. Depuis qu'Imogene, en proie à un affolement qui ne lui ressemble pas, m'a appelée il y a moins d'une heure pour exiger de savoir où j'étais, je fonctionne uniquement grâce à l'adrénaline. Vu que, à ce moment-là, je me rendais à l'appartement afin de boucler mes valises tout en répétant le discours que je comptais lui tenir pour justifier mon désir de rentrer en Angleterre, son coup de fil tombait à pic, ce qui m'a autant inquiétée que son entrée en matière.

— Près de Central Park, ai-je marmonné, pas très certaine que ce soit vrai. Qu'est-ce qu'il y a ?

— Miranda Browning vient de m'appeler. Tu y crois, toi ?

— Oh ! Ses bureaux, vous voulez dire ?

— Non ! Elle en personne. Elle souhaite te retrouver pour déjeuner.

— Avec Marika ?

— Non, juste toi. Je t'envoie l'adresse du restaurant et tu y files direct, si tu peux, d'accord ?

Je pouvais. À présent, je suis en face d'une des créatrices de mode les plus célèbres au monde. Le rêve d'une vie pour n'importe quel mannequin, sauf moi. Le serveur se matérialise, Miranda commande un café noir, et je l'imite.

— Vous avez toujours ce merveilleux gâteau au caramel au beurre salé ? s'enquiert-elle. Celui avec les noix de pécan ?

— J'ai le plaisir de vous annoncer que oui.

— Apportez-nous-en une part, alors, ordonne-t-elle avant de se pencher vers moi : Vous allez adorer. Je sais combien vous autres, les filles, vous travaillez dur. Surtout à vos débuts. Vous méritez une récompense.

— Merci, je murmure, décontenancée.

J'ignore ce que je fiche ici. Miranda a l'air sympa. Gentille et décontractée, en dépit de son impressionnante importance. C'est déroutant. J'hésite entre mon envie de foutre le camp en vitesse et celle qu'elle m'apprécie.

— Je vous en prie, répond-elle en secouant sa serviette. Et maintenant, venons-en aux raisons de cette rencontre. J'imagine que vous êtes un peu stressée, n'est-ce pas ?

— Un peu, j'avoue.

— J'en suis navrée. Telle n'était pas du tout mon intention. Je souhaitais seulement mieux vous connaître. Vous êtes à présent l'une des représentantes de la marque Miranda Browning, et ça compte beaucoup à mes yeux. Quand nous mettons en valeur un nouveau talent, nous tenons à le soutenir.

— Merci, je répète. C'est… Je comprends l'enjeu d'une telle campagne. J'ai conscience de manquer d'expérience et vous sais gré de la confiance que vous m'avez accordée.

— Vous êtes adorable ! Cette confiance se doit d'être réciproque, Audrey. Vous êtes un visage nouveau, or notre industrie *raffole* de la nouveauté. Se réinventer est crucial. C'est une chose à laquelle je réfléchis beaucoup, ces derniers temps… Que penseriez-vous d'une ligne *MB Beauty* ?

— Oh ! Une collection de maquillage ?

— Exact. Nous commencerions modestement. Des gloss, des gels douche, des enlumineurs liquides. Peut-être aussi des blushs crèmes, des skin tint, etc. Du juvénile facile. Qu'en dites-vous ?

— Ça a l'air génial, je réponds, surprise que mon opinion ait un quelconque intérêt.

— Tant mieux, parce que vous incarnez exactement la cible que nous visons. Je tiens à ce que la pub soit centrée sur des personnalités identifiables. Des filles réelles aux habitudes réelles. Le lancement se ferait via les réseaux sociaux et des panneaux d'affichage. Vous avez déjà participé à une campagne de pub beauté ?

Ahurie, je la contemple en cillant. Est-elle en train de suggérer qu'elle désire m'embaucher ? Cette seule perspective suffit à provoquer en moi une jubilation enivrante identique à celle que j'ai ressentie quand Marika et moi avons été retenues pour la campagne mode de Miranda.

— Non.

Le serveur réapparaît et dépose devant nous deux tasses et un petit gâteau craquant surmonté d'une bille de crème chantilly. Je n'ai pas faim, mais comme Miranda me regarde avec une impatience mal contenue, j'en prends une cuillérée et le goûte.

— Excellent, je commente sans mentir.

En souriant, elle boit une gorgée de café.

— Vous m'avez donné l'impression d'avoir besoin de sucre. Cette ville vous traite-t-elle correctement ?

— Oh, New York est formidable, je lâche comme un automate. Éreintant mais super.

— Quand j'y ai emménagé, j'avais peur de tout. Il m'a fallu six mois avant de mettre un pied dans le métro. Je préférais marcher. C'est ainsi que j'ai percé les semelles de toutes mes paires de chaussures !

— Au moins, ça vous a fait faire de l'exercice.

Bien que ma plaisanterie soit nulle, Miranda éclate de rire.

— C'est une amie qui m'a finalement initiée à cette ville, poursuit-elle. Vous avez réussi à nouer des amitiés, ici ?

— Quelques-unes. Je suis proche de Marika, ma colocataire.

Je ne suis pas sûre que ces deux dernières assertions soient encore vraies. Une bouffée de regrets m'envahit. Le regard de Miranda s'éclaire.

— Marika, oui ! La seconde fille de la campagne. Merveilleux ! New York est parfois synonyme de véritable solitude. Et… Me permettez-vous d'être franche ?

J'opine.

— Vous êtes très jeune, souffle-t-elle sur un ton complice. J'ai connu ça également, je sais par conséquent qu'il n'est pas toujours facile de faire les choix les plus judicieux. C'est pourquoi les gens dont on s'entoure sont si importants. Méfiez-vous, ce monde grouille d'opportunistes.

— D'accord, je murmure, un brin paumée.

Miranda incline la tête, l'air soucieux.

— Je ne vous ai pas offensée, n'est-ce pas ? Loin de moi l'idée de vous prendre de haut.

— Pas du tout, pas du tout. Vous avez raison. J'ai beaucoup de chance d'avoir Imogene.

— Elle est *géniale* ! Je suis heureuse qu'elle soit votre mentor.

— Moi aussi.

Un silence s'installe, pesant. J'essaie de trouver quelque chose à dire, quand mon interlocutrice pousse un léger soupir et pose ses coudes sur la table.

— Tout va bien ? je risque.

Ça me vaut une moue chagrine.

— Très bien, assure-t-elle cependant. La semaine a juste été très, très longue.

— Je suis désolée pour vous.

— Non, c'est bon. C'est seulement que j'ai eu vent d'une tentative de déstabilisation de la part d'une ancienne employée qui nous garde rancune et d'une de ses amies « journaliste », j'insiste sur les guillemets. Tout n'est que pure invention, naturellement, mais ça reste désolant. Je mentirais si j'affirmais que je n'en ai pas perdu le sommeil.

Je la fixe, avec l'impression soudaine que je risque de vomir sur la table impeccablement amidonnée.

— Je m'inquiète moins pour la marque que pour nos équipes qui travaillent tellement dur, si cet article devait sortir au grand jour, poursuit-elle en contemplant le fond de sa tasse.

— Et il paraîtrait sous quelle forme ? je demande en parvenant à garder une expression neutre.

— Une sorte de site Internet sordide qui court après les clics. Ces gens n'ont aucune vergogne.

— Peut-être que personne ne lira leur papier ?

— Peut-être.

Une pause, puis :

— Vous n'avez pas été approchée, si ?

— Non, je réponds, trop vite. Enfin, je ne crois pas.

— C'est déjà ça, sourit-elle. Il me serait fort désagréable de vous voir entraînée dans une manœuvre aussi révoltante. Imogene vous le confirmera, ce n'est jamais une bonne idée de frayer avec ce genre de voyous. Je serais vraiment navrée pour vous que vous gâchiez votre avenir.

Sur ce, elle plonge ses yeux dans les miens. J'en profite pour l'observer vraiment. Me frappent alors l'hypocrisie de son sourire figé, la détermination de sa mâchoire crispée et la froideur de son regard. De la bile me remonte à la gorge.

Elle sait. Elle n'ignore rien de la personnalité de Julian et de ses agissements. D'où ma présence ici et l'absence de Marika. Cette rencontre, durant laquelle Miranda m'a couverte de compliments et d'amabilités tout en me faisant miroiter une campagne de pub encore plus importante que la précédente, avait pour seul but de me museler avant que j'aie eu le temps de dire quoi que ce soit de dommageable.

— Merci pour votre conseil, je lâche avec raideur. Il ne me viendrait pas à l'esprit de nuire à ma carrière.

Elle se détend, c'est clair.

— Admirable, commente-t-elle. Ambition et concentration. C'est parfait.

J'acquiesce, bien que deux idées m'obsèdent désormais : *Depuis combien de temps le sais-tu ? Depuis combien de temps le protèges-tu ?*

La peur qui me tenaillait se durcit et se transforme en quelque chose de nouveau.

47 - *Ezra*

Je suis dans une supérette quelconque de Downtown quand je décide de couper mon téléphone. Le flot continu de messages toujours plus insistants dont m'inondent Romy et Caroline commence à me taper sur le système. J'ignore combien de services j'ai loupé, mais je ne suis pas d'humeur à me faire virer officiellement. J'ai également négligé des appels de Mac. Maggie m'a envoyé un texto. Rien de la part d'Edie. Ni d'Audrey, bien sûr.

En bâillant, je range mon portable avant d'examiner une cannette de soda. Ma tournée des épiceries ouvertes tard le soir a pour but de repousser le sentiment de claustrophobie de plus en plus oppressant qui m'accable. J'ai passé l'essentiel de ces dernières vingt-quatre heures à regarder la télé, vautré sur le canapé, me levant à l'occasion pour avaler une poignée de céréales ou me resservir un énième verre. J'ai dû dormir, j'imagine, mais je n'ai pas cette impression. Mes yeux sont douloureusement secs, ma langue est pâteuse et acide.

Je règle ma limonade avec un billet froissé. J'ai toujours une bouteille d'eau à moitié remplie de whisky dans la poche de mon manteau. Une fois dehors, j'y transvase mon soda avec autant de précautions que possible. J'en renverse quand même partout et suis obligé d'essuyer mes mains poisseuses sur mon pull. Je balance la cannette dans une poubelle avec plus de force que nécessaire. Puis je me mets en route. La soirée est belle, le ciel qui s'obscurcit est zébré de rose et d'or. Le réflexe de prendre une photo titille mon cerveau, sauf que je n'ai pas mon appareil avec moi. Et puis, je n'ai pas envie de garder de souvenir de ce que je suis en train de vivre.

Peu après, je me rends compte que je me dirige vers le Village. Bizarre. D'ordinaire, consciemment ou pas, j'évite le quartier. Au fur et à mesure que les immeubles me deviennent plus familiers, je m'aperçois que le chemin menant à notre ancienne rue est encore gravé dans ma mémoire. *Pourquoi pas, après tout ?* je pense gaiement. Je ne suis pas revenu dans ces parages depuis qu'on m'a expédié en internat pour la première fois. J'étais tellement en colère contre papa qu'il ait vendu la maison, tellement blessé de ne pas avoir eu l'occasion de lui faire mes adieux, tellement *triste*. Ce soir, je ne ressens rien de particulier, cependant. Depuis qu'Audrey est partie, je me suis borné à assister à l'écroulement de ma vie avec le détachement froid de celui qui est témoin d'une catastrophe naturelle au journal télé.

C'est alors que j'arrive devant notre maison et que…

Non, ce n'est plus notre maison. Ça l'a été, c'est tout. Sauf qu'elle n'a pas changé, ce qui est perturbant. La porte noire, le perron en pierre, les jardinières de chrysanthèmes. Ce sont ceux que maman avait plantés, je le parierais. Les lumières sont allumées. Une autre famille que la nôtre s'y est installée. Pourtant, une féroce envie de sonner m'envahit. Des fois que maman m'ouvre.

Je préfère traverser la rue et me laisser tomber lourdement sur le trottoir. J'avale une gorgée d'alcool. La conviction brutale que nos meubles sont encore à l'intérieur me donne une vague nausée. Aucun n'est réapparu dans le nouvel appartement paternel. Aucun objet non plus, d'ailleurs. Même les merdes sans intérêt comme les draps de lit et les couverts étaient flambant neuves. Il m'arrive d'imaginer nos vieilles affaires dans leur petite décharge privée, monument à une vie éteinte. Il est impossible que tout ait disparu, cependant. Pas ce qui appartenait à ma mère, du moins. Ses livres, ses calepins, ses montagnes de dossiers contenant ses recherches. Papa n'aurait pas viré sa brosse à cheveux en bois usée ni les sandales éraflées qu'elle portait toute l'année. Quelqu'un a sûrement sauvé les albums photos aussi. Elle les datait avec soin et les alignait sur l'étagère surplombant son bureau. Elle aimait les avoir dans son champ de vision, m'avait-elle confié un jour, sans pour autant m'expliquer pourquoi.

Moi, j'aurais tout conservé. Le baraque et tout son bazar. J'ai pété un plomb quand mon père m'a écrit qu'il venait de vendre la propriété familiale, juste avant mon retour pour les vacances de Noël. Pour couronner le tout, mon séjour a été insoutenable. Papa s'est démené comme un dingue pour maintenir une atmosphère festive, apparemment inconscient que son enthousiasme forcé ne faisait qu'affadir les choses. Il a même acheté un sapin, et tout le monde a attendu que je sois là pour le décorer. Sauf qu'il a sorti une boîte de décorations que je n'avais encore jamais vue. Je comprends aujourd'hui qu'il avait dû estimer qu'il serait trop douloureux de se servir de celles que maman avait si longtemps utilisées et si soigneusement stockées. Or c'est celles que je voulais, puisque, elle, je ne pouvais pas l'avoir. J'ai envisagé une seconde d'arracher le carton des mains paternelles et d'écraser sous mes pieds les boules et les babioles, de les fracasser contre les murs.

Au lieu de ça, j'ai quitté la pièce sans un mot. Personne n'a osé me déranger et, quand je suis réapparu au dîner, le sapin avait été décoré. Depuis, nous n'avons plus reparlé de l'incident. Et nous avons eu droit à de nouvelles décorations tous les ans à compter de cette année-là.

M'apercevant soudain que je suis au bord des larmes, je me frotte le visage, gêné. C'est pour cette raison précise que je m'interdis de repenser à ces conneries.

— Bonsoir.

Je sursaute et relève la tête. Une femme me contemple, l'air soucieux. Un gamin aux cheveux en bataille et à l'expression solennelle agrippe sa main.

— Ça va ? demande-t-elle d'une voix douce.

— Oui, je m'empresse de répondre en me mettant debout. Très bien. Merci.

Sur ce, je m'éloigne à grands pas, mains dans les poches, en laissant ma bouteille par terre. Je ne mérite pas la compassion, surtout de la part d'inconnus. Cette gentillesse m'est d'autant plus désagréable qu'elle m'est familière. Maman aurait agi de la même façon. Elle était comme ça. Elle s'intéressait à tout et à tous. Si j'ai oublié à quel moment la situation s'est vraiment dégradée, ce côté de sa personnalité a joué son rôle. Sa routine quotidienne n'a pas changé, mais on aurait dit qu'elle perdait de sa consistance. J'en ai été témoin et je n'ai rien fait contre. J'ai toujours été un fils indigne. Je ne sais même pas où elle est enterrée. Je n'ai jamais foutu les pieds au cimetière.

J'ignore où est sa tombe, au demeurant.

Ce qui me secoue, tout à coup. M'arrêtant sous un lampadaire, je sors mon téléphone de ma poche et compose le numéro de Caroline sans me donner la peine de consulter ses messages. Elle décroche aussitôt.

— Ezra ?

— Salut ! je lance après m'être raclé la gorge. Comment va ?

— Je suis *inquiète*, Ezra. Tu fais le mort depuis des jours. Qu'est-ce qui se passe, merde ?

— Rien. OK, ma question est étrange, mais… Où est maman ?

— Quoi ?

— Où est sa tombe ? Le cimetière ?

Il y a un bref silence. J'entends les chuchotements de Romy, en arrière-plan. Caroline a dû activer le haut-parleur.

— Où es-tu, Ezra ? finit-elle par demander.

— Je me balade. Je pensais aller y déposer des fleurs.

— Excellente idée. Rapplique. Tu dormiras ici, et on ira ensemble demain matin.

Sa voix est empreinte d'un léger malaise. Je devine que je dois être plus bourré que ce que je croyais.

— Je vais bien, je réponds. Dis-moi juste où elle est.

— Il est tard, Ezra. Ça peut attendre.

— Sans blague ? Je sais qu'elle ne va pas se sauver.

Je pars d'un rire sans joie, bruit atroce qui accompagne mes paroles atroces. Je suis sur le point de m'excuser, quand un sanglot m'échappe, et je me mets à pleurer en même temps que je ris, parce que, putain, je n'arrive pas à croire que je chiale, sauf que mes caquètements ressemblent plus à des pleurs. Quelle humiliation ! J'essaie d'inhaler assez d'air pour m'excuser auprès de Caroline. En vain. Le souffle court, j'abaisse mon portable, me rassoit sur le trottoir et mets ma tête entre mes jambes en m'efforçant désespérément de juguler cette crise débile.

Sans résultat.

Sans aucun foutu résultat, parce que ça n'ira jamais mieux. Trop longtemps, j'ai fait semblant d'y croire, mais le vide qu'elle a laissé ne cesse de s'agrandir, encore et encore, et il finira par m'engloutir tout entier. J'en suis certain. J'en ai toujours été certain, depuis cette soirée où nous avons attendu que le téléphone sonne et que, à la place, c'est à la porte qu'on a sonné. Papa s'est levé…

La voix de ma sœur me parvient de loin. Elle n'est pas sur haut-parleur, ce qui signifie qu'elle doit hurler. Je recolle l'appareil à mon oreille.

— Excuse-moi, je bégaie. Je…

— Où es-tu, Ezra ? Dis-moi où tu es.

— Je ne… Je suis à la maison.

— Laquelle ? Donne-moi l'adresse.

Elle semble terrifiée. Ce que je comprends, et ça me démolit.

— Je vais bien. Tu n'as pas à te… Je n'ai pas l'intention de…

— De quoi, Ezra ? Je pige que dalle.

— Ne réagis pas comme si j'allais me… Jamais ! Tu m'entends ? Jamais ! Même si je… Je suis une putain de merde. Alors qu'elle était géniale. Tellement géniale !

Secoué par un nouveau sanglot, je sens mon visage se déliter et je le cache d'une main. Ma poitrine est serrée comme pas possible. J'ai mal.

— Viens à la maison, souffle Caroline qui, elle aussi, pleure à présent. Saute dans un taxi et viens à la maison. Je t'en supplie.

— Je… Je ne sais plus où est la maison. Je ne crois plus en avoir une.

— Tu m'as, moi. Je suis là. Je serai toujours là.

Caroline insiste pour que je reste au bout du fil pendant le trajet. Quand le taxi me dépose enfin devant son immeuble, elle m'attend sur le trottoir, dans un pyjama à rayures de zèbre, décoiffée. Je suis à peine descendu qu'elle me serre contre elle, si fort que c'en est douloureux. Je lui en suis reconnaissant. Je lui suis reconnaissant.

Nous restons comme ça un moment, blottis l'un contre l'autre, puis elle me tire à l'intérieur, au chaud.

48 - Audrey

— Vous avez des questions ? conclut Demi en me regardant droit dans les yeux.

Le formalisme de sa demande me frappe. Sans doute parce que notre entretien a été très décontracté, jusqu'à présent. Pour des inconnues, nous avons sûrement ressemblé à deux amies discutant à bâtons rompus devant un café. Demi était déjà là quand je suis arrivée, assise dans un coin, vêtue d'une jolie salopette rose. Je l'ai identifiée grâce aux réseaux sociaux que j'avais consultés. J'y ai consacré des heures hier soir, comme si savoir où elle est allée en vacances cet été était susceptible de rendre notre rencontre moins terrifiante. Elle m'a repérée avant que je puisse changer d'avis et a levé une main en guise de salut. Les présentations d'usage terminées, elle m'a complimentée sur mon jean. J'ai répondu que j'aimais sa façon de se maquiller, et c'était parti pour une longue conversation. Tout a été très détendu, jusqu'à ce qu'elle brandisse son téléphone et suggère de m'enregistrer. J'ai accepté, puisque ça ne me gênait pas outre mesure. Elle l'avait formulé de telle manière que ça m'a paru normal.

— Aucune qui me vienne à l'esprit, je réponds.

Elle acquiesce et éteint son portable.

— Je suis très heureuse que vous soyez venue, me souffle-t-elle. Et que vous ayez réussi à me parler. J'ai conscience que c'est une épreuve, et si vous deviez vous raviser…

— Ça ne se produira pas, l'ai-je coupée d'une voix ferme. Je n'ai aucun doute. Aucun.

— D'accord. Les choses avancent rapidement, mais je veillerai à ce que vous puissiez lire l'article avant publication. Vous me direz alors si vous souhaitez qu'on retire certains éléments. Par ailleurs, nous vous citerons sous pseudonyme.

— Oh ! je m'exclame, surprise. Est-ce bien utile ? Miranda saura qu'il s'agit de moi.

— Et ça vous inquiète ?

— Non. Enfin, elle essaiera sûrement de me blacklister sauf que, à ce stade, ça m'est égal. Signer mes paroles de mon vrai nom serait peut-être susceptible de leur donner plus de crédit.

— Vous êtes courageuse.

— Pas vraiment, j'objecte, déconcertée. Je suis sûre que certaines histoires sont pires que la mienne. Objectivement…

— Objectivement, il vous a agressée. Vous devez considérer ça ainsi, parce que c'est ce que lui fait, je n'en doute pas. Et il se l'est autorisé, parce qu'il n'imaginait pas une seconde que ses actes auraient des conséquences.

Je cligne des yeux, le cœur battant. Cette formulation brutale me terrifie et me soulage en même temps. M'entendre dire que je ne surréagis pas, que je ne joue pas les princesses effarouchées… J'en avais vraiment besoin. Je ne m'en rends compte que maintenant.

— Je comprends que vous ayez envie de minimiser les événements. Plus ils seront anodins, moins ils auront d'importance.

— C'est exactement ça, je souffle. Vous avez raison.

— Sauf qu'ils sont importants. Comme le sont les témoignages que j'ai recueillis et les femmes avec qui j'ai discuté. Si vous tenez à ce que je vous mentionne nommément, je le ferai.

— Mais vous avez des réticences ?

— Oui. Les enquêtes comme celle-ci provoquent en général de vives réactions. Ça peut mal tourner, et je préférerais vous en protéger autant que possible. Certes, les personnes qui vous connaissent vous identifieront, c'est très envisageable, surtout celles qui sont au courant de votre participation à la campagne de pub. Mais vous serez à l'abri de la curiosité d'un public plus large.

Je hoche la tête, consciente que je suis contente de garder un semblant de contrôle sur qui sait et qui ne sait pas ce qui m'est arrivé.

— Dernier point, précise Demi avec gravité. Je ne peux pas rapporter ce que vous m'avez raconté à propos de Miranda. Vous n'êtes pas la première, mais sans preuves… *Soil* n'a tout simplement pas les moyens de s'offrir un procès en diffamation. Nous serions laminés en un rien de temps.

— Vous avez des preuves concernant Julian, j'espère ?

Quand elle acquiesce, je suis submergée par le soulagement.

— Tout le bureau travaille d'arrache-pied sur ce projet. La nouvelle s'est répandue, et l'article pourrait être mis en ligne avant la fin de la semaine.

— Vous êtes inquiète ? je ne peux m'empêcher de demander. Que ça tourne vilain ?

— Bien sûr. J'ai des fois l'impression que plus un boulot est vital pour moi, plus les retours de manivelle sont violents. Ça peut faire peur. Pourtant, je n'ai encore jamais regretté une de mes publications. Il est hors de question que les connards l'emportent, n'est-ce pas ?

— Je crois que c'est vous qui êtes courageuse.

— Nous pouvons l'être toutes les deux, me semble-t-il, répond-elle avec un sourire. C'est autorisé.

Lorsque j'ai envoyé un texto à Marika pour lui proposer qu'on se retrouve aujourd'hui, je me suis dit qu'elle allait se demander ce qui justifiait un tel revirement de ma part. En réalité, elle a juste voulu savoir où et quand. C'est ainsi que je la rejoins dans la section biographies d'une librairie du Lower East Side, une pile de livres en équilibre sur sa hanche. Comme toujours avec Marika, on se croirait à un défilé de mode.

— Tu as trouvé quelque chose de bien ? je lui lance d'un ton plaisant.

Elle se retourne et, pendant un moment, nous nous dévisageons. Puis elle flanque ses bouquins sur une chaise sans ménagement et se précipite vers moi afin de me serrer contre elle avec une vigueur qui me coupe le souffle. Des larmes picotent mes yeux tandis que ses cheveux chatouillent ma joue. Elle m'a manqué plus que ce que je croyais.

— Pardonne-moi, murmure-t-elle. Je suis désolée, j'aurais dû…

— Tu n'aurais dû rien du tout.

— Si. J'aurais dû venir te parler tout de suite. J'avais tellement envie de me tromper. Qu'Ezra se trompe.

— Je suis navrée, moi aussi. Je ne pensais pas un mot de ce que je t'ai dit. Et je n'ai pas menti volontairement, juste…

— J'aurais dû deviner. Et, après la séance dans son studio, j'aurais dû rester.

— *Non !* j'objecte fermement en m'écartant et en plaquant mes mains sur ses épaules. Ce n'est pas ta faute, ni la mienne, compris ?

Lèvres pincées et yeux brillants, Marika acquiesce. Elle est à deux doigts de pleurer, et si elle craque…

— Inutile de discuter de ça maintenant, j'enchaîne d'une voix tremblotante. Dis-moi plutôt où tu en es. D'accord ?

Elle s'accorde une seconde pour se ressaisir, regarde le plafond en clignant des paupières, soupire et lâche :

— Je pars pour la Suisse.

— Quoi ?

— J'ai décroché un job. Une campagne pour un fabricant de montres. Imogene m'a prévenue ce matin. Le vol est long, alors…

Elle montre sa pile de livres abandonnée. Elle a l'air confuse, ce qui ne lui ressemble guère.

— C'est super ! Et cette marque, elle est connue ?

De nouveau, elle hésite, avant d'opiner. J'aurais dû m'en douter. Si on l'envoie en Suisse, ça ne peut être que pour un commanditaire important. Malgré l'ampleur de ce qui l'attend, elle s'efforce de rester modeste, alors qu'elle comme moi savons que ça pourrait être le pivot de sa carrière, une campagne qui la catapulterait dans la stratosphère. Ce qu'elle mérite amplement. Comme elle mérite toutes les futures occasions géniales qui se présenteront à elle. Voilà pourquoi je n'ai aucun mal à ignorer le minuscule sentiment de perte qui me noue le ventre. Je ne sais pas quand je la reverrai. Encore un au revoir qui compte, sauf que, là, je le subis au lieu de l'infliger.

Si c'est douloureux, je tiens cependant à ce que mon amie sache combien je me réjouis pour elle.

— C'est formidable, j'exulte. Prends des photos et tout, hein ? Je veux tous les détails.

— D'accord. Ça va être étrange. Nous sommes ici depuis si longtemps. Enfin, pas si longtemps que ça, mais…

— Assez pour que ça nous ait marquées.

Un bref éclat traverse le regard de Marika.

— Oui, convient-elle dans un souffle.

Il y a un instant de silence.

— Tu as faim ? me demande-t-elle ensuite.

Il se trouve que je *meurs* de faim. On se déniche un boui-boui kitsch non loin de là. Comme c'est notre dernier dîner ensemble, nous décidons de nous lâcher. Des hot-dogs dégoulinants de sauce, des pommes allumettes salées et des milkshakes à la vanille si épais qu'on a du mal à les boire à la paille. Après avoir dévoré comme des ogresses, nous restons longtemps à papoter, blotties l'une contre l'autre, dans un box près de la vitrine. Je lui raconte enfin ce qui s'est passé dans le studio de Julian, et c'est différent de mon entretien avec Demi. Là, la distanciation a disparu. Marika ne pose pas de question, je monologue, tourne autour du pot, trébuche sur mes mots. À un moment, je fonds en larmes et, quand elle me tend une serviette en silence, je vois qu'elle pleure également. Ça me déchire le cœur. Cette souffrance disparaîtra-t-elle un jour ? Il est injuste que mon amie la ressente, elle aussi.

Ensuite, nous commandons des cafés que nous sirotons lentement, un peu assoupies. Marika me confie qu'elle a peur de s'en aller et d'être oubliée. Bien qu'elle ne mentionne pas Nicole en particulier, quand je lui rétorque que la personne lambda serait incapable de l'oublier, encore moins une fille si évidemment amoureuse d'elle, Marika sourit. Le soleil couchant illumine son visage, et je prends tout à coup conscience que cet instant sera bientôt un souvenir.

Un bon, malgré tout. Un auquel se raccrocher.

49 - *Ezra*

Il est environ midi quand on frappe à la porte. Celle de Caroline. Je continue de faire semblant de dormir sur le canapé, et c'est avec étonnement et mauvaise humeur que je reçois son petit coup de pied dans le tibia, depuis le fauteuil où ma frangine est assise.

— Je sais que tu es réveillé, me dit-elle. Va ouvrir.

— On est chez toi, je riposte en gardant obstinément les yeux clos. Et si c'est une livraison, ils n'ont qu'à la laisser sur le palier.

— Ce n'est pas une livraison, lâche-t-elle en refermant son livre d'un geste sec. Vas-y, je fais du café.

— Tu me saoules ! je râle en me levant pour gagner le vestibule en traînant les pieds. Tu mijotes une réunion au sommet ?

— Trop fort ! me crie-t-elle.

Sur le palier, je découvre Maggie noyée dans un vaste sweat-shirt bleu, les bras chargés de paquets.

— Je t'ai apporté des fringues, m'annonce-t-elle en me tendant un sac. Caroline m'a dit que tu avais passé la nuit ici.

Merde, c'est bien une réunion au sommet.

— Euh, merci.

J'ignorais que mes sœurs se reparlaient. Il est possible que ça ne date que d'hier, quand j'ai craqué. Une idée plutôt mortifiante.

— Comme je ne savais pas trop ce dont vous aviez envie, je suis allée chez le traiteur à côté du bureau, annonce Maggie en posant ses autres paquets sur la table basse.

— J'adore cet endroit, lance Caroline, qui apporte des assiettes et des couverts. Tu as pris leur salade de pommes de terre ? Celle avec du fenouil ?

— Oui. Tomas en est raide dingue.

— Romy leur en achète à la tonne. Tu ne t'assois pas ?

Je sursaute avant de comprendre que c'est à moi qu'elle s'adresse.

— Si, si. C'était prévu qu'on déjeune ensemble aujourd'hui ?

— Entre autres choses, s'exclame gaiement Caroline. Nous sommes multitâches.

On y est. Je serre le sac de vêtements contre moi en essayant de maîtriser l'instinct qui me hurle de déguerpir. Sauf que je souffre d'une telle gueule de bois que je finirais sans doute par me fracasser contre le montant de la porte.

— Ce n'est pas un traquenard, m'informe Maggie en déballant les cartons de bouffe, mais nous avons estimé qu'il serait positif de créer un espace de dialogue ouvert.

— Pardon ? je ricane.

Elle rougit.

— Je travaille sur l'échange et l'expression de soi avec mon psy en ce moment, se justifie-t-elle.

Et merde ! Je cherche de l'aide auprès de Caroline, sauf qu'elle est repartie à la cuisine. C'est un scoop, et je m'en veux d'avoir ri.

— C'est tout récent, précise Maggie, visiblement mal à l'aise.

— Et c'est génial, je m'empresse de rétropédaler. Enfin, si… Ça te convient ?

— C'est efficace. Pas toujours facile, mais positif. En gros.

— Super. Je suis content que ce soit… positif.

— Ça l'est, répète-t-elle avant d'ajouter après une pause : Nous parlons de maman.

Il ne manquait plus que ça ! Gueule de bois ou pas, je ne suis pas équipé pour affronter ça. Caroline lui a sûrement raconté ma performance d'hier soir. Si ça se trouve, Maggie en sait plus que moi, car j'ai comaté entre le moment où j'ai gerbé dans les toilettes et celui où je me suis réveillé sur le canapé.

— Je tenais également à m'excuser si je t'ai donné l'impression que c'était tabou, poursuit-elle, sourcils froncés. De parler de maman. La dispute à ton anniversaire…

— Je te l'ai dit, ce n'est pas grave.

— Ça l'est, objecte Caroline qui revient avec le café. Si nous ne nous étions pas chamaillées, nous aurions remarqué que tu t'étais enfilé une bouteille de champ' à toi tout seul.

— Et qui s'en est aperçu ? je me cabre, offensé.

— Papa.

— Ha ! je m'exclame. Ça m'étonnerait. Il était sûrement trop occupé à regarder sa montre.

En soupirant, Maggie s'installe à l'extrême bord du divan. Après avoir posé les tasses sur la table, Caroline réintègre son fauteuil. Leur silence partagé empeste la désapprobation.

— Quoi ? je me défends. Je croyais qu'on pratiquait le « dialogue ouvert ».

— En effet, acquiesce Caroline. Aussi, permets-moi de te signaler que tu es trop dur avec papa.

— Il fait des efforts, renchérit Maggie.

— Pour m'éviter.

— Seulement parce que tu te comportes comme si tu ne le supportais pas, rétorque Caroline. Ne crois pas qu'il ne s'en rend pas compte. C'est tout le contraire.

— Et alors ? je m'emporte. C'est lui qui m'a exilé dans un autre pays.

— Tu étais d'accord, Ezra. Personne ne t'y a forcé.

— J'ai accepté juste parce qu'il était évident qu'il ne voulait pas de moi dans ses pattes !

— Non, dit Caroline sur un ton catégorique. Il voulait te mettre en sécurité. Il voulait que tu te construises. En revanche, il ne voulait *pas* que tu sèches les cours et rôdes en ville avec un tas de salopards rencontrés par hasard. À mon avis, ça se défend.

Je résiste à l'envie de lever les yeux au ciel. Elle fait référence à l'unique fois où j'ai été ramassé (et ramené à la maison) par deux flics en uniforme à Central Park, après avoir vomi sur un banc commémoratif les quantités de Bacardi que j'avais ingurgitées. Les salopards en question étaient les gars qui m'avaient acheté des clopes quelques heures auparavant. Ils se sont carapatés, ce en quoi ils ont eu bien raison, et je m'en suis tiré avec un simple rappel à l'ordre, après que Maggie a eu raconté aux policiers notre histoire à fendre le cœur. Je me suis toujours demandé si j'en aurais réchappé, au cas où ça aurait été Caroline qui avait ouvert la porte. Sauf que ni l'un ni l'autre ne s'est produit. Un mois plus tard, je débarquais en Angleterre.

— Tu lui as manqué, Ezra, insiste Maggie. Il t'a appelé, il t'a écrit des dizaines de lettres auxquelles tu n'as jamais répondu.

Les lettres, oui. Manuscrites, à l'ancienne, m'exposant les détails les plus anodins de sa semaine. Et tristes. Pas volontairement, ce qui les rendait encore plus tristes. Comme elles avaient tendance à saper la rage qui consumait le petit con que j'étais, je les ai ignorées. J'ai été soulagé quand, peu à peu, elles se sont transformées en e-mail occasionnel et carte d'anniversaire annuelle. Ça m'a aidé à me convaincre que, au fond, mon père se fichait de mon existence. Je ne sais pas pourquoi je le souhaitais. Ni pourquoi je ne comprends que maintenant à quel point mon attitude était toxique.

— Très bien, je lâche. Je suis un fils horrible. On est là pour en parler ?

— Tu n'es pas…

— Si. Doublé d'un frère épouvantable et du pire ami qui soit. Bref, je suis un sale type.

Je débite ça à toute vitesse, et c'est la première fois que je formule à haute voix cette certitude bien ancrée en moi que, si tout ce que je touche se transforme en merde, c'est pour une raison très précise. Moi qui croyais que l'admettre me permettrait de me sentir mieux, j'en suis pour mes frais. Je me sens au contraire encore plus minable, ce qui est assez gênant. Le brusque éclat de rire de Caroline n'arrange rien.

— Désolée ! se dépêche-t-elle de dire. Tu penses vraiment que quelqu'un d'aussi atroce que celui que tu prétends être se torturerait avec ça comme, apparemment, tu le fais en permanence ?

— Tu n'es pas un sale type, renchérit Maggie avant de pousser un carton vers moi. Prends un sandwich.

Ils sont joliment coupés et débarrassés de leur croûte. Après avoir hésité, je m'assieds à côté d'elle et me sers.

— De plus, ajoute-t-elle, nous ne nous sommes pas réunis pour « parler » de quoi que ce soit en particulier. Nous sommes seulement ensemble. Ici.

— Parce que je suis en train de craquer ?

— Est-ce le cas ? s'enquiert-elle en me couvant d'un regard tendre.

— Non… Peut-être.

— Tu as le droit de ne pas savoir, lâche Caroline. On va procéder par étapes, au jour le jour. Un déjeuner aujourd'hui. Après, un film…

— Ou un bain, l'interrompt Maggie. Les bains me réconfortent toujours.

— Pas faux. Et puis, tu pues, Ezzy.

Maggie s'empare d'un coussin et le jette à la tête de Caroline. Je ris et mords dans mon sandwich. Thon mayonnaise. Dès la première bouchée, je me rends compte que je suis affamé. J'en avale une deuxième et, pour une raison connue d'eux seuls, mes yeux s'emplissent de larmes. Parce que je suis triste ? Parce que je ne le suis pas ? N'en ayant pas la moindre idée, je continue de manger et de pleurer. De leur côté, mes sœurs jacassent entre elles, toutes les deux assez gentilles pour faire comme si elles n'avaient rien remarqué.

50 - *Audrey*

L'article sort un vendredi. Marika et moi sommes à la cuisine en train de prendre le petit déjeuner dans un silence agréable tout en consultant nos téléphones. Tout à coup, elle se fige et me jette un coup d'œil. Je devine sans peine pourquoi, n'éprouve aucune surprise particulière. Comme convenu, Demi m'a envoyé son papier il y a quelques jours. Je l'ai validé sans le lire. Un jour peut-être, j'aurai envie de découvrir les histoires des autres filles, ainsi que la mienne gravée dans le marbre. Pas aujourd'hui. Aujourd'hui, Marika éteint son portable et le pose sur la table. Nous terminons nos tartines.

Malheureusement, le reste du monde n'est pas au courant de ma résolution. Mon propre téléphone sonne moins de dix minutes plus tard. J'en montre l'écran à Marika avant de décrocher. C'est AVW, l'assistante d'Imogene, Kady. Cette dernière est calme et aimable, comme s'il n'était pas curieux qu'elle me contacte plutôt que sa patronne. Elle me demande si je peux passer au bureau aujourd'hui, le plus tôt étant le mieux. J'accepte, coupe la communication, et nous attendons de voir si Marika va avoir elle aussi un coup de fil. Ça ne se produit pas, bien sûr, ce qui confirme mes soupçons – le pseudo n'a pas suffi.

Je pars donc pour l'agence, et mon haleine forme des volutes devant mon visage. Marika voulait m'accompagner, mais j'ai estimé que j'avais besoin de faire ça toute seule. En ce jour froid et brouillardeux, le sommet des gratte-ciel est caché par de gros nuages gris. D'ordinaire, je considérerais cette météo lugubre comme une menace, mais je baigne dans une sérénité étrange. Comme si tout ce qui allait se passer à partir de maintenant était déjà écrit, inévitable.

À mon arrivée, il règne un calme inhabituel dans les locaux. Les employés parlent à voix feutrée, consultent leur portable d'un air concentré et tapent à toute vitesse sur le clavier de leur ordi. On me lance quelques regards furtifs qui, il y a quelques jours à peine, m'auraient fait flipper. Là, ils ne produisent guère d'effets sur moi. Jusqu'à ce que j'entre dans le bureau d'Imogene, et que cette dernière se tourne vers moi, les yeux humides et rouges.

— Bonjour, Audrey, me salue-t-elle en me gratifiant d'un sourire approximatif. Assieds-toi.

Je prends un des fauteuils confortables de sa table de travail. Elle reste debout et frotte sa clavicule d'un pouce distrait. Je ne l'ai jamais vue aussi… imparfaite. Son pantalon est froissé, et elle a mis son gilet à l'envers. L'étiquette n'en est qu'à demi cachée par sa queue-de-cheval en désordre.

— Vous allez bien ? je demande, hésitante.

Elle cligne des yeux et me dévisage avec une surprise non feinte, à croire qu'il n'est pas évident qu'elle a pleuré comme une madeleine.

— Oui, finit-elle par répondre. Je… J'ai pensé qu'il serait bien qu'on ait une petite conversation. J'ai envoyé Kady acheter des doughnuts.

D'un geste imprécis, elle désigne sur sa table de travail la boîte de pâtisseries couvertes de sucre glace. Personne n'y a touché.

— Merci, mais ça ira.

— Un café ? De l'eau ?

— Non, merci.

Elle acquiesce avant de se percher sur un coin de son bureau. Il est clair qu'elle réfléchit à ce qu'elle veut me dire.

— Quelqu'un m'a transmis un article sur Julian, ce matin, lance-t-elle enfin. Pas mal de monde, en vérité.

Ça y est. Si entendre Imogene n'est pas un choc, ma tâche n'en est pas pour autant facilitée.

— Je ne l'ai pas lu. Mais j'ai parlé à la journaliste qui l'a écrit.

Imogene me couvre d'un regard à la fois intense et vitreux.

— Oh ! réussit-elle à marmonner. C'est donc toi…

— Je suis désolée.

Elle tressaille.

— Pourquoi diable devrais-tu l'être ? s'exclame-t-elle ensuite. Tu n'as rien à te reprocher. C'est *ma* faute, Audrey…

— Vous ne saviez pas.

Ce dont, je m'en rends compte maintenant, je n'ai pas douté une seconde.

— En effet, admet-elle d'une voix tremblotante, mais j'aurais dû. J'aurais…

Elle se tait et secoue la tête.

— Je crois t'avoir expliqué, chuchote-t-elle ensuite, que j'ai été mannequin également. Ma décision de devenir agente a été en partie motivée par ma volonté de protéger les filles dont je m'occuperais, comme j'aurais souhaité qu'on me protège à l'époque. Il se trouve que je… J'ai échoué avec toi. Je n'ai pas…

Sa voix se brise, elle serre les lèvres et essuie ses yeux d'un revers de la main. Ses joues sont marbrées de plaques rouges et, tout à coup, la femme très belle et pleine d'assurance devant moi redevient une jeune fille de mon âge. Voire plus jeune. Une douleur et une colère soudaines m'étreignent la poitrine, au point que j'ai du mal à respirer.

— Vous avez veillé sur moi, j'objecte, la voix à mon tour incertaine. Vous êtes épatante, Imogene. J'ai eu une chance inouïe de tomber sur vous, et je tiens vraiment à ce que vous le sachiez.

Elle réussit à m'adresser un pauvre sourire, qui disparaît dès que son téléphone vibre. Depuis ma place, je vois que des dizaines de textos sont restés sans réponse.

— Quand j'ai découvert ce papier, j'ai cru à une mauvaise blague, reprend-elle. Julian… Je suis très amie avec son ex. J'ai lu le nom de celle-ci dans l'article, et je… Elle…

De nouveau, elle secoue la tête avec accablement.

— Tu… Tu as envie qu'on en discute ? me demande-t-elle.

— Je ne crois pas, non. À moins que, de votre côté…

— Non, renifle-t-elle. Mieux vaudrait que nous parlions de la suite, peut-être.

— En effet. J'ai conscience que cette affaire va modifier les choses.

— Ils vont annuler la campagne, c'est sûr. Ce n'est pas grave, il y en aura d'autres.

— Euh… Je voulais dire que, si vous m'avez identifiée en lisant l'article, vous ne serez sans doute pas la seule, et si j'arrête de décrocher des boulots…

— Je ne vois pas pourquoi ça arriverait.

Elle a l'air tellement sûre d'elle, que je me demande si je devrais lui raconter mon rendez-vous avec Miranda.

— C'est envisageable, je marmonne.

Demi m'a confié qu'elle avait eu vent d'autres rumeurs concernant Miranda. Si tout le monde se met à balancer sur Julian, Imogene ne tardera pas à apprendre que la tante a couvert le neveu.

— Ne t'inquiète pas pour ça, me dit-elle d'un ton plus ferme. Une carrière formidable t'attend. Si tu la veux…

Malgré tout, je pense que oui. Le monde me paraît plus vaste qu'il y a deux mois. Ma vie me semble bien plus grande aussi, et pleine de promesses. Miranda et Julian ont essayé de me persuader qu'ils étaient en mesure de me priver de cela.

J'ai une dernière chose à dire à Imogene, cependant.

— Je crois que j'ai besoin de rentrer chez moi. Pas définitivement, mais au moins pour un temps.

— Bien sûr, ma chérie ! Si tu le souhaites, je peux te réserver un vol pour lundi. Comme ça, toi et Marika irez à l'aéroport ensemble. C'est assez tôt pour toi, lundi ?

Lundi, c'est dans deux jours. Trop tôt. Comme Marika, j'appréhende de partir. Je crains que le temps passé ici s'estompe jusqu'à ce qu'il n'en reste rien, à part une anecdote que je raconterai lors de dîners dans dix ans. J'ai peur de me demander *Et si* ? *Et si ? Et si ?*

— Lundi, c'est parfait, je m'entends répondre. Merci.

51 - *Ezra*

— Merde ! Qu'est-ce qu'il caille !

— Mouais.

Je me recroqueville dans mon long manteau neuf en laine bleu marine, à la coupe élégante. Il était dans le lot de fringues que Maggie m'a achetées. J'en déduis qu'il doit coûter les yeux de la tête. Je me sens un peu coupable de tant l'apprécier.

— Quelle période pour arrêter de fumer, continue Caroline avec un soupir. Je serais prête à vous tuer tous les deux pour une clope.

— On t'aime pour ça, riposte Maggie, dont l'écharpe étouffe en partie la voix.

— J'ai grillé ma première cigarette un jour comme celui-ci parce que je croyais que ça me réchaufferait, je précise.

Caroline s'esclaffe, et Maggie fronce les sourcils.

— Je ne suis pas sûre qu'il soit correct de rigoler dans un cimetière, lâche-t-elle, avant d'ajouter un instant après : Mais c'est vrai qu'il fait un putain de froid.

— Viens ici, dit Caroline, en l'enlaçant.

Maggie se raidit, le front plissé. Je devine que, aujourd'hui, c'est pour elle que c'est le plus dur. Pourtant, elle est là. Nous sommes tous là.

Contre toute attente, c'est un bel endroit, en lisière d'un quartier de Downtown, encerclé de grilles et abrité par les arbres, dont les feuilles couleur rouille tapissent les allées. Papa nettoie la tombe et remplace des violettes fanées par des nouvelles. Il a l'air bizarrement à son aise au milieu des stèles. Tête baissée, il balaie les pétales fanés d'une main. J'ai découvert qu'il venait ici toutes les semaines. Caroline et Maggie le savaient, mais c'est la première fois que la famille est réunie.

Ça ne ressemble pas du tout à l'idée que je m'en étais faite. J'avais imaginé de la pluie, un ciel couleur ardoise et des parapluies noirs, arrière-plan idéal pour une catharsis pleine de larmes et de morve. Or le ciel est d'un bleu pur, et je ne sens pas la présence de maman. Pas comme quand je lis un livre ou regarde un film et qu'une phrase ou une plaisanterie lui plairaient, que je le sais et le note quelque part dans ma tête pour le lui dire avant de me rappeler que…

Pour moi, parfois, elle est toujours vivante.

— Besoin d'aide ? crie Caroline à papa.

Il se retourne, regarde par-dessus son épaule et lève un pouce hésitant.

— Il ne t'entend pas, je marmonne.

Je me dirige vers lui. Il se redresse et essuie ses paumes sur ses cuisses. Il porte un pantalon de toile sombre, un gilet en tricot et un ciré, une tenue très différente de son élégant costard-cravate ordinaire.

— Elle te demandait si tu avais besoin d'aide, je lui explique, une fois près de lui.

— Non, non, j'ai terminé, répond-il avec un coup d'œil à la tombe. Prêts à décoller ?

— Je pense que oui, j'acquiesce, les mains dans les poches. Les filles sont gelées.

— J'imagine. D'après Caroline, c'était ton idée, de venir ici aujourd'hui.

J'accélère le pas.

— Exact. Merci d'avoir accepté notre présence.

Merde. Mes paroles ont l'air moqueuses, alors que ce n'était pas du tout mon intention. Je me creuse la cervelle pour en trouver de plus sympas, mais nous avons rejoint mes sœurs dans l'allée.

— Les fleurs sont chouettes, commente Caroline avec un sourire. Une fois, maman m'a dit que vous aviez failli m'appeler Violet.

— Sauf que, à ta naissance, nous avons tout de suite su que tu serais Caroline, sourit papa. Il en a été de même avec Maggie. Elle a failli s'appeler Lucy.

— Et Ezra ?

— Ezra a toujours été Ezra. Dès le début.

Caroline voit bien que je ne sais que répondre à ça. Elle frappe dans ses mains gantées.

— Et maintenant, il nous faut à manger, décrète-t-elle d'un ton sans réplique. Il est plus de midi, et je meurs de faim. Qui est partant ?

Mon père me jette un bref regard. Mes frangines aussi.

— Bonne idée, j'acquiesce.

Maggie sourit.

— Super. On va se dégoter un endroit.

Elle attrape Caroline par le bras et tourne les talons. Papa et moi les suivons à distance, conscients l'un et l'autre de la manœuvre guère subtile – *sois un meilleur fils, Ezra* – pour nous inviter à parler.

— Alors, comment ça va ? commence mon père.

Question piège. J'ignore ce qu'il sait de ces cinq derniers jours.

— Bien, je réponds. Je m'octroie une pause, au boulot.

— Rien de grave là-bas ?

Il a l'air soucieux, pour de vrai, soudain. Peut-être parce qu'il l'est.

Ce n'est pas idéal même si la situation commence à s'améliorer. Je squatte toujours chez Caroline. Je traînasse pendant qu'elle peint, je regarde des films, j'aide Romy à préparer le dîner. Caroline et moi essayons d'arrêter de fumer, et j'ai l'impression que c'est plus difficile pour elle que pour moi. Elle mordille ses pinceaux hors de prix avec une telle rage qu'il lui arrive d'avoir des éclats de peinture sur les dents. J'ai également cessé de boire, et là, j'ai du mal. Beaucoup de mal, pour être honnête.

L'alcool me manque. Beaucoup. Son côté routinier, rituel. Ne plus avoir la perspective de ce réconfort quotidien en fin de journée me manque. Ne plus réussir à édulcorer mes sentiments et mes réflexions sordides à coups d'alcool me manque. Le goût si particulier, que ce soit celui d'un fond de vodka ou d'un cocktail élaboré, me manque. Même la sensation d'un verre de vin ou de whisky au creux de ma main me manque. Quand j'ai confié ce détail à Caroline, elle a décidé de me servir ma limonade dans d'énormes verres ballon. Au passage, le sucre me manque. L'alcool en contient des tonnes, si bien qu'à présent j'avale des quantités de boissons sucrées comme un ado. À ce rythme, j'aurai perdu toutes mes dents d'ici la fin de l'année.

En revanche, les gueules de bois ne me manqueront pas. Les trous de mémoire non plus. Ni les vomissements, parfois si violents que j'en avais mal à la gorge pendant des jours. Ni, pire encore, la honte, vague, informe, presque constante ces derniers temps. La perspective d'abandonner tout ça définitivement est, faute d'un mot plus approprié, enivrante. Je regrette seulement de ne pas être certain que ça suffira, parce que l'idée d'être sobre toute ma vie me terrifie. J'ai envie de marchander, de me persuader que je suis capable de contrôler mon addiction, maintenant que j'ai compris à quel point elle peut être sévère. Après tout, je suis un adulte. Si j'ai envie d'un verre, j'ai le droit d'en boire un. Je suis jeune, et des tas de gens de mon âge picolent comme moi avant de lever le pied. Rien de plus naturel. Rien de plus normal.

Cette illusion de la maîtrise, quand on ne maîtrise pas grand-chose, est extrêmement tentante.

Voilà pourquoi je me contenterai de mes sodas. Je vais lire les livres que Caroline m'a achetés sur l'addiction d'écrivains et d'autres artistes. *The Recovering*, *The Outrun*, *The Trip to Echo Spring*. Maintenant que j'y pense, ils commencent tous par un article défini. Bizarre. Enfin, je compte prendre les choses au jour le jour.

Néanmoins, faire part de ça à papa n'est pas une très bonne idée. Aussi, j'élude :

— Non, non, rien de grave.

— Tant mieux.

Je devine son appréhension, sa réticence à insister. C'est à moi d'essayer de combler le fossé qui nous sépare. Je l'ai compris, désormais.

— Sache que j'ai réfléchi à ce que tu m'as dit à propos de la fac. Je ne suis pas encore très sûr de vouloir m'y inscrire, mais je souhaite me remettre à la photo. Je te tiendrai informé de l'évolution des choses.

Voilà sans doute le discours le plus long et le plus cohérent que je lui débite depuis des années, et il est clairement surpris.

— Ma foi, marmonne-t-il, c'est formidable. Si c'est ce dont tu as vraiment envie.

— Peut-être, oui. J'ai l'impression que ce serait logique.

— Tant que tu es heureux. C'est tout ce qui compte, pour moi.

Il y a une semaine, je ne l'aurais pas cru. Aujourd'hui, si. Parce que je le veux.

— Je suis sur la bonne voie, je dis avec un sourire. Mais toi, comment vas-tu ?

— Oh, bien. Toujours très occupé. Je crois que, cette année pour Noël, je prendrai des congés.

— Vraiment ?

— Oui. Ça serait chouette qu'on le fête normalement, puisque nous sommes tous à New York, maintenant.

— Normalement ? Genre patin à glace et préparation de cookies ?

— Si ça te tente.

Il est si sérieux que j'éclate de rire.

— D'accord. Mais ne te sens pas obligé d'en faire des tonnes non plus.

— Non, ça me plairait bien, c'est tout. J'aimerais passer plus de temps avec vous trois.

— Moi aussi. C'est que… Je sais que je pourrais m'améliorer en tant que membre de cette famille. Je compte travailler là-dessus, alors…

Papa s'arrête net.

— Non, m'interrompt-il. Tu es un membre de la famille à part entière. Ce n'est pas à toi de faire des efforts, mais à moi. Je suis ton père. C'est mon boulot. Le seul qui ait une quelconque importance et que je… J'ai conscience que je n'ai pas été…

Il hésite, s'appuie à une stèle comme pour ne pas perdre l'équilibre. Le soleil dessine un reflet sur son alliance.

— Tu as fait de ton mieux, j'objecte. J'aurai seulement mis un peu de temps à l'admettre.

Mes mots provoquent son sourire. Un sourire bizarre, un peu tordu, triste, mais tellement mieux que ses rictus forcés habituels. Alors que je le regarde, que je le regarde vraiment, je me rends compte qu'il vieillit. Des rides encadrent sa bouche, la peau sous ses yeux a une texture plus fine. Même le gris de ses racines paraît plus présent qu'avant. Il me vient à l'esprit qu'il n'a peut-être pas arrêté de fumer et s'est mis au jogging par pure vanité.

Il est possible qu'il cherche à rester en vie un peu plus longtemps auprès de ses gosses cinglés et ingrats qui ne lui ont jamais dit qu'ils l'aimaient.

Une très forte et perturbante impulsion me prend de le serrer dans mes bras. Je n'en suis pas capable. J'ignore combien d'années de thérapie me seraient nécessaires pour réussir à exprimer mes émotions de façon saine et normale. Thérapie qu'il faudrait que j'envisage, d'ailleurs. Je parviens cependant à abattre ma main sur son épaule, c'est déjà ça.

Si quelqu'un peut comprendre ce que recouvre ce geste, c'est lui.

52 - *Audrey*

— Lundi ? C'est drôlement soudain. Pourquoi ?

— C'est arrivé comme ça. Si ça pose un problème, je pourrai prendre un train depuis l'aéroport.

— Non, non, aucun problème, se récrie vivement ma mère. Je suis si heureuse que tu rentres à la maison, Dree. Seulement… tout va bien ? Il ne s'est rien passé ?

— Ça va, je réponds, hésitante. J'ai juste pensé que… qu'il était grand temps.

— Tu… Tu en as fini avec le mannequinat ? Ou tu…

— Non. Je n'en ai pas fini avec le mannequinat.

Marika me jette un regard furtif avant de détourner les yeux tout aussi rapidement. Nous sommes assises sur un banc de Central Park, une pause au milieu de notre jogging. Elle m'a arraché la promesse de continuer à courir. Je me fais peu à peu à cette idée. L'exercice m'éclaircit les idées, ce qui est sympa, et ne me donne plus envie de gerber tripes et boyaux, ce qui est sympa aussi. Conséquence malheureuse de cette nouvelle clarté mentale, je me suis aperçue que je devais tenir mes parents au courant de mes projets, que j'aurais dû le faire il y a un bon moment.

— Ce n'était pas une critique, reprend ma mère. Rien qu'une façon de te demander si tu ne t'aveuglais pas un peu au détriment de la réalité…

— Maman ! Je ne veux pas parler de ça maintenant.

— Tu ne veux parler de rien ! C'est la première fois depuis des semaines que j'entends ta voix.

— Je… Il y a eu quelques moments difficiles.

— Pardon ? Difficiles comment ?

Elle frise la panique, à présent. Je me dépêche de corriger le tir.

— Difficiles comme… différents. Mais ça aurait été différent également si j'étais allée à la fac.

— Si tu veux mon avis, les deux ne sont pas comparables.

— Maman ! je m'emporte, et ma voix monte dans les aigus. Est-ce que tu ne pourrais pas te contenter d'être heureuse que je revienne ? Es-tu vraiment obligée de me faire culpabiliser ?

Du coin de l'œil, je vois Marika se raidir. C'est elle qui m'a incitée à appeler mes parents plutôt que de leur envoyer un texto. Il faut croire qu'elle en paie le prix, à présent. Histoire de ne pas la contaminer avec mon stress, je m'éloigne vers un carré de pelouse.

— Je ne veux pas que tu culpabilises, se défend ma mère d'un ton sec. J'estime juste que c'est arrivé trop vite, trop tôt. Que c'est trop de pression, trop de responsabilités.

— Peut-être. Sauf que c'est fait, et que je ne regrette pas.

Un silence s'installe.

— Nous avons presque terminé les rénovations, reprend maman. Il ne reste plus que la salle de bains principale.

— Et après ?

— Comment ça, après ?

— Vous allez rester ?

— Bien sûr. Un temps, du moins. Nous avons eu quelques visites de gens du coin qui étaient intéressés, mais rien de concret pour l'instant.

— Je vois. J'espérais que vous aimeriez assez cet endroit pour vous y fixer définitivement.

— Oh ! Mais tu as à peine mis les pieds ici, Dree. Je m'étonne que tu te sois attachée à…

Je me prépare à la suite, qui risque d'être déplaisante.

— C'est tout le problème, figure-toi. J'ai envie de m'attacher.

— À cette maison ?

— À n'importe quelle maison. Mon séjour ici m'a permis de comprendre que ce serait sympa de rentrer chez moi et de me *sentir* chez moi. Au lieu de quoi, je reviens dans une baraque à moitié finie que je ne connais presque pas et je… Vous avez toujours parlé de la maison de vos rêves, mais j'ai la sale impression qu'elle n'existera jamais. C'est trop tard, maintenant. Pour moi, en tout cas.

Je me sens mal d'avoir osé lui balancer ça. Voilà très, très longtemps que j'attendais cette conversation, et c'est la distance qui l'a rendue possible. Ma mère reste muette, cependant, et je pince les lèvres pour ne pas en rajouter.

— J'estime que tu es assez grande pour comprendre que même les parents n'ont pas forcément de solution à tout, finit-elle par murmurer. Nous faisons des choix sans obligatoirement en mesurer les conséquences, comme tout un chacun. Il nous arrive donc de commettre des erreurs.

— Je sais, je marmonne en fixant mes pieds.

— Ni ton père ni moi n'avons de racines. Nous ne sommes pas comme les autres familles.

Ça aussi, je le sais. Ils sont enfants uniques tous les deux, et papa n'a pas revu ses parents depuis son adolescence. Ils vivent à présent en Australie et, à ce jour, je ne suis pas certaine qu'ils soient au courant de mon existence. Ce qui est sans doute intentionnel. Papa a coupé les ponts et j'ai toujours su ne pas poser de questions à ce sujet.

— Les chantiers, enchaîne ma mère, ça a commencé faute de mieux. Après que ton père s'est retrouvé au chômage…

— Quand était-ce ? je la coupe, ahurie.

— Peu après la mort de ta grand-mère, répond-elle d'une voix un peu tremblotante. Nous avons dû vendre la maison. Une solution à court terme, dans l'idée. Mais en travaillant à la rénover, on s'est rendu compte qu'on pouvait passer plus de temps avec toi, et ça nous a plu. Et voilà que tu es partie, et que la maison est si vide…

Elle est au bord des larmes.

— Ça va aller, je souffle en essuyant mes propres yeux. Je rentre.

— Nous avons trop tardé, renifle-t-elle. Aujourd'hui, tu es une adulte, tu as commencé ta vie de ton côté, et nous… Nous sommes désolés, Dree. *Je* suis désolée.

Ses excuses, la seule chose que j'attendais, je m'en rends compte, suffisent à effacer ma colère et ma rancune. À présent, je me sens seulement fatiguée et petite. Je veux revoir mes parents.

— Ça va aller, je chevrote. Vous m'avez vraiment manqué.

— Tu nous as manqué aussi, Dree. Tu n'imagines pas. Ton père… J'ai hâte de lui apprendre la nouvelle. À moins que tu préfères t'en charger ? Il sera ici dans une heure.

— Non, dis-lui, toi.

— Bisous, Dree. Fais attention à toi et reste en contact, OK ?

— OK. Bisous.

Je coupe avec l'impression d'être à bout de souffle. Un peu nauséeuse également, mais surtout soulagée et plus certaine que jamais d'avoir pris la bonne décision.

Une fois en Angleterre, je me doute bien que tout ne sera pas rose. Il faudra du temps à ma mère pour accepter le mannequinat. J'admets à présent qu'elle a le droit d'avoir des réserves. Je reconnais qu'un simple coup de fil ne suffira pas à effacer six années de ressentiment intériorisé. Pour l'instant, cependant, je n'ai pas besoin de plus. Et comme l'a dit ma mère, je mène ma propre vie à présent. Ce que je fais, et où je le fais, ne dépend que de moi.

Je retourne vers Marika, qui me dévisage avec attention.

— Tout roule ?

— On va dire ça, je réponds en me laissant tomber sur le banc à côté d'elle. Ma mère… Tu as entendu.

— Est-elle contente que tu reviennes, au moins ?

— Oui. La tienne est-elle déçue que tu partes pour la Suisse ?

— Oui. J'ai eu droit à un sermon d'une demi-heure sur les dangers du ski.

— Sympa.

— Je lui ai aussi parlé de Nicole. Grossière erreur. Elle exige que je l'invite chez nous à Noël.

— C'est trop mignon !

— Mignon, oui. Réaliste, non.

— Je croyais que toi et Nicole alliez tenter de continuer votre relation malgré la distance ?

— Ouais. Mais Nicole a une super vie, ici, et je ne suis pas en mesure d'en faire partie. Pas comme je le voudrais.

— Bon…

— Tu te rappelles ce que tu m'as balancé sur le fait de s'interdire quelque chose sous prétexte que ça risque de ne pas durer ?

— Vaguement.

— Tu piges ce que j'essaie de te dire, là ?

— Qu'il est plus facile de donner des conseils que de les suivre ?

Je m'esclaffe, tandis qu'elle m'observe de ses yeux félins.

— Et toi ? contre-attaque-t-elle. Tu as parlé à Ezra ?

— Non. Et puis, c'est différent.

— Ah bon ?

Oui. Marika est bien placée pour le savoir. Je lui ai tout raconté, y compris ce qui n'est pas flatteur pour moi. Que je m'étais permis de fouiller dans le portable d'Ezra, que je l'avais engueulé comme du poisson pourri, que, l'espace d'un instant, j'avais eu envie de le blesser, pour la seule raison que j'étais blessée de mon côté.

— Il ne m'a pas recontactée, je réponds en réprimant un pincement au cœur. De toute façon, c'est trop tard.

— Si c'est ce que tu penses, d'accord.

Ce que je pense, c'est qu'il me manque. Que peut-être, sans doute, je l'ai aimé. Et que j'étais vouée à le rencontrer. L'univers y a veillé à ma place. Et pourtant, ça ne m'a pas empêchée de fuir.

— J'en suis certaine.

53 - *Ezra*

Je repère Edie avant qu'elle me voie. Je l'observe à travers la vitrine embuée du restaurant, tandis qu'elle traverse la rue en trottinant d'un pas léger, vêtue d'un ensemble de sport vert sauge. J'en soupire d'aise. Elle est venue. Elle a quinze minutes de retard et se rend sans doute au gymnase, mais elle est venue.

Comme je ne l'imaginais pas bien réagir à un long laïus, je lui ai expédié un message clair et net hier soir afin de l'inviter – heure, lieu et promesse de régler l'addition. L'endroit en question est un restau vieille école de SoHo, un incontournable de New York : bois sombre, éclairage jaune et quantités astronomiques de beurre dans presque tout ce que le menu a à offrir. C'est Romy qui m'a soufflé l'idée, bien sûr.

Je baisse les yeux quand Edie s'approche de l'hôtesse d'accueil. Je n'ose pas lui adresser un geste de la main, conscient qu'elle préfère faire son entrée à sa façon, ladite entrée consistant à se laisser tomber sur la chaise face à moi sans me saluer.

— Je suis surprise que tu aies voulu qu'on se retrouve pour le petit déjeuner, attaque-t-elle en s'emparant de la carte pour la lire. Un peu tôt pour picoler, je suppose ?

— Ça dépend pour qui. Un mimosa pourrait être une bonne idée.

— Et toi, tu es surpris que je sois ici ?

Je suis soulagé qu'elle se montre acerbe. Cette humeur, chez elle, est toujours bon signe. Du moins, elle lui ressemble, ce qui est rassurant.

— Une surprise agréable. Franchement.

— Putain, si cette rencontre doit être gnangnan, les mimosas seront sûrement un mal nécessaire.

— Il se trouve que j'ai arrêté de boire. Mais n'hésite pas.

Elle me lance un coup d'œil indéchiffrable.

— Félicitations. Son influence ?

Si elle n'a pas insisté sur le « son », le sous-entendu est perceptible. Je me tortille sur mon siège.

— J'essaie de faire de meilleurs choix, je me justifie. Ça n'a rien à voir avec qui que ce soit.

— Ah ouais ? Tu as arrêté de fumer aussi ?

— C'est en cours, oui.

— Tant mieux. Je ne sais même pas pourquoi tu as commencé.

— C'est un incontournable, pour la jeunesse révoltée. Elle fume et écrit de mauvais vers.

— Tu n'as jamais écrit de vers.

— Aucun que je pouvais te montrer, c'est sûr.

L'ombre d'un sourire étire ses lèvres, mais elle évite de me regarder en face et tripote une mèche de ses cheveux.

— Est-ce que te présenter mes excuses serait gnangnan ? Parce que j'en ressens le besoin et…

— Inutile, me coupe-t-elle, impassible. Les choses évoluent, je le comprends.

— Edie…

— Ezra. Oublie, d'accord ?

— Tu es sûre ?

— Convaincue. Tu as meilleure mine. Que la dernière fois, en tout cas.

— Je squatte chez Caroline et sa copine. Elles ont des habitudes bizarres, comme faire trois repas quotidiens et dormir huit heures par nuit.

— C'est gentil de leur part.

— Oui. Comment va ta famille ?

— Pas grand-chose de neuf. Mes parents sont à Cannes.

— Cool. As-tu pu parler à Eleanor ?

Cette fois, c'est un coup d'œil presque inquiet qu'Edie m'adresse. Elle ne s'attendait pas à ce que je mentionne sa sœur, puisqu'elle m'a appris à mes dépens que c'était un sujet tabou. Je devine qu'elle résiste intérieurement à son envie d'éviter de répondre, à celle de me prier de la boucler. Pourtant…

— Elle m'a tendu la main. Je ne l'ai pas prise.

— J'en déduis qu'elle n'a pas renoncé à son émission de téléréalité ?

— Ils sont en plein tournage à l'heure où nous parlons. Un chroniqueur l'a qualifiée de « microcosme sirupeux de tout ce qui cloche dans notre société ».

— Elle doit cartonner.

— En effet, soupire-t-elle. Les gens adorent la détester et, pour ça, ils doivent d'abord la regarder.

— Et toi, tu l'as fait ? Tu l'as regardée, je veux dire ?

— Je me suis contentée de lire des commentaires en ligne, histoire de me torturer, répond-elle d'une voix terne, avant d'ajouter après un silence : Eleanor prétend qu'elle n'aurait pas accepté si elle avait su que je partirais. Malheureusement, que ses actes aient des répercussions sur les autres est un concept qui lui échappe.

Je m'étonne qu'Edie admette cette réalité.

— En effet, je marmonne sans me mouiller.

— Elle assure également vouloir venir me rendre visite ici.

— Oh ! Et qu'est-ce que tu penses faire ?

— Qu'est-ce que tu penses, toi, que je devrais faire ? L'y autoriser ? La serrer dans mes bras ? La laisser bousiller ma bulle protectrice ?

— Non, non ! je proteste.

Elle détourne la tête en ricanant.

— Le choix t'appartient, j'enchaîne. C'est juste que… Que je suis en train de tester l'approche « bénéfice du doute », en ce moment.

— Par rapport à ton père ? demande-t-elle avec un coup d'œil.

Je hausse les épaules, et elle arque les sourcils, ne commente pas et retourne à sa contemplation de la vitrine, avant de murmurer enfin :

— Je ne sais pas trop comment appréhender cette version nouvelle et ouverte d'Ezra. Je vais m'habituer, j'imagine.

— Vraiment ? je souris. Tu as envie qu'on remette ça la semaine prochaine ?

— Pourquoi pas ? Uniquement si tu en as envie aussi, évidemment.

— Bien sûr que oui. Les choses ont évolué, d'accord, mais tout n'a pas changé.

— Le fait que je t'aime, par exemple, lâche-t-elle. Ce que tu as sans doute deviné.

Je l'observe un moment en me demandant si elle se fout de moi. Elle manie le sarcasme avec une telle maestria qu'il n'est pas toujours facile de déterminer si elle plaisante ou pas. Toutefois, son visage est fermé, sa mâchoire crispée comme si elle se préparait à encaisser un coup. Elle est sincère. Mon cœur se serre.

— Je l'ignorais, je parviens à répondre.

— Désolée si ça te semble étrange. Je sais que tu es passé à autre chose.

— Merde, Edie ! je commence.

— Oublie, me coupe-t-elle en secouant la tête. La situation est merdique, mais ne pas t'avoir dans ma vie le serait encore plus. Je finirai par en arriver au stade où je me contenterai d'être heureuse parce que tu es heureux. Promis.

Sur ce, elle me fixe et me régale d'un sourire qui, certes, n'atteint pas vraiment ses yeux. Durant un instant, je caresse l'idée de lui expliquer qu'il n'y a pas d'autre fille, qu'il n'y en a plus, parce que cette histoire s'est terminée avant même de commencer.

— Tu mérites mieux, je dis.

Elle s'esclaffe.

— Très certainement, admet-elle.

— Et tu comptes encore pour moi. Tu as toujours compté, tu compteras toujours. C'est non négociable.

— Ça va de soi, réplique-t-elle, pince-sans-rire, en reprenant le menu. La preuve, tu vas me payer des œufs à vingt-cinq dollars.

54 - *Audrey*

Lors de ma première soirée à New York, alors que je traînais près de l'appartement en quête d'un endroit où dîner, j'ai aperçu une fête qui se déroulait sur un toit-terrasse. Je n'en ai pas vu grand-chose, en réalité, juste quelques traînards appuyés au garde-fou, un verre à la main, auréolés par la lumière des guirlandes électriques. Je me souviens m'être dit qu'ils devaient avoir une vie cool et belle. Il se trouve que, là, je participe à une fête identique, sur un identique toit-terrasse, et que je ne me sens ni plus cool ni plus belle. Je suis juste… là. Et demain, je serai ailleurs.

— Waouh ! me lance Nicole qui a surgi près de moi, vêtue d'une cape à paillettes assortie à son fard à paupières pailleté. Tu es resplendissante.

— Toi aussi.

Je rajuste la bretelle de ma robe, la même que je portais le jour où j'ai rencontré Ezra. Marika me l'a offerte alors que nous faisions nos bagages et n'a rien voulu entendre quand j'ai essayé de décliner. Je suis heureuse qu'elle ait insisté. Cette robe me donne l'impression d'avoir une prise concrète sur ces souvenirs.

— Merci. Comment ça va ?

— Très bien. Ta soirée est géniale, Nicole. Sérieux.

C'est une litote. D'après Marika, Nicole a organisé le tout en moins de vingt-quatre heures. La déco est un mélange de thèmes aussi variés que possible, comme si on avait dévalisé un magasin d'articles festifs les yeux bandés. Sur une table recouverte d'un tissu décoré de princesses, un bol à punch en forme de citrouille jouxte un cactus gonflable agrémenté de guirlandes de Noël. C'est complètement dingue, j'adore.

— Il fallait que cette fête d'adieux soit à la hauteur, répond Nicole. Mon appart est grand comme une boîte à chaussures, mais le toit-terrasse compense amplement.

— Il est à ta disposition ?

— Sous réserve qu'Irene accepte. C'est la proprio. Tiens, la voilà.

Elle désigne une femme maigre aux cheveux blancs habillée d'un caftan à motifs cachemire qui danse lentement sur une chanson d'ABBA.

— Elle est ma muse, enchaîne Nicole. Si tu as l'occasion de discuter avec elle ce soir, saisis-la. Elle a des histoires folles à raconter. La New-Yorkaise par excellence.

— Faut-il être né ici pour être un vrai New-Yorkais ?

— Je ne pense pas. C'est assez intangible. Un état d'esprit. Une posture.

— Voilà qui ressemble à Marika.

— Exact, sourit Nicole. Elle a ça en elle. Mais elle trouvera peut-être une autre ville qui lui correspondra mieux.

Je jette un coup d'œil à l'intéressée, vêtue d'une robe lilas aux reflets irisés et un verre à la main, qui discute avec une fille que je reconnais vaguement, près d'un bonhomme de neige en polystyrène. Elle ne cesse de regarder dans notre direction. Dans celle de Nicole, plus spécifiquement.

— Je ne pense pas que ça arrivera, je dis. À mon avis, cette ville, c'est son truc.

— Et toi ? Tu as l'intention de revenir un jour ?

— Sûrement. Pour l'instant, j'ai besoin de passer un peu de temps chez moi.

— Je comprends. J'ai appris par Marika que les choses n'avaient pas marché, avec cet Ezra.

— Ah, c'est vrai… J'avais oublié que vous vous étiez croisés.

— Oui. Il m'a bien plu, d'ailleurs. Mais s'il a déconné avec toi, je le hais et je t'aiderai volontiers à lancer des œufs sur ses fenêtres.

— Ce ne sera pas nécessaire, je m'esclaffe. Nous avons merdé l'un et l'autre, malheureusement.

Je repousse une mèche de mes cheveux. Quand je me suis préparée, tout à l'heure, j'ai constaté que mes racines avaient repoussé, plus sombres, ce qui ne tardera pas à se voir. Je me suis habituée à être blonde, cependant. Je n'associe plus ça à Julian. Après tout, ce sont mes cheveux, rien de plus.

— Le temps guérit la plupart des blessures, commente Nicole avec décontraction. Promets-moi que, si tu reviens dans le coin, tu me feras signe. On dînera ensemble.

— Ça marche. Merci.

Elle me serre le bras et, après un dernier sourire, s'éloigne vers ses invités. Je compte l'imiter d'ici peu. Pour l'instant, je préfère rester où je suis afin de contempler le ciel. Aucune étoile n'est visible, évidemment, les lumières de la ville l'emportant haut la main. Posant ma boisson par terre, je m'appuie au parapet et observe la rue, en bas. Nous ne sommes pas très haut, et je pense que je réussirais à identifier Ezra s'il passait dans les parages. Ce qu'il ne fera pas, bien sûr. L'univers ne me chouchoutera pas une deuxième fois.

Voilà des jours que je me dis que j'ai laissé filer trop de temps pour tenter de le recontacter. À présent, je ne pense plus qu'à ça. M'emparant de mon portable, je cherche son nom, rien que pour le regarder. Il n'a pas donné signe de vie. Moi non plus, or c'est moi qui suis partie. Dans une rage folle. Je pensais le détester. S'en est-il rendu compte ? Et si…

Et merde ! D'un doigt impulsif, j'appuie sur la touche téléphone. J'ai la bouche sèche, et je ne sais pas ce que je vais dire tant je suis concentrée sur la réaction que j'aurai quand sa voix résonnera. La tonalité sonne. Encore et encore…

— *La personne que vous demandez est actuellement indisponible. Merci de laisser un message ou de rappeler…*

Je suis déçue. Et un peu accablée, je l'admets. J'ai beau tenter de me persuader qu'il est occupé ailleurs, il est tout aussi probable que, voyant mon nom s'afficher, il ait décidé de ne pas décrocher. Je m'empresse d'interrompre l'appel et m'accoude au parapet, tête entre les mains, mon portable collé sur le front.

C'est sûrement mieux ainsi. Je me serais sans doute humiliée en faisant une déclaration idiote et dramatique. Pourtant, et c'est gênant, je suis au bord des larmes et serre fort les yeux pour les contenir. Dès que je me serai ressaisie, je finirai mon verre, j'irai trouver Marika et je la traînerai (s'il le faut) sur la piste de danse. Je vais profiter à fond de ma dernière soirée ici et…

C'est alors que mon portable vibre. Je ravale mes larmes, et mon cœur tressaute lorsque le nom d'Ezra s'affiche sur l'écran. Je bataille avec l'appareil et, dans un instant de clarté atroce, je comprends ce qui est en train de se produire. Mon cerveau est plus vif que mon corps et, avant que je puisse réagir en conséquence, je me retrouve les mains vides. Un fracas distant et sourd monte jusqu'à moi depuis le trottoir.

Étouffant un cri, je me dévisse le cou. Aucun passant en vue. Ouf, mais merde aussi ! Courant à travers la masse des invités, je dévale l'escalier en priant pour qu'un miracle ait eu lieu. Lorsque j'arrive enfin en bas, je constate que non, hélas. Si l'écran est toujours éclairé par une lueur tremblotante, il est évident que l'appareil est fichu. Des éclats de verre tombent quand je me dépêche de le ramasser.

Il ne m'est plus possible de joindre Ezra.

Qui m'a rappelée.

Soudain, je me retrouve à marcher vivement. Parce qu'il est quelque part dans cette ville et m'a recontactée. Autrement dit, il souhaite me parler. De quoi ? Aucune idée. Mais j'ai la ferme intention de le découvrir.

Marika a invité Mac à la soirée. Il a promis de venir après le boulot. Il se peut qu'Ezra travaille également. Dans le cas contraire, Mac saura où il est. Sinon… Eh bien, je me débrouillerai autrement. Car Ezra est quelque part dans cette ville et souhaite me parler. C'est tout ce qui compte.

Avant même d'avoir atteint le bout de la rue, je me mets à courir.

55 - Ezra

— Tu téléphones à qui ? s'enquiert Mac.

— À Audrey, je marmonne. J'ai manqué son appel quand elle a essayé de me joindre. Mais je tombe systématiquement sur sa boîte vocale.

Portable vissé à l'oreille, je réessaie.

— *La personne que vous demandez est actuellement indisponible. Merci de…*

— Fait chier, je grogne.

Il s'est écoulé à peine deux minutes depuis son coup de fil. Je m'en suis rendu compte dès que j'ai ouvert mon casier, devant lequel je me tiens en cet instant, sale et en sueur après mon premier service depuis que j'ai recommencé à bosser. Si je ne m'étais pas arrêté pour descendre ce foutu linge au sous-sol… Qu'a-t-il bien pu se passer en moins de deux minutes pour qu'elle ne soit plus joignable ?

— J'ignorais que vous vous reparliez, commente Mac en me dévisageant.

— Ce n'est pas le cas. Mais…

Mais, mais, mais. Son appel peut avoir des tas de raisons différentes, et que je tombe tout de suite sur la messagerie me rend dingue. Elle n'a plus de batterie ? A-t-elle coupé son portable ? Son coup de fil était-il une erreur ? A-t-elle changé d'avis ?

— Je te donnerais volontiers un conseil ou deux, lâche Mac avec un soupir exagéré en retirant sa chemise, mais comme tu refuses de me confier la dispute extrêmement mystérieuse qui vous a opposés, je ne…

— Je ne crois pas l'avoir qualifiée de dispute.

— Conflit, altercation, comme tu voudras. Il n'empêche, elle était furax après toi, non ?

— Si, j'admets, l'estomac noué par ce mauvais souvenir. Ou bouleversée. En tout cas, ça a été chaud.

— À cause d'un truc que tu as fait ?

— Oui.

— Exprès ? Genre, tu savais que tu la blesserais, mais tu n'as pas pu te retenir ?

— Non, non ! C'est même le contraire ! J'essayais de ne *pas* la blesser. Sauf que je suis débile…

— Rien de nouveau sous le soleil, se moque-t-il en enfilant un tee-shirt blanc moulant. Je m'efforce seulement de comprendre le problème.

— Le problème, c'est que j'ai merdé dans les grandes largeurs, je râle en m'avachissant sur le canapé défoncé installé près de la porte des vestiaires. D'ailleurs, je merde toujours.

— Exact. Comme quand tu m'as ignoré pendant plus d'une semaine. J'ai été obligé de demander à Romy si tu n'étais pas mort.

Je sursaute. Comme il a la tête dans son casier, je suis incapable de dire s'il plaisante ou pas.

— Euh, désolé, je lâche sans conviction. Je ne… Tu t'es vraiment inquiété ?

— Bien sûr que non, riposte-t-il sèchement. Tu étais parfaitement équilibré quand tu as déboulé chez moi avec la main en sang. Pourquoi me serais-je inquiété, voyons ?

Merde ! Il a raison. Je ne me suis même pas excusé quand je l'ai revu, aujourd'hui. Il m'a régalé d'une blague à deux balles sur le retour du fils prodigue avant que j'aie eu le temps de le saluer, puis nous avons été débordés par le boulot. Je suis parti du principe qu'il n'y avait pas de lézard. Et comme il a une multitude d'amis, j'ai cru que mon absence passerait à peu près inaperçue.

— Pardon, je dis, sincère cette fois. Je ne me suis pas rendu compte.

— Franchement, je me suis demandé si tu me prenais pour un escroc se servant de toi, continue-t-il en se tournant vers moi. Je croyais que nous étions amis. De vrais amis. Pas de simples collègues de travail. Et là, tu es en pleine crise et tu me fais le coup du mépris ?

— Je l'ai fait à tout le monde. C'était stupide et égoïste, ça n'a rien de personnel. Tu es un super ami, Mac. Je ne considère pas ton envie de me fréquenter comme acquise, et je ne suis pas insensible…

Je m'interromps, frappé par une idée soudaine. Une excellente idée.

— Au fait que j'aie des égards pour toi.

— Oui. Et puis… Ça te dirait qu'on vive ensemble ?

Il me contemple un instant avec des yeux ronds.

— Pas sans bague de fiançailles d'abord, finit-il par répondre.

— Je suis sérieux, Mac. Tu détestes tes colocataires, je déteste vivre seul. On se tient chaud. Que te faut-il de plus ?

— Une seconde chambre ?

— On trouvera quelque chose. Ça risque de prendre un petit peu de temps…

— Tu es sûr que tu ne te fiches pas de moi, là ? Ce que j'aurais les moyens de m'offrir serait un trou à rat, comparé à ton appart actuel.

— Il n'est pas si génial. Les plafonds sont trop hauts. Et ne me parle pas de sa luminosité.

— Je te rappelle que la conversation portait, jusqu'à maintenant, sur ton manque total de fiabilité.

— Qui est bien réel, je te l'accorde. Mais je travaille dessus. J'essaie de m'améliorer. D'être plus responsable.

— Mes félicitations les plus sincères. Tu peux compter sur mon soutien, mais je ne veux pas payer les pots cassés.

— Alors, laisse-moi m'occuper de tout. Je vais chercher, visiter des trucs, et je t'en reparlerai quand j'aurai trouvé, OK ?

Je me mets en danger, là. Je sais pertinemment que dénicher un appartement de trois pièces décent et abordable dans cette ville est aussi probable que croiser une licorne dans Central Park. Je sais aussi que je n'y arriverai pas sans une aide financière significative de mon paternel. Nous pourrions, lui et moi, nous entendre sur un prêt, à moins qu'il connaisse quelqu'un qui sous-loue. Dans un cas comme dans l'autre, j'aimerais être un peu moins passif quant à ma dépendance envers lui. Quitte à commencer petit et à y aller progressivement.

— D'accord, finit par accepter Mac. Ton idée n'est pas complètement à chier, et je la cautionne. *Provisoirement.*

— Super !

Je me lève en souriant et attrape mon sac à dos.

— On en rediscutera demain, je poursuis. Je file.

— Où donc ?

— Chez Audrey. Après tout, elle m'a contacté. Si elle n'est pas contente de me voir, elle n'aura qu'à m'envoyer me faire foutre.

— Certes. Sauf qu'elle n'est pas là-bas.

— Comment le sais-tu ?

— Parce qu'elle est à une fête à laquelle je me rends de ce pas, lâche-t-il d'un ton paisible en ébouriffant ses cheveux déjà ébouriffés. J'imagine que tu es en droit de m'y accompagner. Sache cependant que je t'obligerai à attendre dehors pendant qu'elle m'informera si elle est d'accord ou non pour te voir. Ça t'apprendra à ne pas m'avoir mis au courant de ce qui s'est passé entre vous.

— Ça marche. Merci. Allons-y.

Je trépigne d'impatience.

— Tu ne te changes pas ?

— Non. On s'en fiche. Partons.

Mac lève les yeux au ciel, sans objecter cependant. Je résiste à l'envie de sautiller sur place, pendant qu'il rassemble ses affaires et se coiffe ou décoiffe une fois de plus. Quand nous sommes enfin sur le trottoir, j'insiste pour héler un taxi, même si la soirée a lieu pas très loin du restaurant. Je suis envahi par le sentiment qu'il me faut agir vite, bien que je n'aie pas la moindre idée de la suite des événements ni de ce que je vais bien pouvoir dire à Audrey, pour peu qu'elle accepte de me voir.

— Calme-toi, m'ordonne Mac en posant sa main sur mon genou.

Ma jambe tressaille follement, tandis que nous sommes coincés dans un bouchon. Comme il s'est mis à pleuvoir, la circulation est presque à l'arrêt.

— Désolé, je m'excuse en scrutant la rue par la vitre de la voiture. On aurait peut-être mieux fait d'y aller à pied.

— T'inquiète. Rien ne presse.

— On ne sait pas à quelle heure cette soirée se termine. Et si…

Distrait par une fille sur le trottoir opposé, je n'achève pas ma phrase. Ce sont ses cheveux qui ont attiré mon attention, si clairs qu'ils semblent luire dans la brume pluvieuse.

— Et si quoi ? me relance Mac.

Je ne l'entends plus. Essuyant la buée du carreau, je plisse les yeux en direction de la silhouette aperçue. Elle est grande, porte un blouson vert olive identique à celui d'Audrey. Elle avance à grands pas en évitant les autres piétons.

— Je crois que c'est elle. Audrey.

Mac se penche et inspecte les alentours.

— Elle est blonde, c'est sûr et certain.

— Elle se dirige vers le restau. Et si elle avait quitté la soirée parce qu'elle me cherche ?

Je déboucle ma ceinture de sécurité tout en me tordant le cou pour regarder par la lunette arrière.

— Pourquoi aurait-elle… Qu'est-ce que tu fabriques ?

Je fouille dans mon porte-monnaie, lui lance une liasse de billets à la figure.

— Excuse-moi, il faut que je la rattrape.

— Ce n'est même pas elle, si ça se trouve !

Je suis déjà descendu du taxi. Je suis dingue, je le sais, mais cette folie est celle qui m'habite depuis que j'ai rencontré Audrey. Je ne peux pas rester là sans rien faire au risque de la perdre. Je ne veux pas. Je *refuse* de la perdre. Je me mets à courir, mes pieds frappant le trottoir avec des bruits mouillés. Se doute-t-elle que mon cœur lui est entièrement acquis, un cœur en assez mauvaise forme cependant, car il bat trop fort, alors que je la perds de vue, puis la repère une nouvelle fois, qui disparaît au coin d'une rue ?

— Audrey ! je crie.

Je suis trop loin pour qu'elle m'entende, de l'autre côté de l'artère. Un coup d'œil au carrefour m'apprend que le feu est repassé au vert pour les piétons. Je fonce… et le monde tangue. Une force invisible me propulse dans les airs, et je retombe durement, tête la première, sur le goudron. Ma première pensée est que c'est humiliant. La seconde est de me demander si j'ai vraiment été renversé par une voiture.

— Je n'ai rien, je marmonne, ne m'adressant à personne en particulier, vaguement conscient qu'une foule s'agglutine autour de moi.

Je réussis à m'asseoir, ce qui signifie que je dois être plus ou moins indemne.

— Je vais bien.

— Vous devriez porter plainte, lance une femme. Le feu était au vert pour les piétons.

Le taxi qui m'a heurté vient se ranger près de moi. Le chauffeur se penche par la fenêtre.

— Désolé, mon gars. Ça va ?

— Oui, je réponds, alors que la tête me tourne, et que les couleurs alentour se mélangent dans un flou artistique.

— Mon Dieu !

Une voix domine le brouhaha, une voix dont l'inquiétude me fait tressaillir. Une jeune femme s'extirpe du taxi fautif. Une blonde en robe argentée, dont les yeux bruns sont plus vastes que jamais. Il est possible que je me sois sérieusement cogné la tête.

— Ezra ! gémit Audrey en s'agenouillant à mon côté. Oh mon Dieu ! Ezra !

C'est elle. Cette fois, c'est bien elle.

— Je vous offre la course ! s'écrie le chauffeur avant de disparaître dans la nuit à toute vitesse.

Les feux ont de nouveau changé, et la circulation reprend lentement son cours. Les badauds se dispersent, Audrey est là, devant moi. M'obligeant à me lever, je nous ramène de la chaussée sur le trottoir. Les mains d'Audrey palpent mon torse.

— Tu as mal quelque part ? s'angoisse-t-elle. Tu t'es cassé quelque chose ?

Je pars d'un rire légèrement hystérique.

— Je vais bien. Je croyais courir après toi. Tu es partout. Tu n'es plus là et, tout à coup, tu es partout.

— Il nous faut un autre taxi, dit-elle en regardant frénétiquement autour de nous. Tu dois te rendre à l'hôpital.

— Non, inutile…

— Tu es commotionné, objecte-t-elle en écartant mes cheveux mouillés de mes yeux. Oh, Ezra, si tu te voyais…

Ses mains tremblent, et je les attrape, les serre entre les miennes. Elle a les doigts gelés. Elle est trempée par la pluie, sa robe au tissu fin colle à son corps.

— Tout va bien. Je te cherchais. Tu m'as appelé…

— Tu saignes. Nous devons absolument aller à l'hôpital.

— Non.

— Mais tu viens d'être renversé par une voiture !

— Dans laquelle tu te trouvais. N'est-ce pas toi qui crois au destin ? C'est un signe, non ?

— Tais-toi ! geint-elle, et son visage se chiffonne. J'ai eu tellement peur que…

Sur ce, elle éclate en sanglots, enfonce sa tête dans mon épaule et m'enlace.

— Pardon, je m'excuse en l'étreignant moi aussi. Je ne voulais pas…

— Je t'aime, lâche-t-elle d'une voix étouffée. Je t'aime et, pendant un instant, j'ai eu peur de t'avoir tué.

Pour le coup, je songe que cette voiture m'a peut-être tué, en effet, et que je vis une sorte de rêve merveilleux engendré par mon cerveau agonisant.

— Il n'est pas né, celui qui me tuera, je réponds.

Elle rit, me regarde de ses immenses yeux humides.

— Ce n'est pas drôle.

Puis elle s'esclaffe de nouveau. Je n'ai jamais entendu de son aussi beau.

— Tu m'aimes, je murmure, éberlué. Quand est-ce arrivé ?

— Je n'en sais rien, renifle-t-elle en essuyant ses larmes. C'est important ?

— Non.

Sans réfléchir, j'enroule ma paume autour de sa joue tiède et mouillée à laquelle colle une mèche de ses cheveux que je repousse tendrement. Elle me dévisage, lèvres entrouvertes.

— Je t'aime aussi, j'enchaîne. Je t'aime, je crois que c'est le destin qui l'a voulu, et je jure que je ne souffre d'aucune commotion.

Lâchant un drôle de hoquet lourd de sanglots, elle enfouit de nouveau sa tête contre ma poitrine.

— Je suis d'accord avec toi pour le destin, dit-elle, pleurant et riant à la fois. Dommage seulement qu'il ait jugé bon que tu aies un accident au passage.

— Ce sont des choses qui arrivent. Mais si la cicatrice indélébile qui me défigurera à vie est trop pour toi, je comprendrais que tu te sauves. Déjà que le nez tordu…

56 - *Audrey*

— Tais-toi ! je répète, furibonde.

Il part d'un rire que je veux entendre jusqu'à la fin de mes jours. Relevant la tête, je repousse doucement ses cheveux afin de mieux voir sa joue. Le sang et la pluie se mélangent, gouttant sur le col de sa chemise qu'ils tachent.

— Il faut soigner ça, je marmonne en m'efforçant de résister à l'attirance qu'exercent sur moi ses yeux bruns.

Je m'y noierais. Voilà si longtemps que je ne l'ai pas vu. Sa seule présence m'enivre.

— D'accord, accepte-t-il, alors qu'il ne m'écoute pas, c'est évident. (Son regard est fixé sur mes lèvres.) Demain ?

Demain. Entre l'accident et la joie intense que j'éprouve à cet instant, j'ai presque réussi à oublier la dure réalité et ma valise bouclée qui, avec mon passeport, m'attend à l'appartement. Mon cœur se serre, Ezra fronce les sourcils devant mon expression.

— Je ne serai plus là, demain, je souffle. Je m'en vais.

— Ah, répond-il après un silence et avec un sourire forcé. Je le savais.

— Qui te l'a dit ?

— Personne. Je le pressentais.

De la part d'un autre que lui, j'aurais des doutes.

— Je suis désolée…

Il secoue la tête.

— Ne t'excuse pas. Je veux juste que tu saches que, ces dernières semaines, je vais mieux. J'essaie de m'améliorer.

Tu n'es pas obligée de me croire, j'en suis conscient, tu devrais peut-être même ne pas me croire…

— Ezra.

— Mais c'est la vérité. Je ne bois plus, je ne fume plus, et je m'efforce de retisser des liens avec mon père. J'en suis à envisager une thérapie. Apparemment, toute ma famille en suit une. Ils auront peut-être quelqu'un à me recommander.

— Ezra ! Pourquoi me racontes-tu tout ça ?

— Parce que j'ai envie que tu reviennes. J'ai envie d'être une bonne raison pour que tu reviennes.

Je déglutis.

— Je reviendrai, je chevrote. Bien sûr que je reviendrai.

— Tu n'as pas le choix. Tu ne voudrais pas offusquer les forces cosmiques qui se sont démenées pour t'amener ici.

— En effet, je souris. Même si ce sujet te laissait sceptique, me semble-t-il.

— Eh bien… La vie réserve des surprises. Toi, par exemple.

Je m'esclaffe et lève les yeux au ciel, comme si j'étais embarrassée par la mièvrerie de ses propos et non parce que je suis sur le point de me déliter sous l'effet de l'allégresse qui m'a envahie.

— De toute façon, continue-t-il, je pense que nous n'avons plus besoin du destin.

— Parce que tu m'aimes.

C'est loin d'être subtil, mais je m'en fiche, avide seulement de l'entendre me le répéter à l'infini.

— Parce que je t'aime. Je t'aime depuis des siècles. Depuis bien trop longtemps pour que ce soit normal.

— Ça ne fait même pas deux mois, je proteste en rougissant malgré moi. C'est toi qui n'es pas normal.

— Tant pis ! Tu m'as répondu que tu m'aimais aussi, tu es cuite.

— Je te rappelle que je te l'ai dit la première.

— Exact. Comment me faire pardonner ?

— Tu n'as pas à…

Je m'interromps, parce que je viens de croiser son regard, qui m'indique sans ambiguïté que sa question n'était que rhétorique. Mon cœur bat la chamade. Vaguement, je songe que je dois avoir l'air piteux, trempée et maculée, le nez tout rose et les joues striées de larmes. Ce qu'on ne devinerait pas, à en juger par la façon dont Ezra me contemple. Il me dévisage comme si j'étais une apparition magique et, quand il attire mes lèvres vers les siennes, j'ai l'impression d'en être une.

Depuis que nous sommes plantés sur ce trottoir, aucun passant ne s'est retourné pour reluquer ces deux ados mouillés et pleins de sang qui se déclarent leur amour sous l'averse. Parce que nous sommes à New York, j'imagine. Cependant, en cet instant, les gens alentour pourraient ne pas exister.

Il n'y a que nous, que lui et moi. Sa bouche, ses mains (l'une autour de mon menton, l'autre dans mes cheveux). Je voudrais que ça ne s'arrête pas, je voudrais m'accrocher à lui. Quand nous nous écartons enfin, j'agrippe sa chemise comme si elle était le seul ancrage me retenant sur cette planète.

Demain est le cadet de mes soucis, un concept éphémère qui n'a pas prise sur nous. Je songe à partager ça avec Ezra, mais lorsqu'il se penche de nouveau vers moi avec son sourire en coin pour m'embrasser, je me dis qu'il le sait sûrement déjà.

PAPIER À BASE DE FIBRES CERTIFIÉES

hachette s'engage pour l'environnement en réduisant l'empreinte carbone de ses livres. Celle de cet exemplaire est de :
400 g éq. CO_2
Rendez-vous sur www.hachette-durable.fr

« Pour l'éditeur, le principe est d'utiliser des papiers composés de fibres naturelles, renouvelables, recyclables et fabriquées à partir de bois issus de forêts qui adoptent un système d'aménagement durable. En outre, l'éditeur attend de ses fournisseurs de papier qu'ils s'inscrivent dans une démarche de certification environnementale reconnue. »

Composition et mise en pages : Nord Compo

Achevé d'imprimer en France par CPI Brodard et Taupin
Dépôt légal 1re publication : février 2025
Édition : 01 – 30.5466.0 – ISBN : 978-2-01-721963-7
Dépôt légal : janvier 2025
N° d'impression : 3059334